Bisher von Don Both erschienen:

Immer wieder samstags

Immer wieder samstags – reloaded

Immer wieder Verführung
Immer wieder Verführung – the End
Immer wieder Sehnsucht – Philip & Katharina
The Tower – Mad Love
The Tower – Bad love
Corvo – Spiel der Liebe

Deutsche Erstausgabe Mai 2015

Kontakt: bethy86@hotmail.de

https://www.facebook.com/pages/DonBoth/248891035138778

Lektorat: Belle Molina

Korrektorat: Sophie Candice, WORTplus

Weitere Mitwirkende: Nicole Zdroiek

Cover: Babels Art

Erschienen im A.P.P.-Verlag

Peter Neuhäußer

Gemeindegässle 05

89150 Laichingen

978-3-945786-30-7 – mobi

978-3-945786-31-4 – epub

978-3-945786-45-1 - Print

Don Both

Dark Demand

A.P.P.

Über das Buch:

Gentleman in der Öffentlichkeit, Bastard im Bett. Das ist Alec Morgan.

Als er eines Tages eine weibliche Chauffeurin und Personenschützerin einstellt, ist sich der attraktive CEO sicher, komplett wahnsinnig geworden zu sein. Vor allem, weil ihn die junge Frau vom ersten Moment an in ihren Bann zieht – ohne dass er es kontrollieren kann.

Gleichzeitig merkt der erfahrene Dom sofort, dass sie alles andere als devot ist und versucht sie mit allen Mitteln davon abzuhalten, weiter in seine spezielle Welt der Lust einzutauchen. Vergebens.

Um vollkommen ihm zu gehören, tut die wunderschöne Samantha Stone alles, und ihr fällt es immer leichter, sich seinen dunklen Forderungen zu ergeben.

Als er die Gründe für ihr Auftauchen erfährt, befinden sie sich längst in einem verhängnisvollen Strudel aus Lust und Liebe.

Wirst du für die Liebe kämpfen, wenn sie dir alles nehmen könnte?

Eine romantisch-erotische Geschichte über Dominanz und Unterwerfung, Grenzüberschreitungen, falsche Motive, die einzig wahre Liebe und wie sich Menschen für diese ändern können.

Dieser Roman ist abgeschlossen.

Prolog

»Mund auf!«, fordere ich gewohnt kühl und sie folgt sofort gewohnt schnell. Weit öffnet sie ihre rot geschminkten Lippen, sodass ich den Knebel dazwischenstecken und sie zum Schweigen bringen kann. Heute will ich ihr Schreien nicht hören, heute möchte ich meine Ruhe haben. Ich habe Kopfweh.

Das Bild, wie sie ergeben vor mir kniet – die platinblonden Haare in einem Pferdeschwanz zusammengebunden, die Hände hinter dem Rücken befestigt, mit gereizten, steifen Brustwarzen und einer Atmung, die fast ins Keuchen übergeht –, berührt mich nicht so, wie es sollte. Es ist alles stumpf und grau … Frustriert lasse ich die Peitsche erneut auf sie niedersausen. Sie zuckt zusammen, ihre Augen rollen nach oben und sie wimmert in den Knebel. Ich schließe die Lider und lasse den Kopf genüsslich in den Nacken fallen. Absorbiere es … fühle, wie mein Schwanz härter wird. Endlich …

Lust schwemmt meinen Körper, schwach, aber vorhanden. Wenigstens etwas … Ich grinse, hebe den Arm, will erneut zuschlagen, diesmal will ich ihre Brüste treffen – nicht zu fest, aber auch nicht zu leicht. Es ist eine Kunst … Da klingelt das Handy auf der Kommode. Verdammt!

Natürlich überlege ich, nicht ranzugehen, aber es ist dieser eine bestimmte Klingelton – *Spiel mir das Lied vom Tod*. Meine Exfrau! Und obwohl wir nicht mehr verheiratet sind, muss ich springen, wenn sie pfeift. Traurig, aber wahr.

»Keine Bewegung!«, fordere ich meine heutige Sklavin auf und schlendere zu meinem Smartphone. Knapp hebe ich ab und blaffe ein gereiztes »Was?« in den Hörer.

»Ja … auch schön, dich zu hören, Alec!«, keift sie sofort in bekannter Manier und ich reibe mir müde die Stirn. »Was willst du, Annemarie? Ich habe gerade etwas Wichtiges zu erledigen …« Düster visiere ich den schlanken Körper an, der in der Mitte des Raumes kniet.

Annemarie lacht, schrill und grell, mein Kopfweh nimmt zu. »Ja! Das möchte ich wetten! Aber du musst heute Laila abholen! Ich habe keine Zeit!«

Verflucht.

»Ich auch nicht!«

»Wieso nicht?«, säuselt sie hinterhältig.

»Das geht dich nichts an, Annemarie. Wir sind nicht mehr verheiratet.« Meine Stimme ist ausnehmend kühl.

»Ach so … gut … Wie du meinst, dann werde ich wohl meinen Anwalt kontaktieren müssen, weil du deinen Pflichten nicht nachkommst.« Ich seufze, denn mir wird klar, dass dies ein verdammter Test ist! Und auch wenn mir sonst alles andere egal ist, meine Tochter ist alles, was noch zählt.

Fest presse ich die Zähne aufeinander, bis sie knirschen, schaue wieder den verführerisch geröteten Rücken vor mir an und weiß, ich kann jetzt nicht weitermachen. Dabei versprach es doch gerade erst, unterhaltsam zu werden. Verdammt! Schließlich höre ich mir selber zu, wie ich mich geschlagen gebe. Absolut untypisch für mich.

»Wie du willst! Ich hole sie!«, knurre ich und lege auf, noch bevor sie mich weiterreizen kann. Obwohl wir geschieden sind, ahne ich, dass diese Frau mir zum Verhängnis werden wird. Denn sie will mich zerstören und weiß genau, wie ihr das gelingen kann. Sie will mir Laila nehmen, meinen blonden Engel. Alles, was noch für mich zählt. Aber das werde ich nicht zulassen – koste es, was es wolle. Egal, was für eine kranke Scheiße sich Annemarie ausdenken wird, um mich, Alec Morgan, in die Knie zu zwingen … Ich werde standhaft bleiben.

Kapitel 1

Vor mir steht eine winzige Frau in einem schlichten schwarzen Anzug. Das aschblonde, unspektakuläre Haar hat sie zu einem ordentlichen Dutt verknotet. Das nichtssagende Gesicht ist völlig ungeschminkt und wirkt wie das einer Elfe – blass, aber fein. Kein Schmuck ziert ihren Hals oder die zierlichen Hände. Sie ist so winzig, geradezu zerbrechlich, so schützenswert … WAS?

»Soll das ein Witz sein?« Ich wende mich an meinen Personalchef, dem bereits der Schweiß auf der fetten Stirn steht. Seine Augen überfliegen wild seine Papiere, an die er sich klammert, als könnten sie ihn vor meinem Zorn bewahren. »Ich dachte … dachte …«

»Sie sollen nicht DENKEN, Sie sollen mir angemessenen Personenschutz besorgen!«

»Sam ist der Vorname … Ich nahm an, es wäre ein Mann, und die gestellten Anforderungen wurden sogar übertroffen!« Wild blättert er in seinen Papieren, während ich ihn mit stechendem Blick beobachte. »Eine Ausbildung bei der Leibgarde der Queen von England … jahrelange Leitung einer Spezialeinheit der Regierung … Einsätze in Afghanistan, im Irak, in Russland und … in der Ukraine.«

Mein Blick gleitet im Augenwinkel zu der kleinen, unscheinbaren Frau, die ausdruckslos mit verschränkten Händen vor sich hinstarrt. Ihre Körperhaltung ist straff und zeugt von enormem Selbstbewusstsein, aber sie ist … so

KLEIN und EINE FRAU! Das muss eine Fehlinformation sein.

»Haben Sie etwas dazu beizutragen, Miss …«

»Stone. Samantha Stone«, berichtet sie mit ruhiger, emotionsloser James-Bond-Stimme und sieht immer noch an mir vorbei.

»Und?«, bohre ich weiter.

»Das ist die volle Wahrheit, Sir.« Klingt sie da etwa herablassend, und vor allem … wieso fluten ungebetene Bilder meinen sonst so scharfen Verstand? Von ihr, nackt, auf den Knien, die Hände hinter dem Rücken gefesselt, wie sie: »Ficken Sie mich bitte, Sir«, haucht und mich mit lebendigen, wunderschönen Augen anfleht. Mein Blick wird noch eine Runde stechender; ein normaler Mensch wäre längst davor zurückgezuckt, sie aber nicht. Wie auch, wenn sie mich *nicht ansieht*!

»Sehen Sie mich an!«, blaffe ich ungeplant. Sie folgt, mit eindrucksvoll grünen, funkelnden Augen, die hart und spöttisch wirken. Woraufhin ICH fast zurückzucke! Frauen bringen es in meiner Anwesenheit normalerweise nicht zustande, Arroganz und Überlegenheit auszustrahlen. Das sind ganz andere Signale, die sie mir tagtäglich senden. Nicht jedoch dieses kleine Geschöpf.

Das gefällt mir nicht. Ich möchte diesen überheblichen Ausdruck aus ihnen wischen …

»Sind Sie gewillt und vor allem fähig, mein Leben mit Ihrem eigenen zu schützen?«

»Jawohl, Sir.«

»Letztes Jahr gab es drei Mordanschläge, zwei davon konnten frühzeitig abgewendet werden, weil ich ein erstklassiges Team besaß. Beim dritten kam dieses erstklassige Team komplett um. Sind Sie sich dessen bewusst?«

»Natürlich nicht!« Nun funkelt sie wirklich eindrucksvoll und NOCH spöttischer! Ja klar, wie kann sie auch davon wissen? Selbstverständlich habe ich diese Informationen vor den Medien streng geheim gehalten. Macht sich nicht gut, den Ruf eines sauberen Edelmannes und Weltretters zu haben, und gleichzeitig für den Tod von sechs Menschen verantwortlich zu sein.

Weswegen die Suche von Neuem begann. Ich habe es so satt. Die letzte Woche haben sich nur unfähige Idioten gemeldet, und auch neben diesem kleinen Ding stehen vier weitere. Hohl schauen sie nach vorne, mit der gleichen Haltung, die auch die junge Frau an den Tag legt. Gerade so kann ich mir bei diesem Anblick ein müdes Seufzen verkneifen.

»Beweisen Sie sich! Sie haben eine Woche.« Kein Lächeln erscheint auf diesem feinen Gesicht, genau genommen regt sich gar nichts, vor allem nicht in den Augen.

»Das werde ich, Sir.«

Kapitel 2

Wieder erscheint sie in dem typischen schwarzen Anzug und sogar mit einer Kappe. Ihr Haar hat sie zu einem Zopf geflochten, der bis zu ihren Schulterblättern reicht, als sie frühmorgens gemessenen Schrittes vor mir hergeht und ich ihren Arsch einer genauen Inspektion unterziehe. Und der ist wirklich nicht zu verachten, auch wenn sie ihn etwas mehr schwingen könnte. Erneut taucht eine ungebetene Vision vor meinem geistigen Auge auf: Sie, voll in Aktion, um mein Leben zu schützen. Danach ist sie völlig verschwitzt und mustert mich besorgt mit geröteten Wangen – leicht keuchend, und es haben sich Strähnen aus ihrem Zopf gelöst. »Geht es Ihnen gut, Sir?«, haucht sie mit bebender Stimme … und klingt besorgt … und hingebungsvoll und … sie streckt die Hand nach mir aus …

Fast stolpere ich über den Bordstein und laufe frontal in ihren kleinen Körper! Fuck!

Sie hält mir mit emotionsloser Miene, bleichem Gesicht und penibel gestylten Haaren die Autotür auf und lässt sich nichts anmerken. Das fühlt sich bizarr an, sonst ist es an mir, meinen Frauen die Türen aufzuhalten – zumindest in der Öffentlichkeit. In meinem Schlafzimmer liegen die Tatsachen dann schon wieder ganz anders.

Mein Motto lautet: Gentleman in der Öffentlichkeit, Bastard im Bett.

Was natürlich keiner wissen darf, vor allem seit Annemarie

diesen unmöglichen Sorgerechtsstreit provoziert hat. Wir waren nur fünf Jahre verheiratet und sie hat mir eine Tochter geschenkt – meinen ganzen Stolz. Früher einmal, als der Stock noch nicht so tief in ihrem sexy Arsch steckte, hat sie dieses spezielle Leben, das ich bevorzuge, mit mir geführt, doch nun ist sie der Meinung, dass genau dieser Lifestyle unangebracht für unser Kind sei. Dabei hat Laila damit ungefähr so viel zu tun wie Socken mit einem Hut. Seitdem Annemarie nicht die Villa auf Sardinien bekam, will sie mich zerstören, indem sie mir Laila nimmt. Sie hätte damit rechnen müssen, dass sie nichts findet, um mein ruchloses Dasein vor dem Richter zu beweisen, denn diese Seite halte ich streng unter Verschluss und getrennt von meinem Saubermann-Image.

Auch vor meinen Angestellten, oder besser gesagt GERADE vor ihnen, denn wenn mich das Leben eines gelehrt hat, dann, dass du keinem trauen kannst, vor allem nicht denjenigen, die dir nahe stehen!

Meine neue Angestellte kann schon mal Auto fahren. Etwas, was ich nicht von vielen Frauen behaupten würde. Zielsicher lenkt sie die Limousine durch den dichten morgendlichen Verkehr.

»Wohin soll ich Sie bringen, Sir?«

»Hm?« Abgelenkt reiße ich meinen Blick von den vorbeieilenden Passanten los und sehe durch die hinuntergelassene Trennwand nach vorne. Ihre Katzenaugen sind nach draußen auf die Straße gerichtet. Sie sind wirklich der Wahnsinn, so grün und hell und stechend – nur leider absolut desinteressiert.

»Was denken Sie denn, Miss Stone?« Nicht einmal ein Stirnrunzeln erscheint bei dieser provokativ gestellten Frage.

»Ins Büro.« Das *Idiot*, das sie hinterherschickt, kann ich förmlich auf ihrer Stirn ablesen.

Ich nicke verbissen, aber sie gönnt mir nicht einen Blick durch den Rückspiegel, also muss ich meinen Mund öffnen und es aussprechen, obwohl das anders geplant war. »Sehr gut mitgedacht! Sie bekommen ein Fleißkärtchen.«

»Danke, Sir.« Das klingt nicht nur total sarkastisch, sondern ist auch so gemeint. Allein dafür will ich sie spontan übers Knie legen. Sogar ein paar Emotionen haben sich in die sonst so flache Stimme gemischt, und als ich sie erkenne, muss ich grinsen. Rebellion steht ihr unsagbar, gleichzeitig weckt sie in mir einen sonst so gut unterdrückten Drang – stärker als jemals zuvor. Sie ist viel zu arrogant, um die drohende Katastrophe zu bemerken. Und fährt im nächsten Moment auch noch die Trennwand hoch! SIE!

Ich sollte das tun, weil ich keine Zeit für Geplauder habe! Doch ganz konsequent surrt die Glasscheibe nach oben, bis ich meinen Finger auf den Knopf drücke und sie stoppe.

»Ich entscheide, wann unser Gespräch beendet ist!«

»Alles Relevante wurde doch gesagt.«

»ICH entscheide auch, wann alles Relevante gesagt ist!« Nur am Rande nehme ich wahr, dass ich mich anhöre wie ein kleiner Junge, kann mich aber nicht davon abhalten. Als Nächstes grinst sie auch noch, ganz kurz zuckt ihr Mundwinkel, dann ist ihre Miene wieder völlig ausdruckslos.

»Jawohl, Sir!« Sie salutiert!

Unbemerkt von ihr, verdrehe ich die Augen, denn ich lasse bereits die Trennwand ganz hochfahren.

***

Sie folgt mir wie ein winziger Schatten; leider fühle ich mich alles andere als sicher und bin jede Sekunde bereit, mich vor sie zu schmeißen, was ja wohl nicht Sinn und Zweck ihrer Anstellung ist. Wie kommt nur jemand derart Kleines auf die Idee, so einen Job zu machen? Kopfschüttelnd betrete ich den riesigen Tower, der mir gehört. Genauso wie viele andere Tower dieser Welt – ganz ehrlich, ich kann sie nicht mehr zählen. Ich nicke, wo zu nicken ist, ignoriere diejenigen, die selbst das Nicken nicht verdient haben, und begebe mich mit ihr in den Aufzug. Wir stehen nebeneinander und starren vor uns hin. Eigentlich würde ich gerne etwas anderes mit ihr tun, besonders weil sie das so gar nicht zu wollen scheint. Mein Jagdinstinkt wurde geweckt, und das ist alles andere als gut! Genau genommen katastrophal. Wenn ich ficken will, bin ich immer so schrecklich unkonzentriert und das kann ich mir schlicht und einfach nicht leisten.

Leise und reglos verbringt sie den Tag in meinem riesigen Büro, direkt neben der Tür. Ich sehe sie nicht, doch ich vergesse niemals, dass sie da ist. Ihre Präsenz ist zu mächtig und prickelnd, als dass man sie ignorieren könnte. Dennoch schicke ich sie am Abend nicht fort, sondern lasse mich von ihr nach Hause chauffieren und nehme freundlicherweise meine Vorzeigefreundin mit.

»Die Trennwand bleibt unten!«, informiere ich meine stumme Fahrerin, sobald sich der Wagen in Bewegung setzt.

Dann ziehe ich Emilie an mich.

»Guten Tag gehabt?«, erkundige ich mich, wie ich es immer tue, und sie nickt, bereits jetzt völlig benebelt.

Sofort fühle ich das Knistern in der Luft, aber es geht nicht von der Frau aus, die neben mir sitzt. Diejenige, die fährt, hält das Lenkrad so fest, dass ihre Knöchel weiß durchscheinen, aber sie sieht nicht ein einziges Mal nach hinten. Es ärgert mich und ich lasse mich von einem Impuls leiten. Öffne meine Hose und lasse mir kurzerhand einen blasen.

Dabei empfinde ich nur einen leichten Hauch der Lust. Schon lange reizt mich nichts mehr wirklich – dafür habe ich schon zu viel gesehen und erlebt und bin aufgrund dessen völlig abgestumpft.

Mir einen blasen zu lassen, während ich unentwegt nach vorne blicke, gibt mir ein wenig von jenem lange tot geglaubten Kribbeln zurück, was durch ihre Ignoranz nur verstärkt wird. Ich WILL, dass sie mich ANSIEHT!

Hingebungsvoll, flehend, so als wäre ich der Mittelpunkt ihres Universums.

So wie alle Frauen eben!

Oder meinetwegen auch wütend. Mir egal!

Tut sie aber nicht, also packe ich *ihn* wieder ein, ohne einen Orgasmus gehabt zu haben. Was Emilie gerade veranstaltet hat, war ein sanftes Streicheln, eine leichte Brise, kein wilder Sommersturm, viel zu lasch, als dass ich es Genuss oder gar Ekstase nennen könnte.

»Das nächste Mal strengst du dich mehr an!«, blaffe ich Emilie an. Für sie bricht eine Welt zusammen. Sie ist gut erzogen, möchte mit allen Mitteln gehorchen und mir gefallen. Dabei erinnert sie mich an einen Border Collie – die aimen auch too please.

Ich bin zwar streng, aber nicht grausam – normalerweise. Das ist neu, genauso wie die Tränen, die in Emilies perfekt geschminkten Augen glitzern, während sie sich auf die Unterlippe beißt und aus dem Fenster sieht. »Entschuldigung, Sir …«, murmelt sie kaum hörbar und eindeutig gekränkt. Ich schnaube frustriert. Sie nervt mich enorm und ich merke, dass es an der Zeit ist, etwas zu verändern. Irgendwie muss ich das Prickeln in mein Leben zurückholen.

Mein Blick schweift wieder nach vorne.

Das Opfer ist auserkoren.

Kapitel 3

Samantha Stone (der Nachname passt wie die Faust aufs Auge) bewährt sich in den nächsten sieben Tagen perfekt. Sie ist still, unauffällig und äußerst kompetent. Außerdem versteht sie sich blendend mit dem Rest des neuen Teams und mit meinem jahrelangen Sicherheitschef Dean Monroe. Er ist ganz hin und weg von ihr und ich vertraue in dieser Hinsicht auf sein Urteil.

Jede Aufgabe, die ich ihr stelle, löst sie ohne große Umschweife und zu meiner vollsten Zufriedenheit – leider! Ich lauere förmlich darauf, dass sie mir einen Grund gibt, meine *andere* Seite endlich rauslassen zu können, doch als würde sie das riechen, hält sie sich zurück. Nicht ein Kommentar entschlüpft ihr wegen des Blowjobs, bei dem ich sie mit den Augen fickte. Sie sieht mich nicht mal abfällig an oder verurteilt mich auf irgendeine Art und Weise. Stattdessen reizt mich ihre Ignoranz bis aufs Blut.

Mir ist klar, dass ich den Ball flachhalten sollte, besonders weil Annemarie zu immer härteren Geschützen greift und Reporter neuerdings jeden meiner Schritte verfolgen – auch wenn mein kleiner Bodyguard sie alle äußerst effektiv von mir abhält, allein mit ihrer vernichtenden Aura.

Dennoch drehe ich am siebten Abend allein in meinem Wohntower die kleine unscheinbare Visitenkarte zwischen meinen Fingern. Zu lange ist der letzte Kick her, zu schnell fühle ich mich ausgelaugt und unausgeglichen.

Es sollte mir egal sein, dass diese Katzenaugen den Blick in meine verweigern. Ist es aber nicht. Es sollte mich nicht stören, dass sie nur das Nötigste mit mir spricht. Tut es aber.

Und vor allem sollte es mir egal sein, dass Miss Ich-seh-dich-nicht-an einen Freund hat, wie ich von meinen Leuten erfahren habe. Ist es erst recht nicht.

Ursprünglich dachte ich, sie wäre vielleicht lesbisch. Das wäre eine passende Erklärung für ihr abnormales Verhalten, doch sie wohnt mit einem DER Neureichen dieser Stadt zusammen. Ein junger aufstrebender Designer.

Die Visitenkarte knallt auf den Tisch und ich schlucke mühsam, bevor ich fluche und mir durch die dunklen, kurzen Haare streiche. Ich ziehe mein Handy aus der Hosentasche und wähle die Nummer, die ich auswendig kenne. Es klingelt genau zwei Mal, dann ertönt eine tiefe, weibliche Stimme. Susi, ihr gehört das »Black Cat«.

»Mister Morgan, was kann ich für Sie tun?«

»Morgen Abend. Zweiundzwanzig Uhr. Einmal blond, grünäugig, schlank, C-Körbchen, keine Tätowierungen oder Piercings. Devot, unerfahren, Heels, rote Dessous – kein Korsett! Vorlieben: Double, Strip, Blasen, Bondage.«

»Sehr gern, Mister Morgan.« Ich lege auf und lehne mich auf der Couch zurück.

Während ich düster in den prasselnden Kamin starre, überlege ich, dass das die schlechteste Idee ist, die ich zurzeit haben kann. Allerdings sieht das mein Schwanz ganz anders.

***

Grinsend rufe ich sie am nächsten Tag um neun Uhr

abends an. Normalerweise lasse ich meine Angestellten in der Nacht in Ruhe. Nicht sie. Es klingelt endlos lange, bis sie ziemlich gehetzt rangeht.

»Ja?«

»Ja, was?«

»Ja, Sir!«, antwortet sie, und es ist das erste Mal, dass sie etwas außer Puste sowie abgelenkt ist und etwas lauter spricht. Meine Augen verengen sich.

»Was tun Sie gerade, Miss Stone?«

»Ich denke nicht, dass Sie das etwas angeht, Sir.« Ihre Stimme ist wieder ganz professionell und ich beiße die Zähne aufeinander. Vorhin hat sie mir besser gefallen!

»Ich brauche Ihre Dienste in einer halben Stunde – bei mir zu Hause.« Unverzüglich lege ich auf, bevor ich versucht bin, herauszufinden, warum sie so außer Atem klang.

***

Um Punkt halb zehn steht die schwarze Limousine vor meiner Tür, genau wie sie. Die Haare sind diesmal wieder zu einem Pferdeschwanz gebunden und die Kappe besonders tief ins Gesicht gezogen. Sie sieht müde und ausgelaugt aus, ist gehetzt, außerdem total grummelig, woraufhin ich fast grinsen muss. Ein Knopf ihrer Bluse ist falsch zugeknöpft, ansonsten wirkt ihr Auftreten gewohnt tadellos.

Diesmal ignoriere ich sie und steige wortlos ein. Ich lasse sie einen Block entfernt und außer Sichtweite parken.

»Stellen Sie sich auf eine lange Nacht ein«, verkünde ich mit einem leichten Grinsen, besonders weil sie die Lippen fest aufeinanderpresst, als ich aussteige. Das Auto hat eine

Standheizung, also wird sie nicht erfrieren. Trotzdem sieht sie alles andere als amüsiert aus.

Wollte sie etwa noch eine Runde vögeln? Das tut mir jetzt aber schrecklich leid!

Kapitel 4

Alec Morgan … ist ein arroganter Snob.

Der ganzen Welt präsentiert er sich als gesitteter Vorzeigebürger, aber das ist er nicht. Allein der Blowjob im Wagen zeigte mir sein wahres Gesicht. Das ist keineswegs so attraktiv und tadellos wie der Rest dieses Mannes. Er ist laut der New York Times, der GQ und etlichen anderen Magazinen einer der bestaussehenden Männer dieser Zeit. Außerdem einer der reichsten und ganz sicher derjenige mit dem größten Frauenverschleiß. Letzteres kann ich in den ersten Tagen nicht bestätigen. Er umgibt sich lediglich mit dieser Emilie Janson, einer gebürtigen Schwedin – Supermodel für Victoria's Secret und sonstige Konzerne, die den Frauen das vermeintliche Schönheitsideal vorgeben.

Er ist wirklich ein verdammter Saubermann … doch heute Abend … könnte sich das Blatt endlich wenden!

Sobald ich die Tür hinter ihm zugeschlagen habe und er in die kühle, neblige Nacht davonmarschiert, wobei er den Kragen seines Trenchcoats nach oben klappt, springe ich wieder in das Auto.

Die dämliche Mütze reiße ich mir vom Kopf, der Haargummi wird gelöst; mit den Fingerspitzen versuche ich die Locken zu entwirren, gebe aber auf, weil ich keine Chance habe. Ich knöpfe meine Bluse auf, sodass der blutrote BH hervorblitzt, und bin froh, dass ich heute einen eleganten Bleistiftrock angezogen habe. Unter dem Beifahrersitz hole ich die halterlosen schwarzen Strümpfe neben den hohen roten Heels hervor und schlüpfe hinein. Blutroter Lippenstift vollendet mein verruchtes Outfit, ein wenig davon verreibe ich auch auf meine hohen Wangenknochen, damit sie leicht schimmern. Aus meiner Handtasche krame ich die Wimperntusche, benutze sie kurz, worauf die feinen Härchen schier endlos wirken und meine strahlend grünen Augen betonen.

Skeptisch betrachte ich mich noch einmal im Rückspiegel.

Ich sehe gut aus und ich habe es im Urin! Die Show kann beginnen.

Trotz der Heels folge ich ihm lautlos durch den ausgestorbenen Stadtteil aus hohen, uralten Wohnhäusern. Er verschwindet in einem unscheinbaren, mit Graffiti beschmierten Eingang und ich warte ein paar Minuten. Um die Ecke biegt ein schnittiger schwarzer Mercedes und parkt ein paar Häuser weiter. Aus diesem sprintet eine blonde Frau, die ziemlich gehetzt wirkt, als hätte sie etwas Wichtiges vor. Bevor sie den Eingang erreichen kann, bin ich an ihrer Seite. »Sie haben das Licht in Ihrem Auto angelassen!«, informiere ich sie. Ein älterer Herr hat gerade die Tür geöffnet, ich schlüpfe unbemerkt hindurch und finde mich in so etwas wie einem Hotel wieder. Von außen sieht das Haus völlig runtergekommen aus. Innen jedoch ist es sehr aufwendig renoviert und strotzt vor Gold und Rotnuancen.

An der Rezeption sitzt eine gelangweilte Empfangsdame, Kaugummi kauend und mit zu viel Make-up im Gesicht. Sie blickt nicht auf, als ich herantrete. Wenn eines wirkt, dann diese Masche.

»Entschuldigung, dass ich zu spät bin!« Sie sieht kaum auf.

»Ich muss es ja nicht mit ihm ausmachen! Drittes unteres Stockwerk.« Nach wie vor gelangweilt weist sie in Richtung der Aufzüge, als könnte ich mir das nicht schon denken.

Ich folge ihrem Fingerzeig und verschwinde genau in dem Moment in dem Fahrstuhl, als die blonde Frau angestöckelt kommt und mich wütend ins Visier nimmt. Grinsend winke ich ihr, da gleiten schon die Türen zu.

Es spielt keine Musik. In der Ecke steht eine Palme, ansonsten sind alle Wände verspiegelt. Kurz bevor ich das passende Stockwerk erreiche, vernehme ich leise, langsame Klaviermusik. Die wird lauter, als die Türen sich öffnen und ich in ein riesiges Foyer heraustrete. Hier schimmert auch alles in edlen Gold- und Rottönen. Eine weitere Frau sitzt hinter einem Tresen, allerdings kaut sie kein Kaugummi und macht auch sonst keinen gelangweilten Eindruck. Sie trägt ein dunkles Abendkleid und glitzernden Schmuck, die schwarzen Haare sind hochgesteckt. Sicherlich ist sie um die fünfzig, hat sich aber dank diverser Schönheits-OPs auf vierzig gezaubert. Elegant erhebt sie sich und gleitet auf mich zu.

»Du bist die Neue?«

Ich nicke, worauf sie mich am Arm packt und hinter sich her zieht. »Bevor du noch einmal zu spät kommst, brauchst du gar nicht erscheinen!«, zischt sie mich an und bleibt vor einer der vielen Türen in einem endlosen Gang stehen. Ehe ich mich versehe, hat sie mir eine schwarze venezianische Maske mit goldenen Verzierungen umgelegt und tritt zurück. Sie wirkt nicht sehr überzeugt, was alles andere als schmeichelhaft ist. Gerne würde ich ihr sagen, dass sie wie ein ausgetrockneter Dinosaurier aussieht, der zu viel Zeit in der Sonne verbracht hat. Ich verkneife es mir – auch wenn es mir schwerfällt.

»Na ja … probier mal dein Glück …« Dann öffnet sie die Tür und schiebt mich hindurch.

Ich finde mich in einem Festsaal wieder, wie er im Buche steht.

Hier sind ziemlich viele Menschen … und ein Klavierspieler in der Mitte eines Podiums. Auf dem Flügel rekelt sich eine halb nackte Frau und streicht mit schönen Händen über ihren noch schöneren Körper! Meine Augen werden groß, nehmen das Buffet voller Köstlichkeiten in sich auf, die hohe Stuckdecke, die Deckenmalerei, die hohen Fenster mit den blutroten Vorhängen davor, die vielen Sitzecken, die Menschen in Abendgarderobe, die lachend oder auch fummelnd beisammenstehen. Hier und da küsst sich ein Paar. In einer Ecke lehnt ein Kerl an der Wand. Er hat die Augen geschlossen und den Kopf nach hinten geworfen, während zwei wunderschöne Frauen ihn hingebungsvoll mit dem Mund befriedigen. Abertausende Kerzen erhellen das Szenario. Alle tragen Masken, keiner ist zu erkennen und ich schlucke mühsam.

Ist Alec Morgan tatsächlich hier? Und wie soll ich ihn finden, wenn ich kein Gesicht ausmachen kann?!

Blöde Idee, hier einfach so einzulaufen; anscheinend bin ich direkt auf einer der exklusiven Swingerpartys der Reichen und Schönen gelandet, und mir ist nach vielem, aber sicher nicht nach swingern. So ein Mist!

Von der vorbeigehenden, ziemlich attraktiven Kellnerin schnappe ich mir ein Glas Champagner und trinke es in einem Zug leer. Bevor sie verschwindet, nehme ich mir noch eins und mache damit auch kurzen Prozess. Das leichte Schwirren in meinem Kopf heiße ich willkommen, weiß aber ebenfalls, dass es auf keinen Fall mehr werden darf. Ich muss locker, aber bei Verstand bleiben! Egal, was heute passiert!

Um nicht weiter aufzufallen, setze ich mich an die Bar und versuche dabei genauso elegant und selbstsicher wie der Rest zu wirken. Und das, obwohl der Großteil mindestens halb nackt ist. Ich bin mit Sicherheit eine der meist angezogenen Frauen in diesem Raum und doch fühle ich bereits binnen kurzer Zeit unzählige verlangende Blicke auf mir. Blicke, bei denen ich mich unsagbar unwohl fühle … doch ich lasse mir nichts anmerken und spiele selbstvergessen und provokativ mit meinem Haar.

»Neu hier?« Ein attraktiver Riese fordert meine Aufmerksamkeit, indem er sich elegant auf den Hocker neben mir gleiten lässt, und ich weiß nicht, ob ich erleichtert oder erschrocken sein soll, als er mich schief angrinst. ER IST ES! Eindeutig!

Diese Augen hinter der pechschwarzen Maske würde ich überall erkennen. Sie sind so dunkel – fast schwarz, so glühend, so besitzergreifend, jedes Mal, wenn er mich ansieht, dabei hat er dazu überhaupt kein Recht! Ich nicke, weil er sonst sicherlich meine Stimme erkennen würde, und schlucke hörbar. Mit dem Finger hebt er mein Kinn, sodass ich ihn ansehen muss und ich zucke zurück, denn es prickelt dort, wo er mich berührt. Er schnalzt missbilligend mit der Zunge und ergreift es fester.

»Du bist noch *verdammt* neu, hm?«

Ich nicke erneut, worauf er mir ein Glas unter die Nase hält. »Trink, dann lernt es sich leichter …« Seine Stimme ist leise, lockend, und sie hat nichts mit dem kühlen, unnahbaren Mann zu tun, den ich bis jetzt kennengelernt habe. Mir wird klar, dass dies hier eine Seite an ihm ist, die er wirklich gut unter Verschluss hält und ich weiß, dass ich mich auf dem Weg in die richtige Richtung befinde.

Ich nehme einen winzigen Schluck.

»Trink aus«, fordert er emotionslos, ohne mich aus den Augen zu lassen und setzt sich mir gegenüber so auf den Hocker, dass sein Knie meines berührt. Es prickelt noch mehr, besonders, nachdem ich das Glas geleert habe. Umgehend schenkt er mir nach, auch wenn mir ein Rätsel ist, woher er die Flasche genommen hat.

»Was denkst du, nach wie viel Gläsern bist du betrunken?«, erkundigt er sich schmunzelnd.

»Viel brauche ich nicht mehr!« Bevor ich mich versehe, habe ich gesprochen und könnte mir selbst in den Allerwertesten treten. Er ist ja nicht blöd und kennt meine Stimme! Doch anscheinend hat er auch schon genug intus, denn er zuckt nicht mal mit der Wimper.

»Dann war das dein letztes.«

Er nimmt mir das Glas aus der Hand und trinkt es selber aus. »Ich mag keine unkonzentrierten Frauen.«

»Unkonzentriert?«, frage ich mit hochgezogener Augenbraue und bin erleichtert, weil mein Fauxpas unentdeckt blieb.

»Es ist von Vorteil, wenn du verstehst, was ich sage, nicht nur verbal, sondern auch mit deinem Verstand. Das setzt allerdings voraus, dass dieser funktioniert.«

»Was haben Sie mit mir vor?« Wieder rede ich, ohne nachzudenken, was am Champagner liegt. Mit einem Mal beugt er sich vor und diese Duftmischung, die mich manchmal beim Fahren schon mehr ablenkt, als dass es gut ist, trifft auf meine Nase. Er riecht frisch und kühl und männlich, erinnert mich an Freiheit.

»Ich werde dich vor allen anwesenden Herrschaften in den Arsch ficken«, verkündet er samten und weicht zurück, als ich keuche. Seine Augen verdunkeln sich. »Was?«

»Ich … ähm …« Was soll man denn bitte auf so was antworten? Ja, klar? Oder … nein, danke? Hast du sie noch alle, oder einfach nur: AUTSCH? Sein Blick wird stechend.

»Hör auf zu stammeln, das bringt mich nur dazu, dir deinen Mund mit meinem Schwanz stopfen zu wollen.« Ich presse meine Lippen aufeinander und sehe ihn mit großen Augen an. Er wirkt belustigt, aber unter der Oberfläche brodelt eine grimmige Anspannung. »So ist es besser. Wenn ich dich etwas frage, wirst du mir in einem zusammenhängenden Satz antworten. Verstanden?«

Ich nicke.

Er verdreht die Augen, mit einem Mal hat er meinen Oberarm in der Hand und befördert mich mit dem Rücken auf die Bar. Den Barkeeper stört das kein bisschen, er putzt einfach lakonisch um mich herum, während ich nun wild keuchend zu ihm aufsehe.

Seine Hand streicht über mein Dekolleté, schließt sich sanft um meinen Hals, während er sich vorbeugt und direkt an meinen bebenden Lippen spricht. »Ich mag es nicht, mich zu wiederholen.« Mein Kopf schwirrt, genauso wie mein Bauch. »Hattest du noch nie einen dominanten Mann?«

»Ganz sicher nicht!«, japse ich.

»Aber du willst jemanden, an den du die Verantwortung abgeben kannst; jemanden, der dich über deine Grenzen und noch weiter führt; jemanden, dem du dienen darfst.« Unter normalen Umständen hätte er bereits mein Knie zwischen den Beinen.

»Ja.« Er grinst und streicht mit seinem Daumen über meinen rasenden Puls.

»Wen willst du dafür?«

»Dich …«, erwidere ich perfekt hauchend.

»Mich?«, bohrt er provokativ.

»Ja!«

»Ja, Sir«, gibt er leise vor.

»Ja, Sir«, wiederhole ich mit unsicherer Stimme und blicke ihm in diese nun triumphierend funkelnden Augen; Augen, in denen ich mich völlig verliere, weswegen ich es normalerweise strikt vermeide hineinzusehen. Mit einem Mal fluten meinen Geist Visionen davon, wie sich sein Mund auf meinen senkt, wie er mich küsst, wie er mich berührt, hier mitten auf der Bar vor all den Fremden … und ich fühle, wie die Röte in meine Wangen schießt.

»Was würdest du dafür tun?« Seine Hand streicht hauchzart über meinen Körper … er öffnet Knopf für Knopf meine Bluse.

»Alles!«, entgegne ich, weil ich vermute, dass es das ist, was er hören will. Er schnaubt abfällig.

»Sei nicht so unkreativ.«

Ich möchte wieder anfangen zu stammeln, aber ich verkneife es mir im letzten Moment. Stattdessen entkommt mir ein Keuchen, weil er meine Bluse komplett geöffnet hat. Wirklich gerne würde ich ja kreativ werden und über eine passende Antwort nachdenken, dies gestaltet sich aber leider alles andere als leicht, weil er meine Brust über dem roten BH umfasst und sie sanft massiert. Alles, ohne einmal hinzusehen.

»Ich warte …« Oh Gott! »Und ich habe nicht viel Geduld«, haucht er auch noch in mein Ohr und leckt über meine Muschel. Ich erschauere und schließe die Lider. Seine Zunge ist heiß und weich …

»3!« Hätte ich gewusst, dass er so offensiv vorgehen würde, hätte ich mich darauf vorbereitet. Aber das hatte ich nun wirklich nicht gedacht – so unnahbar und eiskalt, wie Alec Morgan sonst wirkt –, und vor allem hätte ich nicht so viel trübenden Alkohol getrunken!

»2!« Das war ein wirklich mieser Fehler, der mir jetzt zum Verhängnis wird, denn er streicht mit seinen Fingerspitzen am unteren Bund meines BHs entlang.

»1!« Und mit diesem Hauchen weicht er zurück. Sein Kiefer ist verbissen, seine Augen eiskalt.

»Komm wieder, wenn du bereit für mich bist!«

»Was?« Entsetzt halte ich meine Bluse zusammen und richte mich auf.

Er antwortet nicht mehr, stattdessen dreht er sich um und geht davon. Ich sehe ihm verwirrt nach und ignoriere den Stich in meiner Herzgegend.

Kapitel 5

Am nächsten Morgen sieht er frisch und erholt wie immer aus, während ich eine üble Nacht hinter mir habe. Sein maßgeschneiderter Anzug steht ihm vorzüglich, die breiten Schultern werden vorteilhaft betont, genauso wie die schmalen Hüften und die langen Beine. Er wirkt anmutig, edel … und er grinst mich dreckig an, als ich ihm die Tür aufhalte.

Bei diesem Grinsen wird mir das erste Mal in meinem Leben richtig heiß und gleichzeitig übel. Ich frage mich, ob er gestern vielleicht doch wusste, dass ich es bin und ob er vielleicht dort weitermachen will, wo wir aufgehört haben.

Ahnt er, was für ein Spiel ich mit ihm spiele?

Während er locker die Treppen hinunterläuft, streicht er sich durchs Haar und lässt seinen Blick ziemlich eindeutig über mich schweifen. Er ist so dunkel, so brennend … Ich halte die Luft an und straffe die Schultern, als er direkt auf mich zukommt.

Aber Alec Morgan geht einfach an mir vorbei und steigt beschwingt in die Limousine. Laut lasse ich den angestauten Atem entweichen. Ich könnte mir in den Hintern treten, während ich die Tür hinter ihm zuknalle! Wenn ich das gestern nicht versemmelt hätte, dann könnte der Fall schon erledigt sein! Und er sollte lieber so schnell wie möglich erledigt sein, weil … ja weil … ich mich in seiner Gegenwart unwohl fühle. Sehr sogar. Aber wie auch nicht?!

Es ist, als lauere er förmlich auf eine Reaktion von mir, allerdings bin ich keineswegs gewillt, ihm diese zu liefern! Ich kann Anweisungen befolgen, ohne sie zu hinterfragen, aber ich lasse mich nicht gern zum Spaß beherrschen, unterdrücken, dominieren. Das ist Kindergarten! Ich weiß genau, wie wichtig es ist Befehle auszuführen, wenn das Leben davon abhängt! Es grundlos zu tun, wirkt im Gegensatz dazu lächerlich.

Vor allem aber: Was soll es mir geben?

Er hat aber anscheinend meine Unterwerfung im Sinn, und ich werde mich darauf einlassen müssen. Ich bin es ihr schuldig. Allein dass er einen Sexclub aufsucht, reicht nicht. Ich brauche Bilder, Videos, die ihn in eindeutig prekären Situationen zeigen. Möglichst nicht nur von einem Abend, sondern von so vielen wie möglich. Natürlich ohne diese dämliche Maske!

Ich MUSS mehr über ihn erfahren! Das gestern war schon ein Anfang, aber dann habe ich alles versaut und jetzt bin ich wieder bei Null, weil ich nicht weiß, wann er dieses Etablissement erneut aufzusuchen wird!

Dazu kommt, dass es mir immer schwerer fällt, mich zu konzentrieren. Ständig schweifen meine Gedanken zurück, und in den unmöglichsten Momenten fühle ich wieder seine heiße Hand auf meiner Brust oder seinen Atem an meinem Hals oder seine Lippen an meinem Ohr. Außerdem lenkt mich seine Stimme ab – dieses leise, sanfte sowie tiefe Timbre dringt in jede Zelle meines Körpers und sorgt dort für einen prickelnden Nachhall. Im Endeffekt steuere ich auf ein Desaster katastrophalen Ausmaßes zu.

Das erste Mal in meinem Leben möchte ich davonlaufen und aufgeben. Dies kommt aber natürlich nicht infrage!

***

Am Nachmittag macht er früher Schluss und verlangt, dass ich ihn in sein Sportstudio fahre. Natürlich besitzt er das ebenfalls. Was mich zu der Frage veranlasst, ob ihm nicht zufällig die ganze Stadt gehört, woraufhin er nur mysteriös schmunzelt. Als ich vor der Umkleidekabine stehen bleibe, lehnt er sich in den Türrahmen.

»Sie trainieren heute mit mir!«

»Was?« Nun hat er mich wieder kalt erwischt und verwundert sehe ich ihn an. Er grinst abfällig, dabei fallen mir seine weißen, geraden Zähne auf, und hebt eine Augenbraue.

»Glauben Sie etwa, ich lasse Sie weiterhin für mich arbeiten, wenn ich noch nicht persönlich überprüft habe, wie es um Ihre Nahkampfausbildung steht?«

»Ich habe eine Ausbildung in Krav Maga und in diversen anderen Kampfsportarten, die auch die Leibgarde nutzt; zudem besitze ich den schwarzen Gürtel.«

»Weißt du, Baby?« BABY! Aufgrund seines ungehörigen Kosenamens möchte ich knurren und ihm sofort eine verpassen, lasse es aber sein und verenge stattdessen meine Augen einen Tick. »Reden kann jeder! Machen ist Gold!« Und somit zieht er mich in die Umkleidekabine.

***

Fluchend stülpe ich mir das einfache weiße Top über den Kopf und schlüpfe in die Sporthose, die mir die überengagierte blonde Empfangsdame gebracht hat. Gut! Wenn er will, dann reiße ich ihm eben den Arsch auf! Wer nicht hören will, muss fühlen!

Allerdings verharren meine selbstsicheren Schritte, sobald ich die große verspiegelte und mit Matten ausgelegte Halle betrete, denn er trainiert bereits – mit einem winzigen Asiaten, der unsagbar schnell ist! Und mit dem er ausgezeichnet klarkommt. Wow!

Niemals hätte ich gedacht, dass dieser Snob in der schwarzen lockeren Hose und dem gleichfarbigen Muskelhemd kampftechnisch was drauf hat, aber so ist das wohl, wenn man Mister Superreich ist. Man kann von den Besten lernen und das hat er augenscheinlich.

Sobald der Asiate am Boden liegt, grinst mich Alec überlegen an, während er dessen Kehle mit seinem nackten Fuß fixiert. Obwohl ich nur die Augen verdrehen oder wahlweise seinen schweißnassen Körper betrachten will, unterlasse ich beides.

Als er mich heranwinkt, tue ich ihm den Gefallen und gehe zu ihm, stelle mich direkt vor ihn und verschränke die Arme vor der Brust.

»Langweile ich Sie, Miss Stoneheart?« *Idiot!* Ständig nennt er mich so!

»Natürlich nicht, Sir.« Das tut er wirklich nicht, es ist nicht mal eine Lüge. Die Kunst ist es, es genauso klingen zu lassen!

Er grinst schief. »Wenn ich so langweilig bin, dann wird es mir sicher nicht möglich sein, Sie zu überwältigen.«

»Tun Sie sich keinen Zwang an.«

»Ich könnte Sie verletzen.«

»Probieren Sie es.«

»Heulen Sie aber danach nicht!«

Ich gähne gespielt, woraufhin er leise und melodisch lacht. Im nächsten Moment schnellt seine Faust nach vorne. Ich weiche überrascht zurück, lasse mich reflexartig nach hinten auf den Rücken fallen und stoppe meinen Fuß kurz vor seiner Kniescheibe. Er stockt mit weit aufgerissenen Augen, während ich am Boden liege und zu ihm hochsehe.

»Ein Tritt, während Sie stehen und Ihre Bänder sind gerissen.« Aus der Brücke heraus springe ich auf die Beine und nehme direkt die Ausgangshaltung ein. Er war gerade verdammt schnell und ist damit ein Gegner, den ich nicht unterschätzen darf. Besonders wenn seine Augen so funkeln wie jetzt gerade, während er sich in dieselbe Pose stellt. Die muskulösen Oberarme feucht, die Fäuste riesig. Es ist nicht wie in Hollywoodfilmen. Ich weiß aus Erfahrung, dass ein Schlag von so einem trainierten Mann reicht, um eine kleine Person wie mich im Zweifelsfall umzubringen. Natürlich würde er das nicht tun, trotzdem muss ich vorsichtig sein.

Am Anfang nimmt er sich eindeutig zurück – der Macho! Wir tänzeln ein bisschen umeinander, eher verspielt, doch werden immer aggressiver, weil keiner bei dem anderen einen Treffer landen kann. Schließlich kassiert er den ersten Hieb meines Knies in seine Nierengegend; er keucht, klappt vornüber, und ich nutze die Zeit, um mich aus seiner direkten Reichweite zu bringen.

Er stützt sich mit beiden Händen auf seinen Knien ab und sieht mit glühenden, dunklen Augen und feuchten Strähnen, die ihm ins Gesicht fallen, atemlos zu mir hoch. Sein Blick löst ein Kribbeln in mir aus und ich weiß, dass meiner dem in nichts nachsteht.

Das macht Spaß! Ich grinse kurz, dann stürze ich mich wieder auf ihn, bin allerdings zu übermütig, weswegen er mich beinahe erwischt.

Jetzt nimmt sich Alec Morgan nicht mehr zurück!

Nur im Augenwinkel bemerke ich, dass sich an den Seiten bereits Zuschauer versammelt haben, die alles andere als leise sind und schon bald jeden Schlag und jeden Tritt mit einem lautstarken Kommentar begleiten. Der Schweiß läuft in Strömen, mein Herz rast und meine Atmung geht flach. Ich zittere bereits nach einer halben Stunde am ganzen Körper, so sehr fordert er mich, aber ich … *liebe es!*

Es ist befreiend, endlich mal alles rauslassen zu können, was sich angestaut hat, und ihm vor allem zu beweisen, was ich wirklich kann! Er wirkt nicht überrascht, das wundert mich, eher ist er von jedem meiner Schläge angestachelt und treibt mich immer weiter über meine Grenzen.

Ich weiß nicht, wie viel Zeit vergeht, weil diese völlig nebensächlich wird, wie immer wenn man etwas tut, was einem Spaß macht. Aber irgendwann tänzeln wir nicht mehr, wir taumeln, und auch die Angriffe muten immer kraftloser an.

In seiner Not greift er zu unlauteren Mitteln und zerrt sich fluchend das absolut durchnässte Shirt über den Kopf, präsentiert mir das erste Mal seinen Oberkörper nackt! Und ich habe ja schon viele durchtrainierte Männer gesehen, aber nur wenige, die so makellos sind. Nicht zu viel und vor allem nicht zu wenig. Seine Muskeln sind geschmeidig und gut proportioniert. Die Haut bleich, aber haarlos. Eindeutig legt er hohen Wert auf sein Äußeres und weiß, wie er es einsetzen muss, um einen Vorteil daraus zu erlangen.

Sein Plan geht auf, denn ich stolpere und er bekommt meinen Oberarm zu fassen. Er will ihn mir auf den Rücken verdrehen, während ich mit dem Ellbogen versuche, seine Schläfe zu treffen, um mich aus meiner unvorteilhaften Lage zu befreien. Doch er stoppt ihn mit der anderen Hand, wickelt ein Bein um meines und zieht es unter mir weg, sodass ich mein Gleichgewicht verliere und nach vorne falle.

Ich zerre ihn mit und er landet schwer auf meinem Rücken. Wild keuchend, schwitzend und vor allem total überhitzt legt sich sein steinharter Arm um meinen Hals; er umklammert mit der linken Hand sein rechtes Handgelenk, drückt aber nicht zu. Trotzdem wird mir schwindlig und ich kämpfe gegen das Gefühl der Panik an, das ein mögliches Ersticken mit sich bringt.

»Ich habe gewonnen!«, raunt er heiser in mein Ohr. »Ergibst du dich?« Er vergisst sich insoweit, dass er mich erneut duzt, trotzdem existiert für mich nur eine Antwort:

NIEMALS!

Ich verliere nicht!

Wir sind ebenbürtig, weswegen ich jetzt auch zu den schmutzigen Tricks greife!

Ich verpasse ihm eine mit dem Hinterkopf, woraufhin er aufkeucht und ich die Sekunde nutze, um ihn zu überrumpeln. Schon liegt er mitten in der Halle auf den Matten und ich sitze mit einem überlegenen Grinsen auf seinem Bauch. Seine Augen glühen auf, dann hat er mich schon überwältigt und ich bin wieder unter ihm! Mit aller Kraft werfe ich uns herum, sodass ich wieder die Oberhand habe. Mein gesamter Körper bebt zu dieser Zeit schon vor Entkräftung und wir schnaufen wild um die Wette.

Er beißt dennoch die Zähne zusammen und schafft es wieder, mich auf den Rücken zu legen!

Irgendwie rollt er sich auf mich und landet zwischen meinen Beinen, pinnt schließlich meine Handgelenke rechts und links neben meinem Gesicht fest. Er starrt mich herausfordernd an.

Erst da wird mir klar, dass ihn DIESER Bodenkampf alles andere als kalt lässt, und ich reiße die Lider auf.

Alec Morgan hat einen Ständer!

Was ihn aber keineswegs zu stören scheint, denn er grinst schief, sobald ich die Augen verenge. Mit einem Mal muss ich an gestern Nacht denken und daran, wie sehr ich wollte, dass er mich küsst. Ein wenig bewegt er seine Hüften, sieht mich dabei immer noch provokativ an, worauf *echte* Panik in mir hochsteigt!

Weiß er vielleicht doch, dass ich es war? Merkt er, dass das Ganze mich alles andere als kalt lässt?! Ahnt er, dass ich ihn in diesem Moment nackt über mir haben will!? Ich befürchte es!

»Ich ergebe mich!«, wispere ich, denn DIESEN Kampf kann und will ich nicht gewinnen.

»Schade!«, meint er auch noch und stützt sich dann mit den Armen ab, um sich elegant auf die Beine zu befördern. Als wäre ich eine Puppe, zieht er mich hoch, schlingt einen Arm um meine Hüfte und dreht uns zu den Zuschauern. Lässig hebt er meine Hand in die Luft und alle jubeln.

Ich bin immer noch völlig atemlos und verwirrt, von diesem Kribbeln, das immer noch in mir nachhallt, und der Schnelligkeit, mit der er die Stimmung gewandelt hat.

Und während ich aus dem Augenwinkel beobachte, wie er breit grinsend Glückwünsche entgegennimmt, wird mir klar, dass ich wirklich aufpassen muss.

Alec Morgan beherrscht Spiele auf einer Ebene, von der ich bis jetzt noch nicht mal den Hauch einer Ahnung hatte.

Kapitel 6

Bereits heute Abend entscheidet er sich wieder, den Club zu besuchen, und ich beeile mich noch mehr, um nicht zu spät zu kommen. Diesmal bin ich auch besser vorbereitet. Ich trage unter meinem Hosenanzug ein körperbetonendes, einteiliges Outfit … in Gold … mit sehr tiefem Ausschnitt und Schlaghosen, deren seitlichen Schlitze bis zu meiner Hüfte reichen. Das Design erinnert ein wenig an »ABBA«. Aber an mir sieht es definitiv nicht nach ABBA aus!

Make-up lege ich auf, während ich zu dem Gebäude eile, was wirklich eine Kunst ist. Und dabei bildet sich gerade erst der Muskelkater, den er mir heute Nachmittag beschert hat!

Während ich nach meinem Arbeitstag geduscht habe, traf ich den Entschluss, wirklich ALLES dafür zu tun, um diesen Auftrag zu erledigen. Ich kann das und ich werde es mir selbst beweisen! Nicht jemand anderem, sondern nur mir, mir ganz allein!

Das hat auch nichts damit zu tun, dass dieser Mann mich tatsächlich darauf neugierig macht, was er mit mir vorhat … *wenn ich bereit bin*! Ich nehme mir vor, bereit zu sein! Jetzt weiß ich ja, was mich erwartet.

Ha! Was für ein Witz! Ich ahne schon jetzt, dass man bei einem Alec Morgan mit allem rechnen muss. Er ist so unvorhersehbar wie eine Naturgewalt!

***

Wieder werde ich in der Maske den langen Gang entlanggeführt und diesmal sind meine Hände richtig schwitzig! Allein wenn ich mir vorstelle, was er mit mir tun will! Arschficken! Ich werde schon rot, wenn ich nur an das Wort denke, andererseits habe ich eine Entscheidung gefällt und die ist unumstößlich. Haha!

Die üblichen Verdächtigen tummeln sich fröhlich herum, aber diesmal nehme ich mir mehr Zeit, die Lage zu sondieren und schalte die kleine Kamera ein, die sich in meinem schwarzen Ohrring befindet. Leise murmle ich das heutige Datum.

In dem Kamin brennt sogar richtiges Feuer und diesmal wird der Klavierspieler von einer Geige begleitet. Die Speisen auf dem Buffet sind exquisit, genauso wie der Rest der Aufmachung sowie die Getränke. Hier wird das Geld geradezu verprasst, und das ärgert mich maßlos. Ein paar Blocks weiter müssen Menschen sich ihr Essen aus dem Müll zu holen, hier wird es verschwendet.

Kopfschüttelnd bewege ich mich durch den Raum, stelle klar, dass jeder noch so kleine Winkel gefilmt wird, und unterdrücke dabei mein Herzklopfen. Hinter jeder Maske vermute ich ihn, aber ein Blick in die Augen reicht aus, um mir klarzumachen, dass er nicht da ist!

Ein ungutes Gefühl ballt sich in meinem Magen zusammen, der sich daraufhin verkrampft. Vergnügt er sich bereits mit einer Frau, die BEREIT für ihn ist? Wenn er nicht hier ist, wo ist er dann? Ich habe ihn schließlich hergefahren!

Bin ich in den falschen Raum geführt worden? Gibt es noch mehr davon? Und wie soll ich ihn finden?

Da höre ich sein leises Lachen, trotz des konstanten Stimmengeraunes und der Musik. Es kommt aus einer Sitzecke, vor der ein Pulk Menschen steht und auf die mir die Sicht verwehrt wird. Ich quetsche mich durch die Menge … nur um ihn auf einer Chesterfieldcouch vorzufinden.

Er trägt immer noch einen perfekt sitzenden, dunklen Anzug, beide Beine weit von sich gestreckt, die Arme über die Lehnen der golden bezogenen Sitzmöglichkeit geworfen, umgarnt von zwei rassigen Schönheiten. Eine knöpft ihm gerade das Hemd auf und legt die muskulöse Brust frei, die andere umkreist seinen Nippel mit der Zunge, stöhnt dabei, während er nicht den Hauch einer Regung zeigt.

Mich durchfährt es siedend heiß, sobald ich ihn erblicke und ein Funken Eifersucht setzt meine Magengegend in Brand.

Also straffe ich die Schultern, hebe das Kinn und gehe mit wiegenden Hüften auf ihn zu. Gleich wird er aufsehen und mich erkennen. Ich lege ein winziges Lächeln auf meine Lippen, das sich nicht einmal falsch anfühlt, runzle aber nach ein paar Metern die Stirn.

Er konzentriert sich total auf die beiden Frauen in Abendgarderobe, die nun einträchtig seinen perfekten Oberkörper verwöhnen. Sie stöhnen und keuchen dabei mehr als er, und das nimmt er ihnen ab? Auf jeden Fall stört es ihn wohl nicht. Ganz im Gegenteil!

Er sieht einfach nicht auf, scheint völlig in seiner kleinen Blase der Lust gefangen und ich bleibe stehen. Lippen kauend, vielleicht fünf Schritte entfernt, direkt vor der Sitzecke! Was soll das? Er muss doch merken, dass ich da bin! Vor ihm! *Bereit!*

Eine Frau mit roten Haaren schlendert an mir vorbei, und als sie ihm winkt, hebt sich sein Blick, gleitet direkt über mich, und er zwinkert ihr zu! Als hätte er mich gar nicht erkannt … Als wäre ich irgendeine Fremde.

Das ungute Gefühl in meinem Magen nimmt zu, das Feuer brennt höher und meine Hände werden feuchter! Was zum Teufel soll das?!

Als würde ich nicht direkt vor ihm stehen und mit meiner Übelkeit kämpfen, die immer stärker wird, öffnet er seine Hose und murmelt einer der Schönheiten etwas zu. Ihre Augen hinter der dunkelgrünen Maske strahlen und sie schwingt ihr langes, glattes Bein über seinen Schoß. Durch ihr enges rotes Kleid wird das Wichtigste verdeckt, auch wenn es ihren überdimensionalen Hintern nicht verbergen kann.

Sie nimmt mir völlig den Blick auf ihn, aber sein Stöhnen dringt an meine Ohren, wie Gift, als sie sich langsam und vorsichtig auf ihn herablässt. Sobald er ganz in ihr ist, gibt sie einen wimmernden Laut von sich, er legt seine Hände auf ihre Hüften und fängt an ihr vorzugeben, wie sie sich zu bewegen hat. Sie wimmert lauter und ihr Kopf fällt nach hinten. Ihre roten Fingernägel krallen sich in seine Schultern. Direkt vor meinen Augen fängt sie an, ihn lasziv zu reiten, ihre Hüften professionell zu kreisen und ihre Lust in die Welt hinauszuschreien.

Die ganze Situation wirkt völlig inszeniert, trotzdem könnte sie schlimmer nicht sein!

Ich kann nicht wegsehen, komme aber nicht umhin, mich zu fragen, wie er es schafft, sie um Gottes willen bereits nach drei Minuten zum Orgasmus zu bringen! Und dass sie gerade einen Höhepunkt hat, ist eindeutig!

Daraufhin lässt sie sich auf ihm zusammensinken, aber er hebt sie bereits von seinem Schoß. Die andere Frau wird kurzerhand über dem ausgelaugten Körper der Schreierin platziert, mit dem Hintern zu ihm. Er steht auf, klatscht darauf, befiehlt irgendwas, und sie klammert sich hilflos irgendwo fest. Nun hat sie einen strahlend roten Handabdruck auf einer Backe. Kurzerhand zieht er ihr Höschen zur Seite. Und als Nächstes darf ich live und in Farbe beobachten, wie er in den engen, rasierten Spalt eindringt, mit einem feuchten von Adern durchzogenen wirklich riesigen Penis, was das vorherige Wimmern vollends erklärt.

Sie klammert sich fester, wirft den Kopf zurück und streckt sich ihm entgegen, scheint in irgendwelchen Sphären zu schweben, bei denen Menschen zu rolligen Katzen mutieren. Während er sie in konstantem Rhythmus fickt, zieht er sich das Hemd aus und wirft es achtlos neben sich. Ich kann sein Gesicht nicht erkennen, dafür aber seine Rückenmuskeln, die sich rhythmisch an und entspannen, gekrönt von denen an seinem Arsch! Und der ist wirklich nicht ohne …

Die andere erholt sich auch irgendwann und krabbelt unter der gerade Beglückten hervor. Sie kniet sich neben ihn, küsst seinen Hals, gleitet bis zu seinem Kiefer und will seinen Mund erobern. Zeitgleich kämpft sich ein Schrei meine Kehle hoch.

Es kommt nicht zum Äußersten, denn seine Hand schnellt vor und er packt ihren Hals, bevor sie ihn küssen kann. Er hält sie dort fest, sieht ihr wohl in die Augen während ihre nicht hingebungsvoller und faszinierter sein könnten. Irgendetwas murmelt er ihr zu und dabei stößt er unentwegt in die andere Frau vor sich – das nenne ich Multitasking. In ihre Augen treten Tränen, als würde sie gerade in Gottes Antlitz blicken, und sie nickt immer wieder wie ferngesteuert.

Irgendwann scheint er zufrieden und lässt sie los.

Stattdessen nimmt er mit beiden Händen die Hüften vor sich und verstärkt seine Stöße. Schweiß perlt über seinen perfekten Rücken … Er beugt sich vor und umfasst mit einer Hand den Bauch der Frau, gleitet zwischen ihre Beine, berührt sie nur kurz und auch sie kommt! Deutlich zuckend!

Zum Abschluss schlägt er ihr noch mal auf die andere Backe und zieht sich zurück, ohne dass er seinen Orgasmus hatte.

Abfällig die beiden keuchenden, mit Schminke verschmierten Frauen musternd streift er das Kondom ab, packt seinen immer noch erigierten Penis in die Hose und schließt sie vorsichtig, während er die Zähne zusammenbeißt. Dann zieht er sich wieder sein Hemd über.

Ich habe die ganze Szenerie mehr aus der Distanz in eine Blase eingehüllt mitverfolgt. Es war, als wenn ich mich aus meinem Körper gelöst und es von oben beobachtet hätte. In dem Moment, als er sich umdreht und mir direkt in die weit aufgerissenen Augen blickt, habe ich das Gefühl, als wenn die Blase platzt, ich in die Gegenwart geschleudert werde, zurück auf den Boden der Tatsachen falle und dort hart aufschlage. Mein Magen vollführt dabei einen weiteren heftigen Satz.

In mir tobt der Schmerz des Aufpralls, während er langsam und wie der Teufel persönlich grinst. Alec Morgan schlendert auf mich zu und knöpft dabei sein Hemd zu. Direkt vor mir bleibt er stehen, mit nach wie vor hartem Penis in der Hose, und sieht auf mich herab. Ich starre immer noch und weiß nicht mehr, wie man spricht!

Hat er etwa wirklich die ganze Zeit gewusst, dass ich ihn beobachte?! Wieso hat er sie vorgezogen, obwohl er mich haben konnte? Ich bin bereit!

»Wenn du bereit gewesen wärst, wärst du eingestiegen«, meint er auch noch tonlos und hebt dann die Hand, um eine meiner Strähnen von meiner heißen, glühenden Wange zu streichen. Mir ist danach ihn anzuschreien, ich tue es aber nicht! Stattdessen presse ich die Lippen aufeinander. »Wie sauer bist du, weil ich sie anstatt dir gevögelt habe?« Was für eine selten dämliche Frage schon wieder?! Ich bin nur seinetwegen hier! Und sicher nicht, um dabei zusehen zu müssen, wie er sich mit anderen vergnügt! Der hat sie echt nicht mehr alle!

Ich antworte nicht, sondern weiche vor seiner Hand zurück und bin mir sicher, dass in meinen Augen ein viel zu offener, zutiefst verletzter Ausdruck liegt. Er wusste es tatsächlich, hat das nur getan, um mich zu quälen!

»Du solltest deine Eifersucht schnellstens ablegen, denn die ist absolut fehl am Platz. Du wirst mir gehören, aber ich nicht dir!« Geht das, ohne dass er mir auch gehört? Will ich das? KANN ich das? Irgendeinem anderen Menschen gehören und dann auch noch so einem wie ihm?

Aber das sind die falschen Fragen. Ich MUSS!

»Was habe ich davon?« Das kommt aus meinem tiefsten Inneren und klingt kampflustig. Ich bin SO sauer, besonders als er nachsichtig grinst und den Kopf schüttelt.

»Du hast es drauf, die falschen Fragen zu stellen. Sie zeigen deutlich, dass du für den Job einer Sklavin absolut ungeeignet bist.«

»Wieso?« Immer noch klinge ich aufmüpfig und seine Augen glühen auf. Sie sind wirklich eindrucksvoll, wenn sie das tun.

»Für dich sollte es oberstes Gebot sein, zu wollen, was ich will, noch bevor ich daran denke … Du solltest erpicht darauf sein, mich zu erfreuen, mir zu dienen, mich glücklich zu machen – auf alle erdenklichen und undenkbaren Arten. Meine Wünsche sollten alles sein, was dich interessiert, und die einzigen Fragen, die in deinem Kopf herumgeistern, sollten lauten: Darf ich, Sir? Gefällt es Ihnen, Sir? Soll ich ihn tiefer in den Mund nehmen, Sir? Spritzen Sie mich bitte an, Sir …? Kurz: Für dieses Wieso sollte ich dir sofort den Arsch versohlen.« Dabei äfft er meinen Tonfall auch noch total dämlich nach, als wäre ich die absolute Hohlbirne, aber so fühle ich mich im Moment auch – gedemütigt, allein durch seine Worte. Meine Wangen brennen heißer, weil sie mich gleichzeitig erregen, weil das nicht sein darf und vor allem, weil ich nicht so reagieren kann, wie ich es unter normalen Umständen tun würde. Nun bleibt mir nur eines. Weitermachen!

Ein wenig habe ich mich schlaugemacht, um mich in der Materie auszukennen. Außerdem bluffe ich liebend gern und so höre ich mich Wimpern klimpernd fragen:

»Aber ist es nicht auch so, dass der Dominante eigentlich alles tut, um die größtmögliche Befriedigung für seine Sklavin zu erlangen, ohne dass sie merkt, dass er es für sie tut? Und ist es nicht auch so, dass man vorher Hard Limits abklärt, an die sich beide halten müssen? Was, wenn mein Hard Limit ist, dass Sie keinen Geschlechtsverkehr mit anderen haben, Sir?« Lieblich lächle ich ihn an, während er mich nun wirklich dunkel und eindeutig nicht mehr amüsiert anstarrt.

Doch dann grinst er langsam und … total fies, bevor er sich vorbeugt und in mein Ohr haucht: »So ist es normalerweise in der Tat, nur leider bevorzuge ich vieles, aber sicher nicht das Normale.«

Ich grinse breiter, lehne mich auch vor, streiche mit meinen Lippen das erste Mal freiwillig über seine Haut am Hals und … lächle noch mehr, als er allein davon erschauert.

»Dann stellt sich mir noch eine Frage, und ich hoffe, die ist wenigstens erlaubt. Sind Sie bereit für MICH? Weil ich niemals normal bin, Sir.«

Er lacht heiser; ist mir so nah, aber doch so fern, und er riecht am Hals so verdammt gut. Meine Fingernägel wollen über seine Brust fahren, hinab, bis zu seiner Leiste, seine Hose öffnen und dann beenden, was zu beenden ist. Er ist immer noch hart; ich fühle es an meinem Bauch und es lenkt mich ab … Seine Nähe berauscht mich völlig, sodass ich fast vergesse, wo wir sind und das wir gerade mitten in einem schwerwiegenden Duell stecken.

»Wieder so eine ungehörige Frage.« Träge haucht er tatsächlich einen kaum merkbaren Kuss auf meine Schläfe. Nur die Andeutung davon … Mir wird schwindlig und ich unterdrücke den Drang, mich in seine muskulösen Oberarme zu krallen. »Baby, ich bin immer bereit«, wispert er weiter, direkt in mein Ohr. »Aber du bist dir nicht im Klaren, was das für dich heißt!«

Somit wendet er sich tatsächlich wieder von mir ab und lässt mich alleine stehen!

Kapitel 7

Der nächste Tag beginnt damit, dass er mich das erste Mal NICHT beachtet, als er aus seinem Tower tritt. Wieder mal absolut ausgeruht und wie von einem der Cover herabgestiegen, auf denen er so oft zu sehen ist.

Er ignoriert mich strikt, während ich ihm mit gerunzelter Stirn die Tür aufhalte und er elegant ins Auto gleitet. DAS versetzt mir einen seltsamen Stich in die Magengegend. Es ist schon jetzt ziemlich schwer, in meiner Rolle zu bleiben. Über Nacht haben sich so viele Fragen in meinem Kopf gebildet und alle drehen sich nur um eins: WAS HEISST ES FÜR MICH?

Ob ich will oder nicht, dieser Mann fasziniert mich. Seine Dunkelheit umhüllt mich, will sich über mich legen, und ich *möchte* in ihr versinken … aber gleichzeitig will ich vor ihr davonlaufen. Öfter als gut für mich ist – doch aufgeben kommt natürlich nicht infrage, und so beobachte ich vorsichtig durch den Rückspiegel, wie er auf seinem Tablet herumdrückt, während ich ihn in sein Büro kutschiere.

Seine Stirn ist gerunzelt, der Ausdruck konzentriert. Ob ihm schon viele Frauen ins Ohr gehaucht haben, wie schön er ist? Ob sie sich alle so nach ihm verzehren?

Er beißt sich auf die volle, rosa Unterlippe mit diesen perfekten, weißen Zähnen und saugt sie dann ein wenig ein. Oh … wow …

Sein Blick hebt sich mit einem Mal und bohrt sich in meinen.

»Sollten Sie sich nicht auf die Straße konzentrieren?« UND SEIN TONFALL! So selbstgefällig wie sein Grinsen!

Ich gebe ihm nicht die Genugtuung zu antworten, aber meine Augen huschen ertappt zurück, gleichzeitig versuche ich zu verhindern, dass mir die verräterische Röte in die Wangen steigt, weil er mich beim Starren erwischt hat! Das ist nur ein Job, ein Auftrag, bete ich mir in Gedanken immer wieder vor, und es ist essenziell, dass ich ihn im Fokus behalte.

Im Übrigen starre ich sowieso nicht, ich behalte lediglich meinen Klienten im Auge, auch wenn innerhalb der Limousine nicht viel geschehen kann. Und er ignoriert mich weiter.

Nur schwer gestehe ich mir am Abend ein, wie sehr es mich stört, während ich unter der Dusche den Dreck des Tages von meinem Körper wasche. Sonst liegt sein Blick ständig auf mir und das alles andere als abweisend. Nein, besitzergreifend, dunkel – und irgendwie fordernd. Vorhin war da gar nichts; ich existierte überhaupt nicht, und alles fühlte sich irgendwie kälter an als an den Tagen zuvor. Er ließ mich nicht in sein Büro, sondern hat mich knapp angewiesen, davor zu warten.

Am nächsten Morgen ruft mich seine Sekretärin und teilt mir mit, dass heute „Silvio“ bei ihm Wache halten wird, während ich gerade beim Haarekämmen bin. Die Hand mit dem Handy sinkt langsam herab, und ich starre mich im Spiegel an. Habe ich irgendwas falsch gemacht? Will Alec

Morgan mich nicht mehr? Diese Fragen darf ich im Grunde überhaupt nicht zulassen, denn ich bin lediglich seine Angestellte.

Trotzdem fährt in meinem Kopf eine Achterbahn, meine Emotionen sind total wirr und hängen schreiend kopfüber; ich weiß nicht, was ich tun oder denken soll. Am liebsten würde ich ihn anrufen und fragen, was zum Teufel los ist. Ich darf diesen Job auf keinen Fall verlieren, sonst verpasse ich seinen nächsten Besuch im Club der dunklen Lust. So habe ich ihn getauft.

Was, wenn er heute hingeht und ich nicht da bin?! Ich muss ihn irgendwie von mir überzeugen – und zwar völlig! Meine persönlichen Bedenken und Gefühle komplett über Bord werfen. Was habe ich schon zu verlieren? Das, was er von mir will, ist nur ein bisschen ausgefallener Sex!

Ich habe keinen Freund außer meinen schwulen Mitbewohner Sascha, der sein Outing schon seit Ewigkeiten hinauszögert, und den stört es sicher nicht, wenn ich mit irgendwem schlafe. Der freut sich eher. Ständig nervt er mich und will, dass ich mein tristes Dasein aufgebe und mit jemandem in die Kiste hüpfe, damit wir es treiben wie Eichhörnchen, zumindest so sein Wortlaut. Nur vergisst er dabei, dass es untersagt ist, mit seinen Klienten allzu vertraulich zu werden. Normalerweise halte ich mich auch konsequent an die Regeln, nur liegt hier der Fall anders. Ich habe absolut freie Hand, auch wenn ich bis jetzt hoffte, irgendwie drum herumzukommen. Doch selbst ich kann nicht leugnen, dass ich mich bereits viel zu sehr in die Sache verstrickt habe, um noch einen Schritt zurückzumachen. Es geht schließlich um den wichtigsten Auftrag meines Lebens, und zwar nicht, weil er so gut bezahlt wird, auch wenn es den Tatsachen entspricht, sondern weil ich damit einer sehr wichtigen Person einen lange überfälligen Gefallen tue.

Schweren Herzens entschließe ich mich dazu, auf gut Glück den Club aufzusuchen, in der Hoffnung, dass er auftaucht … Etwas anderes bleibt mir nicht übrig.

***

Eine Woche lang muss ich mich von allen möglichen selbstgefälligen Arschlöchern anmachen lassen, nur das eine, das ich will, ist nicht darunter! Das reizt mich maßlos, genau wie der Punkt, dass ich nicht mehr seine Fahrerin bin! Genau genommen darf ich die Tage bezahlt daheim verbringen und das tue ich auch – in meinem Bett! Immer verzweifelter werdend, weil ich nicht weiß, wie es weitergehen soll!

Ein Teil von mir hofft, dass er das mit Absicht macht. Dass er mich und meine Entschlossenheit testen will, doch ein anderer fragt sich, ob ihm vielleicht aufgegangen ist, wie ungeeignet ich für seine Zwecke bin. Und diese ständigen Fragen bereiten mir Kopfschmerzen. Es ärgert mich, weil er es schafft, mich so zu verunsichern. Mit Arschlöchern klarzukommen fällt mir nicht schwer, das ist für mich Normalität, aber Alec Morgan hat etwas an sich, etwas, was nicht zu greifen ist, mich aber gleichzeitig in seinen Bann zieht und meine abgebrühte Fassade bröckeln lässt.

Noch einmal werde ich am Abend den Club aufsuchen, und wenn er erneut nicht da ist, muss ich mir was anderes überlegen. Was genau? Keine Ahnung!

***

Die ganze Woche schon hat er mich genervt. Ein riesiger spanischer Kerl mit schmalen Lippen und dunklen Augen. Er ist nicht unattraktiv, das ganz sicher nicht, aber meine gut geschulten Instinkte schieben ihn sofort in die Kategorie: VORSICHT! Deswegen habe ich ihn bis jetzt immer abblitzen lassen, so auch jetzt, doch er setzt sich nun trotzdem neben mich an die Bar und bestellt noch mehr Champagner.

Im Augenwinkel sehe ich, wie er mich beobachtet und schließlich fragt:

»Du redest nicht viel, hm?«

Ich schüttle den Kopf, habe wirklich keine Lust auf ein Gespräch! Zumindest nicht mit ihm!

»Ich habe dich noch nie mit jemandem vögeln sehen …« *Ja, weil ich deswegen nicht hier bin, du Idiot, und jetzt verschwinde!* »Wartest wohl auf den Richtigen?« *Wohl eher auf das Arschloch* ... Ich zucke mit den Schultern und versteife mich, als sich plötzlich sein schwerer Arm um meine Hüfte legt. »Oder bist du so eine, die Mann zu ihrem Glück zwingen muss?« Er zieht mich vom Hocker und ich keuche auf, als ich direkt an seiner Brust lande. Jetzt funkele ich ihn wütend an.

»Wenn du mich nicht sofort loslässt, hast du ein gebrochenes Handgelenk!«, knurre ich außer mir, weil er es einfach gewagt hat, mich anzutatschen und fahre zusammen, als … ER – Alec Morgan – leise hinter mir lacht. Seine Hand schlingt sich um meine Taille und er zieht mich zurück, direkt an seinen großen Körper. Sein Duft umhüllt mich nach schier endlos langer Zeit wieder, und ich bin versucht, die Augen genüsslich zu schließen, aber leider zu beschäftigt damit, den verwunderten Ricky Martin vor mir in Grund und Boden zu starren.

»Sie gehört dir?«, erkundigt er sich zischend bei Alec … allein, wenn ich den Namen denke, läuft ein Schauer meinen Rücken hinunter. Dessen Lippen sind an meinem Ohr.

»Noch nicht ganz …«

»Dann kann ich ja meinen Spaß mit ihr haben!«

In den spanischen Augen blitzt etwas auf und er macht einen Schritt auf uns zu. Alec nimmt in aller Ruhe meine Handgelenke und zieht meine Arme hinter meinen Rücken. Ich keuche auf und frage mich, wieso er das tut? Vielleicht, damit ich dem Latino nicht wirklich eine Abreibung verpasse!?

»Ob du kannst, weiß ich nicht, aber du darfst sicher nicht!« Alecs Stimme hat jegliche Verspieltheit verloren, sie ist ziemlich schneidend und fährt tief in meine Magengegend. Er ist heiß, wenn er mich verteidigt, obwohl ich mich natürlich auch völlig alleine wehren kann.

Ohne eine Erwiderung abzuwarten, führt er mich abseits … und drückt mich ein paar Schritte weiter, immer noch mit den Händen am Rücken, mit dem Gesicht voran gegen eine Wand. Es tut nicht direkt weh, aber es ist unangenehm und mit dem dünnen weißen Kleid ziemlich kalt. Er presst sich an meinem Hintern – hart.

»Du bist ganz schon hartnäckig!«

»Nur wenn ich etwas will, Sir.«

»Und?«, haucht er in mein Ohr und seine Lippen streichen über meinen Hals.

»Was?«, zische ich und kämpfe dagegen an, mich gegen seinen Griff zu wehren.

»Höre ich kein Danke?«

»Wofür?«

»Weil ich dich aus den Klauen des Spaniers befreit habe …«

Ich lächle leicht, mag es ziemlich gern, wenn er so verspielt mit mir spricht und noch mehr, wenn er mir dabei so nah ist. Es ist … erleichternd. Und gleichzeitig ist er wirklich ein selbstgefälliger Arsch … Ich erinnere mich daran, dass ich nach seinen Regeln spielen wollte.

»Danke, Sir«, hauche ich also das erste Mal in meinem Leben wahrscheinlich wirklich brav, worauf ein genüssliches »Mhmmm« in meinem Ohr ertönt. Ich spüre sein Grinsen an meinem Hals.

»Hast du mich vermisst?«

»Ja, Sir!«

»Du warst jeden Abend hier und hast auf mich gewartet.«

»Ja, Sir!«

»Alle hast du abblitzen lassen.«

»Ja, Sir!«

»Du bist bereit.«

»Ja, Sir!«

»Und du bist mein.« Handschellen legen sich um meine Gelenke und klacken endgültig zu. Es hallt bis tief in meinen Bauch nach und ich schließe geschlagen die Lider. Das ist keine Frage, es ist eine Feststellung und ich ertappe mich selber dabei, wie ich nicke. Ich bin tatsächlich bereit – auch wenn mir dabei kotzübel ist.

»Oh Baby, Baby …« Mit einem Mal packt er mich an den Haaren und das ziemlich schmerzhaft. Ich kämpfe wieder mit mir, damit ich nicht gegen ihn kämpfe, als er mich aus dem Raum bugsiert und wir uns plötzlich in einem kleinen Salon wiederfinden. Allein.

Er schubst mich ziemlich grob auf den Teppich, vor dem auch hier lodernden Kamin auf die Knie, und kickt dann meine Beine weiter auseinander. »DAS ist die Pose, mit der du mich erwarten wirst, wenn ich nichts anderes befehle, und wehe du nickst noch ein verdammtes Mal!« Er ist sauer … schon wieder.

»Ja, Sir!« Mit brennenden Augen und Wangen knie ich vor ihm und schaue den weißen, weichen Teppich unter mir an.

»Und du wirst mich ansehen – immer!« Mein Kopf schießt hoch und ich gehorche, sehe ihn an … wie er wunderschön und dunkel, wie die Nacht, mit verschränkten Armen über mir aufragt. »Ich werde dein Lebensmittelpunkt sein«, fügt er sanfter hinzu, sobald mein Blick ihn trifft. Ich fühle ungewohnte Unsicherheit in mir aufkeimen.

»Ja, Sir!«

»Du wirst einen Vertrag unterschreiben, in dem du deinen freien Willen in meine Hände legst.« Er zieht provokativ eine Augenbraue hoch. Aber ich habe mich entschieden, und egal was kommt, ich werde keinen Rückzieher machen. Ich MUSS es tun!

»Ja, Sir!«, antworte ich fest und er lächelt … stolz und vor allem voller Vorfreude. Er tritt näher an mich heran und umfängt mein Gesicht mit einer Hand. Sein Daumen streicht zärtlich über meine Unterlippe.

»Wie heiß es wäre, wenn du mir jetzt einen blasen würdest …« Bestimmend schiebt er mir seinen Finger in den Mund und ich ertappe mich dabei, wie ich automatisch daran lutsche … Ich stöhne fast allein bei der Vorstellung und fühle, wie mir zwischen den Beinen genauso heiß wird wie im Gesicht. Zu lange schon hat mich kein Mann mehr begehrt und mich so berührt – im Grunde … noch nie. »Das würde dir gefallen, hm?«

»Ja, Sir …« Das klingt nicht mehr ganz so fest, eher ziemlich leise und schüchtern. Sofort lässt er von mir ab. *Sam, reiß dich zusammen!,* rede ich mir ein. Mehr als es mir nützen würde, zieht er mich in seinen Bann. Ich kann es kaum verhindern und befürchte, mich zu verlieren. Dabei muss ich bei klarem Verstand bleiben, um das hier zu überstehen. *Er ist ein Auftrag, nur ein Auftrag …*

»Dann darfst du es natürlich NICHT tun. Jede Berührung, jedes winzig kleine Stückchen Ekstase, das ich dir bereiten werde und das du mir bereiten darfst, wirst du dir hart erarbeiten. Nichts im Leben ist umsonst, vor allem nicht die

Lust!« Er tritt zurück und geht zur gegenüberliegenden Wand. Sein Gang ist selbstsicher und bestimmt.

Alec Morgan weiß, was er will und tut – immer.

Als er einen roten Vorhang aufzieht, wird mir erst klar, dass dort einer war. Was sich hinter der Scheibe befindet, lässt mich schockiert aufkeuchen.

»Das ist ein Sadomaso-Zimmer mit der üblichen Ausstattung, darin werden sich gleich der übliche Dom und die übliche Sub, oder auch Sklavin genannt, einfinden. Hierbei sind die Begriffe Master oder Herr oder Meister erlaubt, du wirst mich aber immer mit SIR ansprechen … Wir werden eine übliche Session aus vollster Nähe hinter dieser speziellen Scheibe beobachten, ohne dass sie es wissen. Und wenn du danach immer noch so eifrig bist wie jetzt, wirst du den Vertrag unterschreiben dürfen. Sei froh, dass ich dir zeige, worauf du dich einlässt! Das gestehe ich sonst keiner zu! Du darfst sie beobachten!«

Wie auf Befehl betreten der Spanier und eine nackte, schwarzhaarige Schönheit den dunkel gehaltenen, eher schlichten Raum. Ihr Körper ist feingliedrig und perfekt rasiert. Sie wirkt erfahren und nimmt sofort die Pose ein, in der ich auch mitten auf dem Teppich knie.

Lässig bereitet er ein paar Utensilien vor, die ich noch nie in meinem Leben gesehen habe, während sie reglos verharrt. Irgendwann kommt er wieder zu ihr … mit einer Peitsche!

Der Spanier stellt ihr diverse Fragen, die ich nicht verstehe, umkreist sie mit der Peitsche in der riesigen Hand und lässt sie immer wieder auf ihren Körper schnalzen, wenn er mit ihrer

Antwort nicht zufrieden ist. Bei jedem Mal zucke ich zusammen und werfe Alec fragende Blicke zu.

Die Szenerie vor mir ernüchtert mich. Das kann unmöglich sein Ernst sein! Währenddessen lehnt er ausdruckslos an der Wand, beobachtet nur mich und zieht die Augenbraue hoch.

»Du darfst fragen.«

»Werden Sie mich auch schlagen, Sir?« Das beschäftigt mich tatsächlich, auch wenn ich mich niemals so unterwürfig erkundigen würde.

»Ja, das werde ich.« Er sagt dies ohne jegliche Emotion. »Man kann das Gute nicht schätzen, wenn man das Schlechte nicht kennt. Und jetzt schau zu! Gleich wird's interessant!« Seine Augen funkeln wieder, allerdings beobachtet er mich weiter und nicht die Szenerie in dem anderen Zimmer.

Schon bald weint die junge Frau leise, denn der Spanier hält sich keineswegs zurück. Seine Augen leuchten gierig, er genießt es eindeutig, ihr wehzutun, und ich frage mich, wie jemand sich nur freiwillig auf so etwas Krankes einlassen kann! Ich muss mich regelrecht überwinden, um weiter zuzuschauen. Gleichzeitig registriere ich, wie sich ihr gesamter Körper sanft rötet und sie sich lustvoll umherwindet, wenn er sie auch nur mit der Fingerspitze antippt. Das ist irgendwie total falsch …

Er knebelt sie, dann macht er weiter, bis ihr gesamter Rücken förmlich glüht. Der Schweiß läuft nach einiger Zeit – auch bei mir. Mein Blick huscht wieder zu Alec, der nun doch die beiden emotionslos beobachtet und murmelt, ohne mich anzusehen.

»Sie hat sich freiwillig dafür gemeldet, und nein, ich werde mich nicht so gehen lassen, aber selbst wenn, hast du es zu ertragen!«, beantwortet er meine stummen Fragen und Anklagen. Und es ist mir völlig unverständlich, aber die Frau bedankt sich augenscheinlich für die Tracht Prügel, als der Spanier den Knebel entfernt, bevor er die Peitsche außer Atem weglegt und ihr befiehlt, sich erneut vor ihn zu knien. Sie muss ihm einen blasen, seine Hand ist dabei in ihren schwarzen Locken vergraben. Er ist so tief in ihrem Mund, dass sie würgt, immer wieder … da kommt er auch schon zum Höhepunkt. Danach lässt er seinen Kopf zurückfallen und … uriniert stöhnend in ihren Mund – sie schluckt alles von der klaren Flüssigkeit voller Genuss. Kein einziger Tropfen bleibt übrig.

Spätestens an der Stelle sollte ich alles hinwerfen und gehen. Das ist zu viel und so fern meiner Realität, dass ich es kaum glauben kann. Aber ich tue es nicht. Irgendwas hält mich zurück, und es ist mit Sicherheit nicht allein der Auftrag – vermutlich eine Art morbide Faszination.

Nachdem seine Blase leer ist, muss sie sich vor ein riesiges schwarzes Kreuz mitten im Raum stellen. Dort bindet er sie fest.

Die nächsten zwei Stunden foltert er sie auf alle erdenklichen Arten. Alec berichtet lässig, welche Instrumente er nutzt und erklärt auch den genauen Gebrauch: Nippelklemmen, Augenbinden, Masken, Pumpen, Vibratoren, NADELN … Schon bald schwirrt mir der Kopf und mein

Magen ist ein einziger Knoten. Wie kann man sich so etwas nur freiwillig antun?

Er fickt sie noch eine gute dreiviertel Stunde, lässt sie nicht kommen, bis sie fast ohnmächtig wird. Woraufhin er sie losmacht und sie von hinten auf dem Teppich weiter nimmt. Als er sie endlich erlöst, schreit sie bei ihrem Orgasmus das gesamte Gebäude zusammen.

Zum Schluss wirkt die Frau völlig zerstört und schwankt wie ein Fähnchen im Wind, als er sie auf die Beine stellt – hat dabei aber ein irres, zufriedenes Lächeln auf den Lippen, während sie sich vertrauensvoll gegen den Spanier sinken lässt.

Allein bei der Vorstellung, ein Mann könnte sich so an mir vergehen, wallt Wut in mir hoch. Ich würde ihm garantiert die Eier abreißen!

Anschließend hebt er sie auf die Arme, küsst ihre Stirn und trägt sie aus dem Raum. Sie kuschelt sich selig an seine Brust und lächelt noch mehr – genau wie er … Was ist das für ein krankes Spiel? Ich verstehe nichts von alledem und muss die Augen schließen, um meinen Kopf zu klären.

Das war so entwürdigend! So grausam! So ekelhaft und pervers! Und das ließ sie ehrlich freiwillig mit sich machen? Wie wenig Selbstachtung kann man haben? Bin ich tatsächlich auch zu so etwas fähig!? In dem Punkt bin ich mir ziemlich sicher – niemals.

»Was ich mit dieser Show sagen will: Ich werde dich benutzen, wie es mir beliebt und du wirst es hinnehmen. Steh auf!« Mit einigen Schwierigkeiten gehorche ich seinem

Befehl. Meine Knie schmerzen, genauso wie mein Rücken von der unbequemen Haltung, die ich die letzten Stunden einnehmen musste. Er stellt sich hinter mich und nimmt mir die Handschellen ab, sein Daumen streicht über deren Abdrücke und er massiert mir den Rücken, genau dort, wo es wehtut. Nur mit Mühe verkneife ich mir ein wohliges Stöhnen, denn seine Berührungen senden kleine Schauer durch meinen Körper und beruhigen meine überreizten Muskeln. Noch nie wurde ich so fachmännisch massiert.

»Und wir werden keine Safewords verwenden«, raunt er in meine Haare. Ich will wirklich dringend fragen, ob er jetzt total seinen Verstand verloren hat und wie ich ohne Safeword darauf aufmerksam machen soll, wann es mir zu viel wird. Aber ich beiße mir auf die Zunge. Er hat schließlich nicht befohlen, dass ich reden darf … Das Augenrollen kann ich aber nicht verhindern, was er zum Glück nicht bemerkt.

»Es geht um gegenseitiges Vertrauen … Darauf baut *alles* auf und es wird auch alles bedeuten. Wenn du diesen Vertrag unterschreibst.« Er tritt näher heran, so nah, dass ich seinen Atem fühlen kann, und hört auf, mich zu massieren. »Dann verpflichtest nicht nur du dich. Auch ich verpflichte mich dafür, in jeder Minute auf dein körperliches und seelisches Wohl zu achten, auch wenn es vielleicht nicht den Anschein haben wird.« Er streicht mir die Haare aus dem feuchten Nacken. »Ich habe nicht vor, dich zu brechen, aber ich will dich an den Punkt treiben, an dem du befürchtest, es könnte passieren …« Mühsam schlucke ich und fühle zwei

Fingerspitzen, die hauchzart über meinen Nacken bis zu meiner Wirbelsäule tanzen.

Sie gleiten problemlos am untersten Punkt meines Rückenausschnitts unter das dünne Kleid und zielsicher nach vorne. Er umfängt meine nackte Brust und ich stöhne fast auf, weil es ein Prickeln auf meiner Haut hinterlässt. »Der Mensch ist viel robuster, als er denkt, besonders du.«

Wieder will ich fragen, woher er das wissen will, aber ich beiße mir auf die Zunge, um die Klappe zu halten, besonders als er meine Brust träge knetet und meine Nippel steif werden.

»Du wirst es lieben, die Kontrolle an mich abzugehen. Einfach nur zu *sein*«, raunt er und nimmt meine Brustwarze zwischen Daumen und Zeigefinger. Er zupft daran und ich stöhne leise.

»Still!«, haucht er an meiner Schläfe. »Du wirst nicht kommen und keinen Ton von dir geben. Antworte!«

»Ja, Sir …«, wimmere ich, was nicht mal gespielt ist, und presse die Lippen fester aufeinander. Auch seine andere Hand rutscht unter das Kleid und umfängt meine linke Brust. Er stöhnt ungehalten in meinen Nacken, als ich mich wollüstig an ihm reibe. Die Hitze schießt mir zwischen die Beine, obwohl er mich bis jetzt kaum berührt hat und ich mir diese perverse Show ansehen musste. Es ist wirklich gut, was er tut … Noch kein Mann hat mich so schnell auf Touren gebracht.

Mir weitere Geräusch verkneifend lasse ich meinen Kopf vertrauensvoll zurück an seine Schulter fallen, besonders als seine Hand an meinem Bauch nach unten wandert, während seine Zähne an meinem Hals knabbern.

»Wow …«, murmelt er, als er bemerkt, dass ich gar keine Unterwäsche trage, und ich grinse zufrieden in mich hinein. Ja, auch ich bin für ein paar Überraschungen gut …

Dann gleitet er allerdings auch schon über meinen Venushügel, hält die eine Brust fester, drückt mich reglos an sich und beginnt, mit zwei Fingern meine Klitoris zu massieren. Ich kann mich nicht bewegen, nicht weg! Darf nicht stöhnen oder mich winden.

Alec Morgan hat mich absolut in seiner Gewalt. Körperlich wie auch psychisch. Mir bleibt nichts anderes übrig, als entweder alles abzubrechen und ihn von mir zu stoßen oder mich in seinen Armen total fallen zu lassen und … Ekstase zu erleben. Ich wähle die zweite Möglichkeit.

Kurz bevor ich komme, wird mir schwarz vor Augen. So erregt war ich noch nie, aber so wie er hat mich auch noch nie jemand in den Wahnsinn getrieben!

Er stoppt sein Tun, gerade als die erste Welle über mich wegrauscht, lässt mich abrupt los und tritt einen Schritt zurück.

Keuchend und taumelnd stütze ich mich an einer Kommode zu meiner Rechten ab, sonst würde ich einfach fallen, während er gefasst zu dem Schreibtisch in der Ecke schlendert. Darauf liegen bereits Papiere. Alles ist geplant. Niemals hat er die Option in Betracht gezogen, dass ich tatsächlich Nein sagen könnte! Selbstüberzeugter Bastard!

Doch selbst er kann nicht leugnen, wie sehr ihn das eben erregt hat. Seine Augen sind so dunkel und verlangend wie noch niemals zuvor, während er mich über den Raum hinweg fixiert. Er ist hart hinter seiner maßgeschneiderten Anzughose und sieht wirklich unsagbar sexy aus … Ich möchte über seinen Schwanz streichen, fühlen, wie groß er ist … ihn massieren und dabei mit meiner Zungenspitze seine perfekten Lippen nachfahren. Meine Gedanken erschrecken mich, aber ich versuche mich mit ihnen anzufreunden, denn Alec Morgan hat mich gerade mit ein paar winzigen Berührungen absolut entfesselt und ich befürchte, das wird noch öfter geschehen.

Er lässt sich zu keinem weiteren Wort herab, sondern hält mir nur stumm einen blitzenden, schwarzen Kugelschreiber entgegen.

»Ich soll sofort unterschreiben?« Ja! Jetzt klinge ich aufsässig! Aber ich fühle mich enorm unter Druck gesetzt!

»Jetzt oder nie! Das ist meine Devise …« Und sein Lächeln ist teuflisch.

Kapitel 8

Ich weiß, ich muss es tun, aber nach dem, was ich gerade beobachten musste, sind meine Beine mehr als unwillig. Dennoch gehe ich auf ihn zu und inhaliere förmlich das übermächtige Gefühl, das mich überschwappt, als er mich mit Blicken verschlingt.

Irgendwie heißt es Zeit zu gewinnen, also stelle ich mich ihm gegenüber vor den Schreibtisch und hebe das einfach weiße Blatt. Darauf steht nicht viel.

Nur das heutige Datum und ein relativ kurzer Text.

Hiermit verpflichte ich mich dazu, meinem Master Alec (kein Nachname, sicher, damit ich damit nicht direkt zur Presse renne) *in allen Lebenslagen zu gehorchen, ihn zu erfreuen und ihm zu dienen. Weiteres wird mündlich besprochen und ist bindend.*

Unterschrift Master – Unterschrift Sklavin

»Sollte da nicht eine endlos lange Liste von Hard Limits und so stehen?«, frage ich und lege den Vertrag wieder auf den Tisch. Streiche zaghaft mit den Fingerspitzen darüber. Er ergreift meine Hand, hebt sie an sein Gesicht und spricht an meinem Handgelenk.

»Ich bin kein Fan von *Sollte* oder *Müsste* … Ich habe meine eigenen Regeln und du wirst jede davon erfahren, sei dir sicher.« Seine Stimme ist ruhig, aber als ich aufblicke, registriere ich einen leicht angespannten Zug um seine dunklen Augen hinter der schwarzen Maske.

Er will das, er will *mich!*

Es hängt viel für ihn davon ab, ob ich unterschreibe oder nicht, das ist eindeutig, und er verwöhnt meine Haut mit hauchzarten, verführerischen Küssen, die mich nicht klar denken lassen. Mühsam schlucke ich und entziehe ihm meine Hand.

»Keine Nadeln, keine Pumpen, kein Blut und kein Urin!« Es muss einfach raus, sonst kann ich das Teil niemals unterschreiben, und es kommt ziemlich leidenschaftlich. Er lächelt nur müde.

»Darauf stehe ich sowieso nicht. Wobei es wie Wasser schmeckt, wenn man genug trinkt.« Mich schüttelt es.

»Aber wieso musste ich mir DAS dann ansehen?« Empört deute ich in Richtung des Folterkellers.

»Zur Abschreckung«, gibt er absolut offen und ehrlich zu und mir klappt der Mund auf. Ich verstehe überhaupt nichts mehr, vor allem, als er genervt die Stirn runzelt. »Das hier ist doch gar nichts für dich. Du bist vieles, aber sicher nicht devot! Das sieht man auf den ersten Blick!« Mit einem Mal hat er mein Kinn zwischen seinen langen Fingern und zieht mich über den Tisch, sodass ich ihm direkt in diese dunklen, weiten Tiefen blicken muss. »Was willst du wirklich hier?« Darauf gibt es nur eine Antwort.

»Dich«, hauche ich direkt in sein Gesicht. Reglos und ein wenig zitternd, weil er mir mit einem Mal so nah ist. Mein Körper scheint in seiner Gegenwart neuerdings völlig außer Kontrolle zu geraten. Auf jeden Fall hebt sich sein Mundwinkel – und das ganz schön selbstzufrieden. Arsch …

»Vielleicht bist du doch nicht so schlecht geeignet, wie ich dachte …« Sein Daumen streicht über meine Unterlippe und ich starre seine an. Er ist so nah. Ich möchte ihn küssen! Nur ganz kurz mit meinen Lippen über seine gleiten; meine Lider fallen wie von selbst zu und ich lehne mich langsam weiter über den Tisch.

Ich kann seinen Atem schmecken … Er ist süß …

»Ich küsse nicht!«, murmelt er direkt an meinem Mund.

Oh Gott! Wie konnte ich mich nur so vergessen?!

Ich weiche blinzelnd zurück und fühle, wie die Röte in meine Wangen schießt – den Blick auf das unscheinbare Blatt Papier gerichtet.

»Wie lange gilt dieser Vertrag?«

»Solange ich will.«

»Kann ich irgendwie auch aussteigen, falls es mir zu viel wird?«

»Nur wenn ich es erlaube.«

»Was? Willst du mich sonst verklagen?«

»Natürlich!« Und mir klappt der Mund auf, wieder mal! »Du hast noch eine Frage frei, und das wird die letzte sein! Ich habe heut noch Einiges vor!« Genervt wirft er einen Blick auf die teure Uhr an seinem Handgelenk. Mein Kopf ist völlig wirr!

»Dann hebe ich sie mir auf!« Mit diesen Worten reiße ich ihm den Kugelschreiber aus den schönen Händen und will schwungvoll meine Unterschrift unter diesen rechtswidrigen Vertrag setzen. Das *Stone* … ist schon geschrieben, als ich stocke und mir einfällt, dass ich ja gar nicht meinen richtigen Namen verwenden kann.

VERDAMMT! Ich bin so ein Idiot! »Stoneheart«, beende ich grinsend meine Signatur und reiche ihm den Vertrag.

Er grinst auch, außerdem funkeln seine Augen und mir bleibt wieder mal die Luft weg.

Alec Morgan ist ein wirklich schöner Mann, dem der Sadismus förmlich im Blut tanzt … und ich habe mich ihm gerade verschrieben!

Kapitel 9

Ich darf wieder für ihn fahren. Und ich sollte ihn besser schnell dazu bringen, seine Maske abzusetzen, denn mir ist schon jetzt total mulmig, als ich am nächsten Tag hinter seiner großen Gestalt den dunklen, mit Fackeln erhellten Gang entlanggehe.

Hier kann man sich leicht verirren, denn auf den ersten Blick wirkt alles gleich. Unzählige Türen und Gänge auf diversen Etagen erinnern an ein undurchdringliches, mittelalterliches Labyrinth. Es wird immer kälter und immer ungemütlicher. Schon nach ein paar Schritten habe ich am ganzen Körper Gänsehaut und friere, was kein Wunder ist, trage ich doch wieder nur das dünne weiße Kleid mit dem goldenen Gürtel. Er hat am vorigen Tag verlangt, dass ich es heute anziehe.

Mir fällt es schwer, mich komplett auf ihn zu verlassen. Normalerweise behalte ich in allen Lebenslagen die Kontrolle, aber ich habe unterschrieben und damit nicht einmal das Recht, eine Frage zu stellen, wenn er es mir nicht erlaubt. Obwohl mich die Neugierde quält, weil ich nicht weiß, wohin wir gehen, reiße ich mich aber zusammen und versuche, nach seinen Regeln zu spielen.

Irgendwann biegt er ab und führt mich durch eine alte Tür – mit einem kleinen Sichtfenster. Dahinter befindet sich ein mittelalterlich anheimelnder Raum, Gott sei Dank wieder mit warmem Kamin, denn die Kälte dringt in jede meiner Poren.

Den Mittelpunkt macht ein riesiges, massives Bett mit Himmel aus und davor steht ein Mann.

Er fällt sofort mit einem »Guten Abend, Sir!« auf die Knie. Alec geht einfach an ihm vorbei, zur angrenzenden kleinen Bar und bedeutet mir, ihm zu folgen. Neben der Bar befindet sich ein kleiner Schminktisch und vor diesem drückt er mich an den Schultern auf einen weichen Hocker.

»Du darfst aufstehen.« Er wendet sich an den knienden Mann, der sich sofort erhebt und gehorsam zu Boden sieht. Somit habe ich freie Sicht über die Reflexion im Spiegel. Was ich sehe, gefällt mir. Tätowierungen bedecken seinen unbekleideten, muskulösen Körper. Wenn mich nicht alles täuscht, sind seine Augen blau, was ich aber nicht erkennen kann, weil er meinen Blick nicht erwidert. Nicht erwidern darf. Blonde Haare, von denen ein paar Strähnen die Maske verdecken, und ein hübscher Mund runden das Gesamtbild ab.

Erleichtert nehme ich das Glas Eiswein, das Alec mir einschenkt, und trinke wortlos einen Schluck.

»Wen sollst du ansehen?« Seine tiefe Stimme ist schneidend, so wie immer, wenn ihm etwas nicht gefällt und ich spüre, dass meine Knie automatisch weich werden, wenn sie so klingt. Verdammt, ich muss mich zusammenreißen! Wie macht er das nur immer? Schnell gehorche ich und richte meine Aufmerksamkeit auf ihn.

»Ich soll *Sie* ansehen, Sir!«

Er lächelt spöttisch und greift plötzlich in meine Haare. Langsam löst er alle Klammern meiner kunstfertigen Frisur. »Ich werde dir jetzt beibringen, wie du einen Mann ordentlich befriedigst …«, murmelt er und streicht mit seinen Fingerspitzen die Haare glatt. Es ziept ein wenig, aber selbst das fühlt sich gut an … Nur mit aller Macht verkneife ich mir meine unzähligen Fragen, bis er sagt:

»Du darfst sprechen!«

»Wie werden Sie es mir beibringen, Sir?«

»Indem du ihn fickst und ich dir sage, wie.« Meine Augen werden groß.

»Oh Baby, du solltest dir dringend angewöhnen, den Mund zu schließen, wenn ich dich empöre.« Ich tue es, während er die letzte Klammer befreit und meine Haare mir über die Schultern fallen. Zärtlich streicht er sie zurück.

»Wer ist das?«, frage ich leise und versuche nicht zu dem Sklaven zu schauen, der ein paar Schritte weiter entfernt steht.

»Ich habe ihn von einer guten Freundin ausgeliehen.«

»Werden Sie mich auch verleihen?«

»Möchtest du das?«

»NEIN!« Jetzt grinst er wieder auf diese teuflische, aber gerade deswegen äußerst attraktive Art.

»Dann werde ich es als Strafe im Hinterkopf behalten.« Ich verenge meine Augen und bin kurz davor, RICHTIG wütend zu werden!

»Wieso muss es er sein und nicht Sie?« Sein Blick wird sofort hart – steinhart, und ich widerstehe dem Drang zurückzuweichen oder mich zu verteidigen, als er plötzlich fest meine Haare packt und mich an sich zieht.

»Und somit wird es noch länger dauern, bis du in den Genuss meines Schwanzes kommst! Langsam bin ich es leid, mich zu wiederholen!« An den Haaren zerrt er mich von dem Hocker und zum Bett hinüber.

Alec lässt mich direkt vor dem Bett los, völlig atemlos erinnere ich mich daran, bloß ihn anzusehen, nur ihn, als er sich von mir entfernt und locker an einen der kunstfertig geschnitzten Bettpfosten lehnt. Mit seinem Glas in der Hand und dunklen, immer noch wütenden Augen.

»Ein Mann ist ein primitives Wesen, dennoch mag er das Spiel mit dem Ungewissen. Zieh dich aus! Langsam.«

»Nackt?«

»Natürlich nackt!« Oh Gott! Scham ist hier definitiv fehl am Platz. Aber ich kann das, schließlich habe ich schon weitaus Schlimmeres erlebt. Ich schließe die Augen und greife nach dem unteren Saum meines Kleides, aber ein Zungenschnalzen lässt mich die Lider wieder aufreißen.

»Wo sollst du hinsehen?«

»Zu Ihnen, Sir!« Und das tue ich, während ich langsam das Kleid nach oben und über meinen Kopf ziehe. Ich lasse es zu Boden fallen und versuche gegen mein heftig schlagendes Herz anzukämpfen, während er mir in die Augen sieht – und zwar nur dorthin.

»Was war das?«, fragt er mühsam beherrscht und ich schlucke laut.

»Ich habe mich ausgezogen, Sir …«

»Genau. Du hast dich dafür ausgezogen, um zu deinem fetten Ehemann ins Bett zu steigen und mit ihm Sex zu haben, obwohl du keinen Bock drauf hast! Du hast Hüften – beweg sie! Du hast Augen – zeig mir mit ihnen, dass du mich willst!

Du hast Hände, berühre damit, was ich im Moment nicht berühren darf! Also, Kleid noch mal an!«

Mit zusammengebissenen Zähnen, um ihm nicht anzuschreien, ziehe ich es mehr als widerwillig wieder an und versuche mir meine Gedanken nicht anmerken zu lassen … Langsam wiege ich nun leicht meine Hüften, als ich den Stoff über meine Oberschenkel immer höher schiebe, über meine Taille, meine Brust und schließlich über meinen Kopf. Die ganze Zeit sehe ich ihm dabei in die Augen … und werfe das Kleid achtlos zur Seite.

Und?, fragt mein Blick, sobald ich völlig nackt und etwas atemlos vor ihm stehe.

Er dreht seinen Kopf zur Seite und hämmert mit der Stirn ein paar Mal gegen den Bettpfosten. Okay. Das ist Antwort genug.

In Kampfsportarten kann mir zwar keiner so schnell etwas vormachen, doch das laszive Bewegen fiel mir schon seit jeher schwer. Bisher war das auch nie nötig gewesen. Ich bin Personenschützerin und keine Go-go-Tänzerin!

Er klingt ein wenig müde. »Jedes Mal, wenn du dich ab jetzt ausziehst, wirst du es so tun, als würdest du dabei vor mir stehen. Du wirst üben! Üben! Üben! Üben!«

»Ja, Sir!«

»So. Jetzt kommen wir schon zu einer der Königsdisziplinen. Dem Blasen. Knie dich vor ihm auf den Boden.« OH GOTT! Tief durchatmend komme ich dem Befehl nach und knie mich vor das Bett, während der tätowierte Sklave sich auf einen Fingerzeig auf dem Rand niederlässt und sich auf den Armen hinter sich abstützt.

»Du darfst ihn ansehen …« Ich hebe den Blick und habe direkt seine Genitalien vor der Nase. Lasch, aber dennoch nicht gerade klein liegt er vor mir.

»Hier ist entscheidend, was für einen Mann du vor dir hast. Manche mögen es, wenn du hauptsächlich die Eichel reizt, andere, wenn du sie mit deinem Mund fickst wie mit der Pussy, wieder andere wollen, dass du mit ihren Eiern spielst, anderen musst du den Finger in den Arsch stecken, damit sie kommen. Es ist deine Aufgabe herauszufinden, was wem am besten gefällt.«

Ich halte die Luft an und fühle, wie mir das Blut aus den Wangen weicht. Alec lächelt nachsichtig und tritt an mich heran. Als wäre ich sein Hund, stellt er sich neben mich und streicht zärtlich über meinen Kopf.

»Keine Sorge … Ich steh nicht drauf, wenn mir jemand den Arsch fickt … Also … Du solltest langsam anfangen, und sanft. Deine Berührungen sollten nichts weiter sein als eine Kostprobe – spielerisch, neckend und geheimnisvoll … sieh ihm dabei in die Augen, lecke über seine Eier, über den Damm, aber vermeide seinen Schwanz, solange bis er anfängt, härter zu werden … Erst dann wirst du dich ihm widmen. Langsam und genüsslich und immer hauchzart! Wenn er stöhnt, hörst du auf, ihn dort zu verwöhnen. Konzentriere dich stattdessen auf seine Leiste, beiße ihn ein wenig … alles ohne seinen Blick loszulassen … Du darfst beginnen!« Er drückt meinen Kopf leicht nach vorne und ich gehorche. Zwar ist ein

Blowjob nicht unbedingt Neuland für mich, aber aufgrund meiner Arbeit waren meine Beziehungen eher von kurzer Dauer, sodass ich es vorerst aufgegeben habe. Ehrlich gesagt kann ich mich nicht erinnern, wann ich das letzte Mal einen Typen oral verwöhnt habe. Doch dieser durchaus gut aussehende Mann macht es mir leicht. Er ist sauber, schmeckt nicht schlecht und sein Blick ist nicht gerade ohne. Und die Tatsache, dass er bereits beim ersten Zungenstreich hart wird, schmeichelt mir genau genommen. Trotzdem ist es komisch, den Penis eines völlig Fremden im Mund zu haben, aber ich verdränge erfolgreich den Gedanken, wie falsch das eigentlich ist. Als er mich verschwörerisch angrinst, erwidere ich es leicht zittrig, und halte mich nicht mehr zurück. Sofort wird er steinhart. Wow …

»Umfange ihn mit einer Hand …«, raunt Alec mit leicht belegter Stimme über mir … »Dann nimm seine Eichel in den Mund, immer noch nicht zu fest, du musst die Lust langsam aufbauen, mit Feingefühl …« Ich gehorche und der Blonde stöhnt auf, was sofort in den Tiefen meines Unterleibes nachhallt. »Umkreise ihn mit der Zunge … übe mehr Druck aus … und nimm ihn dann so tief in den Mund, wie du kannst!« Ich würge, während der Verwöhnte lauter stöhnt.

»Stopp! Zieh dich zurück und küsse wieder seinen Bauch, seine Schenkel … oh ja, Baby … du machst das gut …« Ist es verwerflich, wenn es mich im Moment erregt, dass er mich Baby nennt?

Alec lässt sich neben mir nieder, seine Finger gleiten über meinen Nacken, meine Wirbelsäule hinab und wieder hoch.

Sie prickeln unsagbar, während der Penis in meinem Mund immer härter wird.

»Jetzt kannst du langsam die richtigen Geschütze auffahren. Saug an ihm … bewege dich auf und ab. Nimm ihn dabei so tief in den Mund, wie du kannst. Manche stehen darauf, wenn du würgst, bei mir kommt es auf die Laune an, und ob der Blowjob meiner Befriedigung oder deiner Bestrafung dient …« Der Typ stöhnt erneut, Schweiß sammelt sich auf seiner tätowierten Brust. Er lässt den Kopf nach hinten fallen und schiebt die Hüften leicht vor. Seine Erregung kann man förmlich in der Luft greifen und auch ich werde feucht zwischen den Beinen – ob ich will oder nicht.

»Baby, du überraschst mich, und … du machst mich verdammt hart …« An den Haaren zieht er mich zurück und dreht meinen Kopf zu sich … Ich keuche auf, als ich direkt auf seinen Schritt blicke. Hinter der maßgeschneiderten Hose ist er tatsächlich ziemlich hart … und er reibt seinen steifen Penis schamlos an meiner Wange. Nur getrennt durch den Stoff.

Meine Lider gleiten zu und ich muss mir eingestehen, dass ich Alec Morgan einen blasen möchte. Es ist *mein* Wunsch, ihn zu befriedigen! In dem Moment vergesse ich meine Selbstbeherrschung, meinen Job, meinen Auftrag, stattdessen ergebe ich mich meiner Lust und stöhne verlangend.

Abrupt weicht er wieder zurück und schnipst nach mir.

»Auf das Bett! Über ihn! Du wirst ihn jetzt reiten! Und zieh ihm einen Gummi über, du wirst nur mit mir ohne Kondom Sex haben!«

Ich beeile mich, seinem Befehl leicht bebend nachzukommen.

»Bevor du ihn reitest, will ich die volle Verführungsshow. Ich will, dass du ihn küsst, seinen Hals, an seinen Nippeln knabberst und es wieder so lang wie möglich hinauszögerst. Mach ihn wahnsinnig nach dir, indem du ihm das verwehrst, was er wirklich will. DAS ist die Kunst von gutem Sex, und lass dir nichts vormachen. Egal ob du BDSM praktizierst oder sonst irgendwas. Letztendlich geht es immer nur um das eine. Um den Orgasmus.«

Okay! Völlig aufgeheizt biete ich dem Blonden die volle Show, während Alec dabei langsam das Bett umrundet und mich nicht aus den stechenden Augen lässt. Ich fühle mich wie bei einer Prüfung und will mich auf jeden Fall beweisen! Also strecke ich ihm meinen Hintern entgegen, sauge an Nippeln, lecke über Bauchmuskeln und knabbere am Hals des Sklaven, während ich mir vorstelle, dass Alec Morgans perfekter Körper unter mir liegt. Als sein Zeigefinger wie nebenbei über meine Wirbelsäule gleitet, explodiere ich fast. Und erst recht, als er sich kurz zwischen meinen triefend feuchten Beinen verirrt.

Ich kann es nicht länger abstreiten, ich will ihn, wirklich, auch wenn er der größte Arsch auf Erden ist und ich ihn nicht leiden kann!

Er grinst mich schief an, als könnte er meine Gedanken lesen, zieht den Finger zurück, gleitet mit der Feuchtigkeit wieder meine Wirbelsäule hoch und bleibt schließlich am Kopfende, direkt über dem Kerl stehen. Während ich ihn nicht aus den Augen lasse und dabei einen anderen Mann verwöhne – noch etwas unsicher, was aber anscheinend niemandem auffällt.

»Das reicht … lass dich herab. Langsam, er ist ziemlich groß.« Der Sklave hilft mir, das Kondom überzustülpen. Spätestens jetzt kann ich nicht mehr verbergen, wie nervös ich bin, denn meine Finger zittern deutlich. Ich halte seinen Penis fest und beiße die Zähne zusammen. Vorsichtig und Stück für Stück lasse ich mich auf ihn herab.

»Wehe du schließt die Augen!«, murmelt Alec und ich reiße sie auf, sehe ihn direkt an, während ich die Zähne in meine Unterlippe bohre und den Fremden ganz in mich aufnehme. Der Blonde ist wahrhaftig ziemlich groß und ich hatte schon ewig keinen Sex mehr! Der Druck ist dementsprechend etwas ungewohnt, weswegen ich es kaum wage, mich zu bewegen!

»Am Anfang darfst du ein bisschen mit deinen Hüften kreisen, so wie es dir gefällt, aber lass dir gleich gesagt sein, dass dieses Gekreise mir nicht viel gibt! Hoch und runter ist das Erfolgsrezept. Beweg dich!« Zaghaft beginne ich und stöhne leise, während sich meine Fingernägel in die Brust des Blonden krallen. Er beantwortet mein Stöhnen und schließt die Augen.

Oh Gott … wie lange hatte ich keinen Sex mehr? Garantiert ein paar Jahre! Und jetzt mache ich es ausgerechnet mit einem Fremden! Es ärgert mich, dass es nicht Alec ist! Und er weiß das! Ganz sicher! Das bringt mich mit meinem Auftrag nicht weiter – kein bisschen! Und dennoch …

Alec Morgan grinst selbstgefällig, als ich überrascht die Augen aufreiße, weil ich schon orgasmusbereit bin.

»Natürlich wirst du NICHT kommen. Der Einzige, der dich dazu bringen darf, bin ich! Und jetzt stütze dich an ihm ab und bewege dich hoch und runter! Langsam!«

FAST stöhnt Alec, als sein Blick zwischen meine Beine gleitet, da wo ich mit einem anderen Mann verbunden bin. Ich merke es genau, stattdessen presst er den Kiefer aufeinander und seine Augen verdunkeln sich noch einen Tick. »Stütze dich hinter dir ab und gehe in die Hocke, zeige mir, wie du ihn mit deiner Pussy abmelkst.« Bei diesen leise gehauchten Worten werde ich knallrot, denn diese derart explizite Sprache bin ich nicht gewohnt. Aber was habe ich noch zu verlieren? Nichts!

Also folge ich dem Befehl, ohne seine brennenden, dunklen Augen auch nur einmal loszulassen. Ich will *ihn* in mir, tief und hart und groß … fast an der Grenze zum Schmerz. Stöhnend lasse ich den Kopf nach hinten fallen und registriere, wie der Schweiß langsam über meinen Körper fließt.

Wie konnte ich nur so lange auf Sex verzichten? Das Gefühl ist berauschend.

»Du hast einen perfekt trainierten Körper und eine gute Ausdauer, freut mich, dass wir daran nicht mehr so viel arbeiten müssen – wenigstens etwas … Und jetzt berühr dich!« Wie bitte? Mein Kopf schießt wieder nach oben und ich kann mich nur noch mit einer Hand abstützen. Sein Blick ist stechend und duldet keine Widerrede. Ich beiße mir erneut auf die Unterlippe und lasse die andere Hand zwischen meine Beine gleiten.

Es hat etwas wahnsinnig Intimes, mich dort vor ihm zu berühren und zu wissen, dass er mich dabei beobachtet.

Als ich meinen Kitzler einmal antippe, fühle ich bereits die ersten Kontraktionen meines Orgasmus'.

Fast schon panisch schüttle ich den Kopf. Er grinst – fies.

»Machs dir, hab ich gesagt …«, wiederholt er samtig weich. »Und wenn du kommst, wirst du natürlich bestraft.«

OH NEIN! ICH HABE GAR KEINE CHANCE!

Ich erreiche in dem Moment meinen Höhepunkt, als ich anfange, mich zu massieren, heftig! Sehr heftig!

Kapitel 10

»Du wirst dich nicht alleine anfassen.« Daraufhin muss ich grinsen, bin aber auch etwas verwirrt, weil er »Nick«, den Sklaven, ziemlich freundlich und vertraut verabschiedet – ihm sogar auf den Rücken klopft – und mein Kleid aufhebt. Nick gibt mir einen Kuss auf die Wange und verschwindet. Dabei wird er mit Adleraugen von Mister Du-hast-keine-Chance beobachtet.

Ich stehe immer noch atemlos und leicht wankend neben dem Bett, wo er mich hinbeordert hat. Alecs Gesicht ist ausdruckslos, aber seine Augen brennen, als er sich vor mich stellt. Groß, eindeutig erregt und doch so beherrscht.

»Arme hoch!« Stirnrunzelnd folge ich dem Befehl, ich fühle mich völlig ausgelaugt und schläfrig. Der Orgasmus war so stark, so überraschend und was ich heute Abend getan habe, so unmoralisch. Es sollte sich falsch anfühlen, ich sollte ein schlechtes Gewissen haben, mich fragen, ob ich so etwas tatsächlich nur für einen Job tun will. Doch da existiert nicht ein einziges Wenn oder Aber – im Moment. Das kommt aber sicher noch … wenn mein Gehirn sich wieder erholt und das hier verarbeitet hat … Das wird dann richtig übel!

»Es gibt gewisse Gesichtsausdrücke, die wirst du in Zukunft vermeiden …«, wispert er und bugsiert einen Arm in den dazugehörigen Träger.

»Hmmm?« Als wäre ich aus Pudding, hebe ich auch den anderen Arm und stecke meinen Kopf schließlich durch die richtige Öffnung. Der weiche, weiße Stoff fällt an meinem müden Körper nach unten und verhüllt mich. Noch nie hat mich ein Kerl nach dem Sex wieder angezogen. Das ist komisch, gibt mir jedoch ein Gefühl von Geborgenheit.

Wir stehen direkt vor der Frisierkommode, die auch mittelalterlich wirkt, und er ragt schwarz gekleidet, mit dunklen Haaren und dunklen Augen hinter mir auf wie das Gegenteil meiner selbst. Ich bin gefährlich, aber er ist das auch.

»Dazu gehört Stirnrunzeln, Augen verdrehen, Schmollen und dein Hmmm-Gesicht.«

»Hmmm-Gesicht?« Als ich skeptisch zu ihm – wahrscheinlich genau mit diesem Gesichtsausdruck – hochsehe, bemerke ich, dass er sanft grinst. Er ist schön, wenn er das tut, außerdem ist dieses schelmische Lächeln gleichermaßen bezaubernd wie absolut ansteckend. »Ja! Du sollst nicht alles überdenken! Ich bin dafür zuständig!«

Nebenbei drückt er mich auf den Hocker und steckt die Klammern wieder in meine Haare und das mit einer feinfühligen Kunstfertigkeit, die ich ihm nicht zugetraut hätte. Dies schmälert seine Gefährlichkeit ein wenig, denn er könnte im Moment auch Friseur und nicht mein Dom sein. Vielleicht hat er ja ein Faible dafür … Wobei der Gedanke, wie er schwatzend den neuesten Klatsch austauscht und dabei ältere Ladys frisiert, so entrückt jeglicher Realität wirkt, dass mir ein Kichern entschlüpft. Seine Bewegungen stocken und er nimmt meinen Blick über die Reflexion des Spiegels gefangen.

»Erfahre ich, was so lustig ist?«, fragt er leicht amüsiert und befestigt die letzte Klammer. Sobald sein Werk vollendet ist, betrachte ich meine Hochsteckfrisur, die ihm besser gelungen ist als mir, und er legt mir die Hände auf die Schultern. Sie sind groß und sein Griff ist sicher. Alles an ihm strahlt Besitzerstolz aus. Wir funkeln uns gegenseitig an und ich grinse breiter, während meine Wangen wieder rot werden.

»Du!«

Er seufzt schwer, gibt mir ein Handy, damit ich immer erreichbar bin, und lässt mich dann kopfschüttelnd allein zurück.

***

Alec Morgan ignoriert mich nicht mehr und ich darf wieder sein zugegeben äußerst knackiges Hinterteil durch die Gegend kutschieren. Sein Blick ist sogar noch fleischlicher – eine einzige Aufforderung –, und manchmal bin ich mir fast sicher, dass er weiß, wer ich bin und was er von mir will. Doch mit allem, was ich habe, zwinge ich mich, die beiden Männer auseinanderzuhalten! Meinen Chef … und meinen Dom. Sonst werde ich noch ganz wirr im Kopf!

***

Am Abend stehe ich vor dem Spiegel in meinem Schlafzimmer und beobachte mich so wie in den Tagen davor beim Ausziehen. Ich sehe seine dunklen, vor Begierde fast schwarzen, so fordernden Augen im Spiegel und ziehe langsam mein Jackett aus, öffne meine Bluse und auch die Hose.

Er hat sich nicht gemeldet, wahrscheinlich lässt er mich wieder warten und warten und warten … Ich habe zum Glück Geduld – normalerweise. Doch ich ertappe mich dabei, wie ich öfter, als mir lieb ist, zu dem Handy blicke, überprüfe, ob ich nicht etwas verpasst habe, und bekomme allein Bauchflattern, wenn ich daran denke, dass er sich melden könnte.

Mein Auftrag läuft falsch, ich entwickle Gefühle und das, obwohl ich ihn weder emotional an mich rangelassen habe noch ihm richtig körperlich nah war. Außerdem darf ich nicht vergessen, dass er ein selbstgefälliger Arsch und ein Playboy ist. Ich werde einen Teufel tun und zulassen, dass er mir das Herz bricht.

Das alles ist schlecht und gut in einem.

Denn ich fühle mich auch unsagbar lebendig, wenn er mich berührt und mit mir spricht, geradezu gefordert. Ein Teil von mir genießt diese Aufregung, wenn die Ungewissheit mich zerfrisst, die Angst davor, was er als Nächstes tun könnte.

In mir brennt die Sehnsucht danach, ihm näher zu sein – einmal Feuer gefangen, lässt sie sich nicht mehr löschen, was ziemlich unpraktisch ist, denn ich sehe ihn jeden Tag. Wunderschön, selbstsicher und absolut unnahbar.

Es reicht mir nicht, ich will mehr.

Der Wunsch zu ihm zu gehen, meine Maske fallen zu lassen, mich vor ihn zu knien und einfach in seinem Büro da weiterzumachen, wo wir in diesem Keller aufgehört haben, wird immer drängender und scheint mir den Verstand zu rauben. Dabei war ich nie der unterwürfige Typ!

Ein Klingeln reißt mich aus meinen Gedanken, gerade als die edle Hose zu Boden gegangen ist. Ich bin schon viel besser im Ausziehen und ich zwinkere mir über den Spiegel zu. Schnell begebe ich mich zu meinem Bett, um mir das Telefon zu schnappen und ranzugehen. Zwar ist es nicht das eine, das klingeln soll, dennoch ein wichtiger Name, der auf dem Display meines Privat-Handys erscheint: *A.*

»Hi …«, begrüße ich den Anrufer, lasse mich auf mein Bett fallen und strecke mich träge, beobachte mich dabei in dunkelblauer Unterwäsche im gegenüberliegenden Spiegel. Meine reine, bleiche Haut, meinen trainierten, geschmeidigen Körper, die grünen Augen, die blonden Haare, die leicht gewellt mein Gesicht umschmeicheln. Ja … ich glaube, ihm würde es gefallen, mich jetzt so zu sehen …

»Hi …«, antwortet meine beste Freundin vertraulich. Die Frau, bei der ich aufwachsen durfte. Die Schwester des Mannes, der meine große Liebe war … und starb. Meinetwegen. »Na, wie geht's?«, fragt sie locker, aber ich bemerke eine ungewohnte Anspannung in ihrer hellen Stimme.

»Nicht so gut, wie ich gehofft habe …«, grummele ich und schließe die Lider. Müde reibe ich darüber.

»Noch nichts?« Sie wirkt ehrlich verwundert. »Dabei habe ich gedacht, du wärst genau seine Kragenweite …«

»Doch …«

Sie schweigt und ich reiße mich zusammen, das hier ist nur ein Auftrag und sie mein Auftraggeber. Professionalität ist gefragt.

»Ich konnte in den Club gelangen und seine Aufmerksamkeit auf mich ziehen. Allerdings habe ich noch keine eindeutigen Beweise … und es gibt ein paar Probleme.«

»Wieso?«

»Er … er … meldet sich seit Tagen nicht …«

»Er spielt mit dir!«, stellt sie eiskalt fest und ich erschauere.

»Ja«, gebe ich zu, weil ich Realistin bin und sie nicht anlügen möchte. Bei ihr konnte ich schon immer ich sein, musste nie darüber nachdenken, was ich sage, auch wenn es sich um die unter Umständen verletzende Wahrheit handelte. Anne hat mich immer angehört, stand mir immer bei, in allen Lebenslagen. Jetzt ist es an mir, mich zu revanchieren.

»Das tut er immer! Damit will er dich mürbe machen, unsicher. Er mag seine Frauen unsicher … dann fühlt er sich stark.« Ich sehe förmlich, wie sie spöttisch abwinkt. Diese wunderschöne, große, blonde Frau – mein Kleinmädchen-Vorbild. Schließlich ist sie ein Jahr älter als ich und in allem erfolgreicher, schöner und reifer. Obwohl sie ihn besser kennen müsste als ich, möchte ich ihr aber widersprechen. Meiner Meinung nach mag er, wenn die Frau stark ist. Seit unserem kleinen Probekampf in der Trainingshalle bin ich mir seines Respekts sicher. Gleichzeitig brenne ich auf eine Wiederholung. Jeden Tag muss ich mich davon abhalten, ihn darum zu bitten, denn so einen Gegner wie ihn findet man selten. »Es ist gut, wenn er mit dir spielt«, reißt mich Anne aus meinen Gedanken. »Das heißt, du bist auf dem richtigen Weg und hast sein Interesse geweckt!«

»Ja …«, hauche ich, denn ich weiß, dass ich ihn interessiere. Ob der Weg der richtige ist, steht auf einem anderen Blatt geschrieben. Sie stockt.

»Samy?«

»Hm?«

»Hattest du schon mit ihm Sex?« Bei der Frage fühle ich, wie meine Wangen heiß werden. Nicht, dass wir uns nie über Sex unterhalten hätten … Aber irgendwie sind wir aus dem Alter raus, bei dem es nur darum geht, wer welchen Jungen abschleppt und in irgendeiner Ecke mit ihm rumknutscht.

»Nein!«

»Du wirst Sex mit ihm haben müssen!«

»Ich weiß …« Oh ja … Er wird mich nicht ohne davonkommen lassen …

»Lass dich nicht von ihm um den Finger wickeln, denn das ist sein Spezialgebiet; er ist wirklich, wirklich gut darin! Der Beste, den ich je hatte, und sein … Schwanz!«, ruft sie aus und ich schließe die Augen, während ich den Kopf nach vorne fallen lasse. Ich will wirklich NICHT an seinen Schwanz denken! Ihn hinter seiner Hose zu fühlen, während er sich hart an meiner Wange rieb, hat mir schon gereicht! Anne quasselt weiter, direkt aus dem Nähkästchen; sie mag es, mich mit solchen Infos verlegen zu machen – schon immer. »Er hat die perfekte Größe und die perfekte Krümmung, so einen Schwanz hatte ich noch nie. Manche nennen ihn auch den G-Punkt-Killer!«

»Was muss ich tun, damit du aufhörst, von seinem Schwanz zu schwärmen?«

»Ich möchte ja nur sagen, sei vorsichtig! Er weiß, wie er dich von sich abhängig machen kann! Ich meine damit wirklich abhängig, als wäre er eine Droge! Er weiß, was er wann und wie sagen muss, damit jede Frau dahinschmilzt. Und obwohl er so unverschämt gut aussieht, ist er der Teufel im Schafspelz. Er wird dich aussaugen, bis nichts mehr von dir übrig bleibt und dich dann links liegen lassen! So, wie er es bei mir getan hat!« Zu oft habe ich diese Geschichten gehört, vom bösen, bösen Alec – dem Betrüger, dem Manipulator, dem Lügner, dem Bastard … und bis jetzt habe ich immer voll und ganz mit Anne gefühlt, doch mich hat er noch nie angelogen. Unsicher kaue ich auf meiner Unterlippe, während sie weiter ihr Gift verspritzt. Ich kann echten, leidenschaftlichen Hass in ihrer Stimme ausmachen, der immer stärker wird.

»Er wollte nichts weiter von mir als dieses Kind, weil mein Vater so einflussreich ist. Jetzt ist er Daddys Liebling und ich bin die Böse! Die Kleine interessierte ihn ab dem Moment nicht mehr, als mein Vater seinen Vertrag unterschrieben hatte! Sie ist für ihn lediglich Mittel zum Zweck – so wie alle anderen Menschen auch. Er hat sie allein gelassen, so wie er es früher oder später bei jeder Frau tut! Ja, sie wird Geld haben, aber keine Liebe und keine normale Familie. Er ist nicht fähig dazu, Liebe zu empfinden, von seiner Bindungsphobie ganz zu schweigen!«

»Ich bin nicht auf Liebe aus, Anni. Ich möchte dir helfen und weiß, was er dir angetan hat!« Zu oft schon habe ich es gehört. Es ist ermüdend, immer wieder denselben grausamen Geschichten zu lauschen …

»Ich weiß …« Nun klingt sie schuldbewusst. »Jetzt ist es etwas mit mir durchgegangen … Sorry …«

»Ach, halt die Klappe …« Lächelnd winke ich ab.

»Ich wollte es nur noch mal gesagt haben … und ich hatte schon so lang nichts mehr von dir gehört, da habe ich mich gefragt, ob alles in Ordnung ist …«

»Ich hatte nichts zu sagen. Diese dämlichen Masken! Jedes Video dieser Welt bringt nichts, wenn man nicht sein Gesicht erkennen kann!« Ermüdet fahre ich mir durch die Haare und streiche über mein Gesicht.

»Dann bring ihn dazu, die Maske abzulegen!«

»Ich glaube, das wäre bei jedem anderen Menschen leichter als bei Alec Morgan«, murmle ich.

»Bist du etwa unsicher?« Sie klingt mit einem Mal zu ruhig.

»Ja.«

Einige Zeit herrscht Stille.

»Samy …«, fängt sie vorsichtig an. »So … habe ich dich noch nie erlebt.« Ich mich auch nicht! »Du fällst doch nicht auf ihn rein, oder? Ich habe dich um Hilfe gebeten, weil ich annahm, du wärst die einzige Frau, die ich kenne, die gegen ihn immun ist!« Ihre Stimme wird immer leiser und ich kneife die Lider zusammen.

»Ich falle nicht auf ihn rein, Anni! Ich brauche nur etwas mehr Zeit! Um zu gewinnen, muss ich erst einmal nach seinen Regeln spielen.«

»Seit wann spielst *du* nach den Regeln irgendeines Mannes?«

Ich seufze schwer. »Anne, bitte … ich habe dir geschworen, ich werde ihn dir liefern!«

»Dann tu das auch endlich!« Somit legt sie auf. Empört starre ich das Handy in meiner Hand an …

Scheiße!

Als ich zurückrufe, geht sie nicht ran. Das ist typisch. Anne war schon immer eine Dramaqueen. Eigentlich sollte ich es gewöhnt sein, dennoch mag ich es nicht, wenn wir uns streiten. Ich will auch nicht, dass sie von mir denkt, er hätte mich um den Finger gewickelt. Das könnte er gar nicht!

Nicht mit dem Wissen, welches ich habe.

Er hat sie betrogen, nicht nur mit einer Frau! Alles, was für ihn zählte, war sein Playboy-Dasein, als sie zusammen waren. Anne konnte irgendwann mit seinen Weibergeschichten nicht mehr leben und trennte sich von ihm. Jetzt wird sie alles dafür tun, um ihre gemeinsame Tochter von ihm fernzuhalten und ich unterstütze sie dabei. Was soll aus ihr werden, mit so einem Vater?

Das weiß ich zu gut, denn mein Vater war nicht anders als er … Nur dass er irgendwann meine Mutter dazu brachte, vor lauter Verzweiflung abzuhauen und mich allein zu lassen. Ich war auf mich gestellt, während er entweder arbeitete oder seinen Kummer im Suff ertränkte. Er hat es einfach nie verwunden, dass sie ihn verließ. Damals hat mich Annes freundliche, überengagierte Mutter aufgenommen, als es mir am schlechtesten ging. Anne war seit jeher wie eine Schwester für mich und Benjamin wie ein Bruder. In ihn verliebte ich mich schließlich und war glücklich mit ihm, bis er meinetwegen an der Front starb.

Vor einem Jahr kam ich zurück, eröffnete mit meinem besten Freund eine Privat-Detektiv-Kanzlei und lebte mehr schlecht als recht vor mich hin. Eines Tages meldete sich Anne unter Tränen … sie flehte mich um Hilfe an, die ich ihr sofort zusagte. Das war selbstverständlich, denn dafür sind Freunde schließlich da, um in den grauesten Zeiten zu einem zu stehen.

Ich bin es ihr schuldig, aber vor allem Benjamin; er hätte gewollt, dass es seiner Schwester und seiner Nichte gut geht.

Nun hängt alles von mir ab …

***

In der Sekunde, als ich auflege, klingelt das Mobiltelefon auf meinem Nachttisch … Es ist DAS eine … Der Anruf, auf den ich schon die ganze Zeit warte, im schlechtesten Moment. Ich bin wütend. Wütend auf mich, wütend auf ihn und seinen Schwanz, und ich bin auch wütend auf Anne, weil sie mir nicht zutraut, das hier zu einem ordentlichen Ende zu bringen.

Genauso klinge ich auch, als ich abhebe.

»Ja!«, blaffe ich in den Hörer und es herrscht tatsächlich für ein paar Sekunden verwunderte, wenn nicht sogar zutiefst empörte Stille.

Mist!

Ich habe ganz vergessen, wie ich ihn ansprechen soll! Er hat es mir ausdrücklich befohlen! Aber ich kann nicht, ich bin wirklich sauer auf ihn! Wieso auch immer. »Also ich warte hier die ganze Woche auf deinen dämlichen Anruf wie eine Blöde, da wäre es nett, wenn du jetzt auch sprichst!«

»Hmmm …«, ertönt es nur am anderen Ende und seine Stimme klingt am Telefon wahnsinnig sexy. Dieses tiefe Timbre fährt mir direkt in den Unterleib. Wenn er nicht schon steinreich wäre, könnte er damit ein zweites Standbein als Telefonsex-Mitarbeiter aufbauen, denn ich bin mir sicher, die Frauen verfallen ihm reihenweise allein wegen dieses Tons! Was denke ich nur?! »Eigentlich wollte ich dich zum Essen einladen, aber das hat sich soeben erledigt.« Ein Stein, von dem ich gar nicht wusste, dass er sich in meinem Magen befindet, bis er mich anrief, rumpelt dort herum und verursacht ein scharfes Ziehen. »Nun werde ich ohne dich essen.« Und somit hat er tatsächlich aufgelegt.

Mist, ich hab es vergeigt – auf ganzer Linie!

Mit einem Mal schlägt mein Herz bis zu meinem Hals und meine Hände sind schwitzig. Ich sehe das schwarze Display ungläubig an und könnte schreien!

Wieso hat er so eine Macht über mich, dass ich mich vergesse? Warum konnte ich mich nicht zusammenreißen? Ich weiß doch, was er von mir fordert! Also warum habe ich jetzt nicht gesagt: »Ja bitte, Sir?« Worauf er geantwortet hätte: »Zieh dir was Schönes an«, inklusive ein paar weiterer Anweisungen. Denn das Bedürfnis, Kontrolle auszuüben, gehört zum Dom-Sein wohl dazu. Dann hätten wir einen Abend miteinander verbracht und ich wäre weitergekommen. Stattdessen zeige ich mich von meiner zickigen Seite! *Großartig, sehr professionell, Sam!*

Mit Tränen, die unwillkommen in meine Augen treten, starre ich das Telefon in meiner Hand an und öffne schließlich meine Nachrichten. Nun heißt es, über meinen Stolz zu springen …

Es tut mir leid, Sir. Können wir bitte noch einmal von vorne anfangen?, tippen meine zitternden Finger und ich schicke es ab, bevor ich einen Rückzieher machen kann. Leicht hyperventilierend sehe ich danach an die Decke. Er wird nicht antworten … ganz sicher nicht … Als das Handy plötzlich auf meinem Schoß vibriert, erschrecke ich mich so sehr, dass ich einen Schrei unterdrücken muss.

Was sollte das?

Er klingt sogar in seinen Nachrichten barsch, aber er antwortet wenigstens.

Kurz überlege ich, was ich zurückschreiben soll, wieso ich so war, als würde ich ihn nur mit Absicht provozieren wollen. Dann fällt mir ein, was er das letzte Mal zu mir sagte, bevor er ging.

»Ich kann nicht auf dich achten, wenn du nicht ehrlich zu mir bist. Das ist das A und O.«

Also *bin* ich ehrlich!

Ich war wütend, weil Sie sich so lange nicht gemeldet haben und weil eine Freundin mir weismachen wollte, Sie würden nur mit mir spielen.

Wieder schicke ich ab, bevor ich darüber nachdenken kann, denn Tatsache ist, ich will gerade nicht denken. Eigentlich will ich nur wissen, was er darauf erwidern wird. Von dieser Antwort hängt mehr ab, als mir lieb ist.

Ich habe mich so lange nicht gemeldet, weil meine Geschäfte nach meiner vollen Konzentration verlangten. Wenn ich mit dir Zeit verbringe, kann ich mich die nächsten Tage auf NICHTS konzentrieren. Ich hatte schlichtweg keine Zeit für so eine enorme Ablenkung wie dich. Und ja, ich spiele mit dir, aber du kennst die Regeln.

Damit habe ich nicht gerechnet. Ein Lächeln zupft an meinen Mundwinkeln und das Herz trommelt plötzlich in meiner Brust … Wieder und wieder lese ich seine Nachricht. Kurzzeitig fühle ich mich wie ein überschäumender Teenager. Ist es möglich, dass er so sehr an mich denkt, dass ich ihn aufwühle und ähnlich durcheinanderbringe wie er mich? Das hätte ich niemals für möglich gehalten!

Es tut mir leid, dass ich vorhin so … unhöflich war, schreibe ich grinsend und mit einem Mal völlig beflügelt zurück. ***Und ich mag Ihre Spiele.***

Schön, lautet seine Antwort und ich lande wieder auf dem Boden der Tatsachen.

Ist das alles?

Ich wünsche dir noch einen schönen Abend. Wie wirst du dich das nächste Mal melden?, kommt tatsächlich nur hinterher und ich starre den Bildschirm mit großen Augen an. Dann beiße ich die Zähne zusammen und tippe äußerst aggressiv:

Mit Ja, Sir. *Bastard!*

Mir ist klar, dass es mir nicht zusteht, so wütend zu sein, aber ich kann einfach nicht anders. Er wird mich tatsächlich schon wieder sitzen lassen und das, nachdem ich so ehrlich gewesen bin und mich entschuldigt habe!

Jetzt bist du sauer.

Dies schickt er mir nicht etwa als Frage. Dahinter steht ein Punkt. Ein dicker fetter Punkt.

Ja!!!

Mit drei Ausrufezeichen, du Penner! Oh, wie gern würde ich ihn in solchen Momenten ein für alle Mal in die Wüste schicken!

Wieso bist du sauer?

Das fragt er mich tatsächlich?!

Mir kommt es so vor, als hättest du gar keine Lust auf mich! Wieso verschwendest du dann überhaupt deine Zeit mit mir?!

Und ich mit dir! Oberpenner!

Ich hatte in meinem Leben noch nie so viel Lust auf eine Frau wie auf dich.

Es ist erstaunlich, aber mein Zorn verpufft in der Sekunde, als ich diese Worte lese. Stattdessen wird er durch eine erregende Hitze ersetzt. Mich sollte erschrecken, wie sehr er meine Emotionen kontrolliert, ja, geradezu mit ihnen spielt, aber momentan schwelge ich viel zu sehr in der Begeisterung über seine Antwort und genieße es, mich lebendig zu fühlen.

Na dann! Ich bin bereit, Sir!!!, schreibe ich mit zittrigen Fingern.

Ich weiß, antwortet er, und ich sehe ihn förmlich vor mir, auf dem dunklen Rücksitz seiner Limousine, während er teuflisch grinst. ***Aber je länger etwas sehnlichst Gewünschtes***

hinausgezögert wird, umso überwältigender fällt der Triumph aus, wenn man es endlich besitzt.

Werde ich irgendwann auch dich besitzen?

Das tust du schon – ob ich will oder nicht. Schlaf jetzt und schreib mir nicht mehr.

WAS!?

Völlig konsterniert blicke ich die Nachricht an, mit offenem Mund und aufgerissenen Augen sowie völlig erstarrt. Jedes bisschen Hirn hat sich auf Urlaub begeben und zurück bleibt absolute Leere.

Danach folgt nichts mehr von ihm und auch ich antworte nicht, viel zu unfähig bin ich, nach dieser Offenbarung einen Gedanken zu formulieren.

Kapitel 11

Nachdem ich mich wieder einigermaßen gefangen habe, erkundige ich mich bei Silvio, wo Alec essen gehen wollte und lasse mich von Sascha dort hinfahren!

Mir reicht's!

Das Ying-Yang ist eines der exklusivsten Restaurants mit dem besten Sushi der Stadt! Ein wenig verletzt es mich, dass er ohne mich gefahren ist, schon allein deshalb möchte ich das hier endlich zu einem würdigen Abschluss bringen und ihm die verdammte Maske herunterreißen.

Doch so tough, wie ich nach außen hin wirke, bin ich nicht, denn mein Herz schlägt mir bis zum Hals. Dabei bin ich zweiunddreißig Jahre alt und kein kleiner Teenie, der auf den Anruf seines Schwarms wartet. Ich bin eine Frau und dazu auch noch eine gut aussehende! Er will mich, ich will ihn, und vor allem will ich, dass dieses Gefühlschaos ein Ende hat!

Alec sagte einmal zu mir, sollte ich wirklich bereit sein, dann steige ich mit ein. Das tue ich *jetzt!* Gleichzeitig möchte ich für den passenden Auftritt sorgen. Im Geiste danke ich meinem Mitbewohner, der mich stets mit den neuesten Kreationen aus seiner Boutique beehrt, und mir heute zu einem extravaganten, gewagten, violetten Kleid geraten hat, inklusive passendem Schmuck, das meine blasse Haut sowie meine Vorzüge betont.

Das Restaurant erinnert an eine Bar und ist sehr gut besucht, als ich es betrete. Die Kamera in meinem Ohrring läuft bereits, und die Absätze meiner Heels, die ein Klackern verursachen, lenken die Aufmerksamkeit der anderen Gäste auf mich. Mit langem blondem Haar und wiegenden Hüften bin ich das Sinnbild der betörenden Verführerin – darüber bin ich mir völlig im Klaren und werde meine Trümpfe bis zum letzten Ass ausspielen. Eines davon ist mein Kleid. Denn obwohl die Vorderansicht geradezu züchtig wirkt – hochgeschlossen und jungfräulich –, so ist der Rückenausschnitt schier tödlich. Alle Männer drehen sich nach mir um. Doch er ist nicht darunter, zumindest in dieser Etage.

Eine Kellnerin begrüßt mich mit hörbarem Akzent, aber ich bedeute ihr, dass ich ihre Hilfe nicht benötige. Einem inneren Impuls folgend fahre ich mit dem Aufzug in die oberste Etage des mehrstöckigen Restaurants. Von hier aus hat man eine spektakuläre Aussicht auf die gesamte funkelnde Stadt, und da sitzt er … Direkt am Fenster eines VIP-Tisches … mit einer blonden, wunderschönen Frau gegenüber.

Ich erstarre auf der Stelle, als ich den Blick bemerke, mit dem er ihren Mund fokussiert, in dem gerade eine California-Roll verschwindet. Er ist dunkel und verlangend, woraufhin in mir die Wut hochkocht.

Ich will und werde sicher nicht eine von vielen sein!

Auch wenn es nur ein Auftrag ist, werde ich mich von ihm nicht bloßstellen lassen, indem ich mich in die Reihe seiner aktuellen Gespielinnen einreihe. Dafür bin ich mir zu schade.

Als ich auf die beiden zukomme, sieht er auf.

Für eine winzige Sekunde werden seine Augen größer, bevor sie aufleuchten und er spielerisch den Kopf zur Seite neigt. Dann bedenkt er mich mit dem fiesesten und gleichzeitig atemberaubendsten Grinsen, während er seinen Blick unverhohlen über meine Beine und meine Brüste bis in mein Gesicht gleiten lässt, was in diesem Ambiente nicht von einer Maske verdeckt wird. Genauso wenig wie seines.

Ja. Wir tragen beide keine Masken und wissen doch, was wir wollen. Ich zumindest.

Alec Morgan hebt sein Glas, prostet mir zu und nimmt einen Schluck. Seine Lippen legen sich lasziv um den Rand des Glases, sein Adamsapfel hüpft und mir wird prompt um fünfzig Grad heißer.

In dem Moment kommt Sascha zu mir geeilt. Offensichtlich hat er endlich einen Parkplatz gefunden. Er ist etwas verschwitzt und außer Atem. Trotzdem sieht er mit seiner roten Weste, der Anzughose und seinen braunen, zerwühlten Haaren ziemlich sexy aus, als er mir den Arm um meine Hüfte schlingt. »Meine Fresse, der Verkehr da draußen ist der Wahnsinn … DU fährst zurück!«

»Geht klar!« Ich lache, denn mir ist klar, dass er ein oder zwei Cocktails trinken will.

Alecs Blick verdunkelt sich sofort, sobald Sascha erscheint. Mit ihm hat er nicht gerechnet und man sieht ihm an, dass ihm diese Planänderung überhaupt nicht gefällt.

TJA!

Ich setze das breiteste Strahlen auf, zu dem ich fähig bin, während ich direkt auf Alec zugehe – mit wiegenden Hüften und eleganter Haltung. Abwartend spannt sich jeder Muskel unter dem maßgeschneiderten perfekt sitzenden Anzug an. Sascha flüstert mir ins Ohr: »Das ist er, oder? Er ist ja noch heißer als auf der MensHealth … Oh mein Gott! Wie er dich ansieht … am liebsten würde er es mit dir hier auf diesem Tisch treiben!« Mit Mühe gelingt es mir ein Lachen zu verkneifen, denn ich bin mir in diesem Moment nicht sicher, wer schärfer auf Alec ist – ich oder Sascha.

Im Augenwinkel bemerke ich mit Genugtuung, wie Alecs Kopf herumfährt, als ich an seinem Tisch vorbeistolziere, und spüre anschließend seinen Blick, der sich förmlich in meinen nackten, schutzlosen Rücken brennt.

Die Frau ihm gegenüber scheint vergessen.

Nur mich fixiert er, als ich drei Schritte weiter elegant auf dem Stuhl Platz nehme, den mir Sascha heranzieht. Den Tisch habe ich so gewählt, dass ich Alec weiterhin im Blickfeld habe. Und so registriere ich, wie sich seine Augen verengen, als mir mein Mitbewohner und vermeintlicher Freund einen Kuss auf den Scheitel haucht, worauf ich meine nur verdrehen will. Sascha übertreibt, aber es wirkt.

Alecs sowieso schon dunkle Augen sind mittlerweile fast schwarz.

Nur damit er ja weiß, dass ich es weiß, zwinkere ich ihm zu, bevor ich die Karte hochhebe und hineinsehe.

Jetzt wird sich alles zeigen …

Sascha nimmt meine Hand auf dem Tisch, sobald wir die Vorspeisen bestellt haben und ich nippe an meinem Wasser. Lächelnd schiebe ich mir kurz darauf ein Stück Karotte zwischen meine rot geschminkten Lippen … und wieder hinaus. Ich knabbere daran, ohne Alec auch nur eines Blickes zu würdigen und umkreise dann selbstvergessen mit der Fingerspitze meinen Glasrand. Bevor ich die Hand hebe und über mein Schlüsselbein streiche … und meinen Hals … schließlich spiele ich mit den zarten Härchen in meinem Nacken, während ich mich mit Sascha über absoluten Nonsens unterhalte. Bis zu mir spüre ich förmlich, wie Alec Morgan brodelt, und ich liebe es!

Der Hauptgang schmeckt köstlich, lasziv genieße ich das Sushi, knabbere Kaviar von den Rollen und nehme dann Saschas Hand. Verführerisch überschlage ich die Beine, gönne dem bald explodierenden Alec einen kurzen, dafür aber sehr guten Ausblick à la *Basic Instinkt* und beuge mich dann langsam vor, um in Saschas Ohr zu flüstern. »Wenn er nicht bald reagiert, gehen mir die Ideen aus! Tu was!« Ich küsse seine Wange, seinen Kiefer …

»Okay! Auf deine Verantwortung!« Seine Hand legt sich auf meinen Schenkel … doch plötzlich verspannt er sich und sieht an mir vorbei.

»Er steht auf!«, wispert Sascha direkt in meinen Gehörgang. »Er schmeißt seine Serviette auf den Tisch …«, quietscht er weiter, mit einem schon leicht hysterischen Unterton. »Oh mein Gott, er kommt! Er kommt und er ist sauer! Rette sich, wer kann!« Mittlerweile wirkt er geradezu panisch und steckt mich fast damit an. Doch er verstummt abrupt, als ein Schatten auf den Tisch fällt.

Ich verstecke mein triumphierendes Grinsen kurz an seinem Hals und sehe dann gelangweilt hoch, direkt in Alec Morgans absolut eisiges Gesicht.

»Miss Stone«, zischt er. Ich lächle lieblich und tue überrascht.

»Mister Morgan! Was für ein Zufall, dass wir uns treffen …« Ohne zu fragen, packt er sich einen Stuhl vom Nachbarstisch und setzt sich zu uns. Seine Begleitung scheint immer noch vergessen und wirft tödliche Blicke nach mir.

»Hm-hm … Was für ein Zufall«, murmle ich und nippe an meinem Wasser. »Was ist mit Ihrer Begleiterin, Mister Morgan? Ist es nicht unhöflich, sie einfach so alleine sitzen zu lassen?«

»Mister Blake kümmert sich doch sicher für zehn Minuten um sie, wenn es möglich wäre?« Nein, ich frage nicht, woher er Saschas Namen kennt. »Es geht um etwas Geschäftliches …«, flüstert er ihm zu und mein Mitbewohner sieht mich mit fragend hochgezogener Augenbraue an.

»Geh nur«, meine ich zu ihm und lächle, obwohl mir keineswegs danach zumute ist. Was wird das jetzt schon wieder?

Sobald wir allein sind, steht er auf, zieht Saschas Stuhl zurück und setzt sich selber drauf, während er seine Krawatte festhält. Somit ist er mir so nahe wie schon lange nicht mehr. Genau genommen berührt mich sein Knie und ich rücke ab, was aber nicht hilft, denn es knistert trotzdem zwischen uns – und das heftig.

»Ich hätte ja nicht gedacht, dass Sie auf diese Art Mann stehen, Miss Stone … Wenn ich ehrlich sein soll, war mir nicht einmal bewusst, dass sie überhaupt auf Männer stehen«, murmelt Alec und ich frage mich, auf was er schon wieder aus ist.

»Was heißt hier ›diese Art Mann‹?«, frage ich giftig. Ich mag es nicht, wenn man schlecht über einen meiner Freunde spricht, was er augenscheinlich im Sinn hat. »Meinen Sie etwa die Art von Mann, die einem nicht ständig was vormacht?«

»Oh, du willst also in dieser Hinsicht mit Steinen werfen?«, antwortet er und beobachtet düster, wie seine Begleitung bei Saschas Charme dahinschmilzt. »Du kommst in meine Firma, lässt dich anstellen und begegnest mir dann eines schönen Abends im Club. Vielleicht hast du gedacht, dass ich dich wegen dieser dämlichen Maske nicht erkannt habe, dass du durch sie bei deinem wirren Spiel vor mir geschützt bist. Aber ich habe dich in dem Moment erkannt, als ich dir in die Augen sah.« Während er spricht, sieht er locker nach vorne, beachtet mich scheinbar gar nicht und ich rutsche unsicher auf meinem Sitz herum.

»Wieso hast du nie etwas gesagt?«

Er dreht mir sein Gesicht zu und mit einem Mal ist seine Hand auf meinem Knie. Auf meinem nackten Knie. »Ich bin nicht zu dir gekommen. Du kamst zu mir – weil du etwas von mir willst. Was willst du von mir, Samantha Stone?« Langsam wandert sie nach oben und ich halte den Atem an.

Meine Augen fallen zu. »Dich.«

»Mich?«

Ich nicke.

»Wie? Als Chef? Als Master?« Seine Hand gleitet immer weiter nach oben.

»Egal wie …«

»Wieso bist du dann heute Abend mit einem anderen Mann hier?«

»Weil ich dich eifersüchtig machen wollte …«

Er lacht auf und zieht seine Finger zurück – kurz vor dem Bund meiner Seidenunterwäsche. »Das ist dir gelungen! Du hast es sogar geschafft, dass ich meine Maske fallen lasse, obwohl ich das noch nicht geplant hatte. Und? Denkst du, das ist gut oder schlecht?«

»Was?«

Er beugt sich vor und flüstert in mein Ohr. »Was ist, wenn ich nur aus Freundlichkeit die Maske anbehalten habe? Was, wenn du gar nicht wirklich sehen willst, was dahintersteckt?«

»Ich *muss* sehen, was dahintersteckt!«

»Wieso? Das ist die einzige Frage, die ich noch nicht entschlüsselt habe, obwohl ich darin normalerweise sehr gut bin … Doch du hast immer noch deine Geheimnisse …« Sanft streicht sein Finger über meinen pochenden Puls an meinem Handgelenk. »Wieso hast du uns nicht die Illusion gelassen und bist daheimgeblieben? Es fing doch gerade erst an, Spaß zu machen!«

»Es hat keinen Spaß gemacht!«

»Es war aufregend! Ständig diese Fragen in deinem Blick. Erkennt er mich, erkennt er mich nicht? Weiß er, wer ich bin? Wie wird er sich verhalten? Wo und wie wird er mich endlich ficken? Wie wird er mich bestrafen, wenn er es erfährt? Willst du es immer noch wissen?« Mist, er hat mich tatsächlich durchschaut. Doch einen Punkt hat er vergessen, den wichtigsten überhaupt.

»Ich würde jetzt gerne meine noch offene Frage nutzen«, flüstere ich also und sehe auf meinen Schoß, denn ob ich will oder nicht, sie ist von enormer Bedeutung.

»Genehmigt!«

»Bin ich dir wichtig?«

»Das bist du«, antwortet er ruhig, und nun merke ich, dass seine gesamte Konzentration auf mir liegt. Er ist angespannt und wachsam. »Wenn du es nicht wärst, hätte ich mich nicht darauf eingelassen, an diesem einen Abend an der Bar im Club. Ich hätte dich ignoriert, gar nicht erst angesprochen …«

»Du hast es aber getan.«

»Ja, und dann wurde mir klar, dass du absolut ungeeignet bist. Der zweite Punkt, an dem ich dich hätte stehen lassen sollen.«

»Du hast es aber auch da nicht getan …«

»Oh nein, denn ich kann und werde meine Finger nicht von dir lassen.«

»Und doch sitzt du mit einer anderen hier!«

»Ich habe dir gesagt, Eifersucht ist fehl am Platz!«

Nun reiße ich meinen Kopf hoch und funkele ihn an. »Ich BIN aber eifersüchtig!«

Er sieht mich einige Sekunden nachdenklich an, dann runzelt er die Stirn. »Du hast tatsächlich davor noch nie SM praktiziert, ein Rollenspiel oder etwas Ausgefalleneres, als zu besonderen Anlässen mal von hinten gefickt zu werden, hm?« Ich werde knallrot, nicke aber. »WAS zum Teufel wolltest du dann in diesem Club?«

Ich zucke die Schultern. Das kann ich ihm leider nicht sagen, die einzige Wahrheit, die ich für mich behalten werde, aber ansonsten werde ich versuchen, ehrlich zu sein.

»Ich wollte es probieren und … es hat mich überrascht«, murmle ich.

»Was?«

»Na ja … du!«

»Das tue ich meistens.«

»Und das alles … ich hätte nicht gedacht, dass etwas Verbotenes so aufregend sein kann … und dass … na ja … dass es mir gefallen könnte …« Ich nestle an meinen Händen in meinem Schoß. »Andererseits hast du recht. Ich bin wahrscheinlich alles andere als die perfekte Sklavin …«

»Das bist du wirklich nicht.« Er grinst und als ich meinen Blick senke, hebt er mein Gesicht an.

»Und weißt du was?«

»Was?«, frage ich leise und fühle das Prickeln, das von seinem Finger ausgeht.

»Was auch immer du für ein Spiel mit mir spielst. Auch für mich ist es zu aufregend, als dass ich damit aufhören könnte. Es fängt gerade erst an …« Sein Daumen streicht über meine Unterlippe. »Heute Abend werde ich dich ficken.« Bei diesen Worten verkrampft sich mein Magen. Doch gleichzeitig flattert es darin verdächtig, denn er trägt tatsächlich seine

Maske nicht mehr – sozusagen Alec pur. Das hier könnte mein Durchbruch sein!

»Okay …«, flüstere ich heiser. Er sieht mich noch einige Sekunden mit diesem verbissenen, brennenden Blick an. Dann steht er mit einem Mal auf. »Wir zahlen!«

Er winkt der nächstbesten Kellnerin und zieht mich auf die Beine. Durch meine Blutbahn pumpt süße, aufregende Vorfreude, ich habe einen Kloß in meinem Hals, denn die Kamera läuft! Das hier könnte der Abend der Abende sein! Das Ende von allem!

Meine Hand ist schwitzig, als er sie in seine nimmt und beruhigend drückt. Nachdem er gezahlt hat, verabschieden wir uns von seiner grimmigen Begleiterin. Die Entschuldigung, die Alec ihr und meinem vermeintlichen Freund vortäuscht, bekomme ich überhaupt nicht mit, denn Sascha macht versteckt unter dem Tisch und nur für mich sichtbar obszöne Gesten mit seinen Fingern, während ein kleines Lächeln seine Mundwinkel umspielt. Ich muss lachen und stolpere. Alec hält mich.

Sobald wir das Restaurant verlassen, empfängt uns strömender Regen, doch die Limousine, die ich sonst fahre, hält sofort vor uns.

»Willst du fahren?«, fragt Alec auch noch und ich muss wieder kichern.

Er hält mir diesmal die Tür auf, mit einem spöttischen, aber absolut bezaubernden Lächeln und verbeugt sich, als ich einsteige. Hinten, nicht vorne. Die Sitze sind wahnsinnig weich. Es duftet angenehm und er folgt auf dem Fuße auf die ausladende Rückbank.

»Nach Hause!«, meint er auch noch zu Silvio, der mich mit großen Augen ansieht. Ich verdrehe meine und rufe ihm zu. »Mach den Mund zu, Silvio!«

Kapitel 12

Keine Ahnung, warum sie die Spielregeln geändert hat, und ohne Maske vor mir auftauchen muss. Es begann doch erst richtig, Spaß zu machen.

Schon im Club, als sie so verloren an der Bar saß, war mir klar, wen ich vor mir hatte. Ihr Körper, ihre Haltung verrieten sie. Und ein Blick in ihre exotischen Augen reichte, um mir völlig sicher zu sein. Denn sie sind einzigartig – ein sattes Grün mit silbernen Sprenkeln, je nach Lichteinfall. Keine Augen, die man so schnell wieder vergisst. Dazu ihre vollen Lippen, die immer einladend schimmern, und ihre kleine rosa Zunge, mit der sie sich stets über die Unterlippe leckt, wenn ich sie nervös mache. Aber das i-Tüpfelchen ist wohl ihre Stimme – etwas rauchig, absolut sexy – und ihre freche, herausfordernde Art.

Mir ist von Anfang an aufgefallen, dass sie etwas Besonderes ist, nicht zu vergleichen mit den Frauen, die sich mir regelmäßig an den Hals werfen.

Samantha ist anders. Mit Niveau, aber gleichzeitig extrem heiß …

Als sie vor meinen Augen Nick, den Sklaven, gefickt hat, wäre ich bei dem Anblick fast gekommen. Und das ist mir schon seit der Teenagerzeit nicht mehr passiert. Denn normalerweise weiß ich, wie ich mich und andere perfekt kontrollieren kann. Doch bei ihr entgleitet mir diese Kontrolle zusehends.

Die Gier nach dieser Frau wurde mit jedem Tag größer. Meine Gedanken drehten sich nur noch um sie, doch ich weigerte mich, ihr nachzugeben. Nicht, ehe ich mich wieder komplett im Griff hatte, was mir gelang.

Bis zu dem Moment, als sie in diesem Restaurant auftaucht. Samantha Stone ist schon von vorne eine Augenweide, doch ihr Rückenausschnitt gibt mir den Rest. Sie ist eindeutig die schönste Frau in diesem Raum und wagt es mit einem anderen direkt vor meiner Nase aufzukreuzen.

Ich bin so sauer wie noch nie in meinem Leben und sie macht mich immer wütender. Verführt mich, spielt mit mir … so gekonnt und doch so natürlich. Sie ist der Wahnsinn!

Nichts hält mich noch an diesem Tisch mit dieser blonden, charakterlosen Puppe. Ich werde dafür sorgen, dass es sich bei ihnen ausgefickt hat!

Kurz darauf stellt sich jedoch heraus, dass ich mir nichts einfallen lassen muss, was unmoralisch und höchst verwerflich wäre. Denn er ist gar nicht ihr Ficker. Wäre er es, würde er sie niemals mit mir alleine zurücklassen. Selbst meine Ausrede, als wir uns so kurzfristig verabschieden, ist derart lahm, dass er sie durchschaut haben muss.

Er ist ihrer nicht würdig. Schon allein deshalb gehört sie mir. Punkt.

Und jetzt werde ich ihr zeigen, was es heißt, meine Spielregeln zu ändern, hier aufzutauchen, in diesem Kleid, ohne Maske, mich zu reizen und meine Kontrolle zu unterwandern.

Obwohl ich mir eingestehen muss, dass es mir weit weniger ausmacht, als es sollte. Denn so lange habe ich mich nach ihr verzehrt, dass jetzt nur noch von Bedeutung ist, sie zu besitzen. Voll und ganz. Koste es, was es wolle.

Kapitel 13

Samantha

Wir fahren zu seinem Tower, wo er ein riesiges Penthouse bewohnt. Doch ich habe keinen Blick für meine Umgebung übrig, viel zu sehr beschäftigt mich der Umstand, dass wir gleich Sex haben werden. Nur leider nicht im Club, was mich ärgert, und zwar enorm!

Wie soll ich denn hier bitte an verwerfliches Material kommen? Normaler Geschlechtsverkehr wird mit Sicherheit nicht reichen, also werde ich ihn dazu bringen müssen, etwas äußerst Empörendes zu tun. Irgendwie wird mir das schon gelingen. Es muss einfach!

Wortlos geht er vor zu seiner riesigen Angeberküche in diesem riesigen Angeberpenthouse und öffnet dabei seine Krawatte. Achtlos lässt er sie auf die supermoderne Anrichte fallen und öffnet auch zwei Knöpfe seines Hemdes … Sprachlos verharre ich an Ort und Stelle, nicht fähig, mich zu rühren. Kopfschüttelnd erwache ich aus meiner Lethargie, besinne mich meines Jobs und streife mir verhalten die Heels von den Beinen, denn meine Füße brennen wie die Hölle.

Grinsend köpft er eine Flasche Angeberchampagner.

Irgendwas fühlt sich falsch an, als er mit zwei Gläsern auf mich zuschlendert – und richtig! Direkt vor dem Fenster, von der Skyline beleuchtet bleibt er stehen und reicht mir ein Glas, während er seines in einem Zug leert. Dabei lässt er mich keine Sekunde aus den Augen. Eine Hälfte seines Gesichts liegt im Schatten, eine im Licht und ich muss trocken schlucken.

»Willst du mich wieder betrunken machen?«, necke ich ihn sanft und er lächelt leicht, was aber nicht ehrlich wirkt. Ganz im Gegenteil, sein Gesichtsausdruck verrät seine Anspannung. Wie ein Hürdenläufer, der auf das Startzeichen wartet.

»Ja.«

»Machst du es mit jeder Frau hier?«

Er stellt sein Glas weg und tritt näher an mich heran. Langsam hebt er mein Kinn mit zwei Fingern.

»Hier war schon lange keine Frau mehr Samantha Stone …«

Ich lache auf, das kann ich leider nicht verhindern. Er glaubt doch wohl nicht wirklich, dass ich darauf reinfalle! »Ich habe um exakt zu sein schon seit Jahren nicht mehr außerhalb des Clubs gevögelt …« *Ja, ja, von wegen,* denke ich und beiße die Zähne aufeinander, als er mit dem Zeigefinger an meinem Kiefer entlangstreicht. Die Schauer, die meine Wirbelsäule hinablaufen, sind verdammt ablenkend. Dabei berührt er mich kaum!

»Und das soll ich dir glauben?«

»Genau genommen«, ignoriert er meinen Einwand und schiebt einen Träger von meiner Schulter, »hatte ich, seitdem du mich im Club dabei beobachtet hast, keinen Sex mit einer anderen.«

WAS?

Der andere Träger folgt, aber mein Kopf schwirrt zu sehr, als dass ich mich wirklich auf seine Worte konzentrieren könnte. Anders kann ich mir nicht erklären, was er da versucht, mir weiszumachen. Ich starre ihn nur konsterniert an, als er mir mein Glas aus der Hand nimmt, sodass der letzte Halt meines Kleides Geschichte ist und es zu Boden fällt.

Noch in weißem Spitzenhöschen stehe ich vor ihm und fühle mich mit einem Mal dennoch völlig nackt. Alec hebt eine Hand und streicht mir mit dem Handrücken die Haare aus dem Gesicht und über die Schulter. »Dein Ausdruck … er hat mich berührt.«

»So ein Scheiß!«

»Kein Scheiß, Miss Stoneheart …« Er beugt sich vor, seine Lippen gleiten hauchzart über meinen Hals und ich balle die Hände zu Fäusten, denke an Annes Worte. Er wird mir wahrscheinlich alles sagen, was ich insgeheim hören will. Das ist seine Masche … *Es ist, als könnte er Gedanken lesen*, hat sie mich gewarnt. Dennoch ist es schwer, mich nicht einwickeln zu lassen. Ein Teil von mir *will* ihm glauben, nichts lieber als das! Und ebenjener Teil wünscht sich auch, dass dies hier NICHT nur ein Auftrag ist! Ganz verborgen – in meinem Inneren. Die lange Einsamkeit fordert ihren Tribut, außerdem hat er etwas an sich, was mich völlig in seinen Bann zieht.

»Ich hab schon zu oft Verletzung auf dem Gesicht einer Frau gesehen, aber bei dir hat es mich … getroffen … Du warst so … *ehrlich erschüttert.* Nicht gemacht für diese dunkle Welt, in der ich lebe. Ich wollte dich von mir stoßen, habe dir den Spanier gezeigt, bei dem, was er gerne tut, wollte, dass du läufst, aber du bist nicht gelaufen. Ganz im Gegenteil.

Du bist auf mich zugekommen und hast unterschrieben … mit Stone … Du Dummerchen … Weißt du, wie schwer es in diesem Moment war, nicht zu lachen?« Bei der Erinnerung schmunzelt er, direkt an meiner Brustwarze. Seine Hände gleiten unter meine straffen Brüste, bevor er sie verwöhnt. Leichte Küsse, wie der Hauch von Schneeflocken, die auf meinen Nippeln prickeln. Ich stöhne … kann gar nicht anders. »Und dann habe ich dich von einem anderen ficken lassen, obwohl ich nichts dringender wollte, als selbst in dir zu sein. Es hat mich fast umgebracht, gleichzeitig hat es mich in Ehrfurcht versetzt, wie du es durchgezogen hast, obwohl du so verdammt ungeeignet bist. Du bist mutig und stark, damit gleichst du deine Schwächen aus. Das hast du mir auch bei dem Kampf bewiesen … Heilige Scheiße, es hat mich noch nie so angemacht, von einer Frau vermöbelt zu werden, wie von dir …« Jetzt muss auch ich lachen und schiebe ihn von mir, direkt gegen die seitliche Fensterfront. Überrumpele ihn somit komplett, aber ich brauche etwas Abstand, sonst kann ich nicht denken.

Immer noch lächelnd greife ich nach unten und fange an, seine Hose zu öffnen. Er ist offensichtlich schockiert.

»Das müssen wir irgendwann wieder machen!«, flüstere ich und sehe unter meinen Wimpern schüchtern zu ihm hoch. Sein Ausdruck umwölkt sich, gleichzeitig funkeln seine Augen stärker. Er fängt mein Handgelenk ein und hält mich davon ab, in die Hose zu fassen. Mit der anderen streicht er mit den Knöcheln über meine Wange.

»Du faszinierst mich, aber ich lege trotzdem die Regeln fest …«, murmelt er und ich atme tief durch. Es ist fast ein Seufzen, und wieder entkommt mir die Wahrheit.

»Du faszinierst mich auch …« *Und schon bald werde ich dir das Messer in den Rücken rammen ...*

Er grinst fast schon traurig, als würde er tatsächlich meine Gedanken hören. »Es wird trotzdem kein *Und sie lebten glücklich bis an ihr Lebensende* geben. Das ist dir klar, oder?«

»Ich weiß«, wispere ich, mit einem Mal zutiefst niedergeschlagen und befreie mich aus seinem Griff. Meine Hand rutscht in seine Hose, und als ich ihn umfasse, ist er bereits hart.

Er stöhnt rau auf. »Aber das ist sowieso nicht mein Ziel«, mache ich deutlich, bevor ich beginne, ihn verlangend zu massieren.

Kapitel 14

Alec Morgan lässt genau fünf Sekunden zu, dass ich die Führung übernehme, dann hat er meine Hand schon gepackt und über meinen Kopf verfrachtet.

»Mach das nie wieder! Du berührst mich nur, wenn ich es erlaube!« Seine Stimme hat sich verändert, hat einen härteren Klang angenommen – ist genau das, was ich brauche. *Ja, komm, lass ihn raushängen – den Super-Dom!*, denke ich und lasse es zu, dass er nun auch die andere Hand über meinen Kopf zieht und dort an den Gelenken mit einer festhält. Die andere rutscht einfach so unter mein Höschen.

»Du hast … die schönste Pussy, die je existiert hat, und sie wird meinen Schwanz lieben …«, haucht er und dringt mit zwei Fingern in mich ein, ohne meinen Blick loszulassen.

Ich schreie auf, als er gegen einen Punkt tief in meinem Inneren drückt, der die Lust rasend schnell in jeder Ecke meines Körpers entfacht. Ganz automatisch bewege ich ihm meine Hüften entgegen und stöhne seinen Namen.

Er stockt kurz, neigt den Kopf leicht zur Seite, hält weiterhin meine Handgelenke umklammert, dann legt er richtig los. Dabei stellt er die wundersamsten Dinge in mir an, während er mich aus dunklen, konzentrierten Augen beobachtet, mich geradezu mit seinem Blick verschlingt. Dieses finstere Starren ist noch aufregender als alles andere; ich komme mir vor wie eine Ratte auf dem Seziertisch. Gleichzeitig hat mich ein Mann noch nie so schnell dazu gebracht, jeden Moment in einem gigantischen Höhepunkt zu zerbersten.

»Noch nicht«, murmelt er und seine Bewegungen werden sanfter und langsamer, genüsslicher und intensiver. Er hält mich gekonnt an der Schwelle, lässt sie mich aber nicht überschreiten.

Meine Lider gleiten zu, mein Gesicht fühlt sich brennend heiß an und der Atem entweicht stoßweise meinen Lippen. Ich wünschte, ich dürfte kommen, aber als dies fast geschieht, stoppt er sein Treiben ganz, lässt seine Finger tief in meinem Inneren und wispert in mein Ohr. »Jetzt … werde ich dich ficken, Baby.« Seine Stimme klingt tatsächlich wie die des Teufels persönlich – voller dunkler Vorfreude.

Immer noch hält er meine Handgelenke, während er seine Finger mit einem lauten schmatzenden Geräusch zurückzieht, um seine Hose zu öffnen.

»Gehe auf die Zehenspitzen«, raunt er und berührt sich selbst. Ich gehorche. »Ein Bein um meine Hüfte und wage es nicht, abzurutschen! Ich weiß, du kannst es, ich habe beim Training getestet, wie belastbar dein Körper ist.« Ich hebe mein Bein und schlinge es um ihn. Meine Füße schmerzen nach wie vor, gerade in dieser unbequemen Haltung, aber ich blende sie aus. Etwas anderes ist jetzt wichtiger.

Er schiebt das Höschen zur Seite, dringt sofort in mich ein. Immer noch mein Gesicht beobachtend. Ich lasse den Kopf nach hinten gegen die kühle Scheibe fallen und versuche mich an ihn zu gewöhnen, dabei ist es so intensiv und er so groß.

Das Bein, mit dem ich stehe und mein Gewicht halte, zittert bereits.

Sobald er ganz in mir ist, berührt er meinen Intimbereich mit seinem Unterkörper, kreist mit seinen Hüften und reibt somit leicht über meinen Kitzler. Die nächste Welle durchrauscht mich absolut unvorbereitet.

»*Bitte!* Bitte beweg dich nicht!«, japse ich schockiert. Er lacht leise, tut mir aber den Gefallen und bleibt ein paar Sekunden still in mir, bevor er sich quälend langsam zurückzieht.

»Oh doch … Miss Stoneheart. Ich werde mich in dir bewegen – die ganze Nacht – und du wirst nicht kommen.« Mein ganzer Körper ist angespannt, während er sich mit einem Ellbogen neben mir an der Scheibe abstützt und beginnt, träge und genüsslich in mich zu stoßen.

Jetzt kann ich ihn zwar nicht mehr ansehen, aber ich kann ihm mein Gesicht zudrehen, es an seinem Hals vergraben, um seinen Duft zu inhalieren. Alec Morgan riecht nach Aftershave, vermischt mit seiner ganz eigenen süßen Note. Ich kann seine Haut küssen, seinen Schweiß auf meiner Zunge spüren und ihm leise ins Ohr stöhnen. Und wimmern … und noch mehr stöhnen.

Und so stehe ich hier auf einem zitternden Bein, an eine Scheibe gepresst, mit der Skyline hinter meinem Rücken und Alec Morgan tief in mir.

Die Kamera ist vergessen, ebenso mein Auftrag. Alles, was zählt, ist, dass ich endlich, endlich explodiere! Doch gerade weil mein Körper förmlich danach schreit, lässt er es nicht zu.

Irgendwann bin ich mit meinen Kräften am Ende und mein Bein gibt unter mir nach. Anscheinend hat er nur darauf gewartet, denn er fängt mich ab, packt mit einer Hand meinen Hintern und hebt mich hoch. Als wäre ich federleicht, drückt er mich fest gegen die beschlagene Scheibe.

»Hände auf meine Schultern!«, knurrt er, ehe er seinen Eisengriff von meinen Handgelenken löst und mich stattdessen mit beiden Händen festhält. Ich muss nicht mehr tun, als mich an ihm festzuklammern, *kann* auch gar nicht mehr tun, während er endlich schneller und fester in mich stößt …

»OH GOTT! JAAAA!«

Doch plötzlich zieht er sich zurück.

»Für wen arbeitest du?«, fragt er, während meine Finger vergeblich Halt in dem Glas über mir suchen, weicht zurück und sieht mir wieder in die Augen. Absolut eiskalt und gefasst. So gar nicht wie ich mich gerade fühle.

»W-was?«, hauche ich zitternd, schließe die Lider, um meine Gedanken zu klären. Er schnalzt missbilligend mit der Zunge und schüttelt den Kopf. »Falsche Antwort, Baby!« Und somit stellt er mich einfach so wieder auf den Boden.

Ich könnte schreien! Das kann doch jetzt nicht wahr sein!

Er schließt seine Hose und sieht mich distanziert an, während ich mich schwer gegen die Scheibe lehne, um auf meinen wackligen Beinen nicht einfach umzufallen. Mein gesamter Körper ist von Schweiß bedeckt und meine Gedanken völlig umnebelt.

»Das ist mein Angebot. Du sagst mir ab jetzt die Wahrheit und ich werde dich kommen lassen.« Er nimmt die zwei Gläser, füllt sie auf und reicht mir eins. Das andere leert er in einem Zug.

Auch er ist verschwitzt, seine Muskeln sind unter dem weißen Hemd angespannt und zittern. Atemlos grinst er mich an. Alec ist wunderschön, mit den dunklen, zerwühlten Strähnen, die ihm chaotisch in die Stirn fallen und … und … er meint das wirklich ernst!

»Um mich zu täuschen, müssen Sie früher aufstehen, Miss Stoneheart.« Schmunzelnd schenkt er sich noch etwas ein, lässt unsere Gläser aneinander klirren und … schlendert davon.

Kapitel 15

Doch diesmal lasse ich mich nicht vertreiben! Diesmal mache ich bei seinem Scheiß nicht mit! Oh nein!

Wütend balle ich die Hände zu Fäusten und folge ihm in den anderen Raum … um vor ausladenden Treppen zu stranden, die ich nach kurzem Zögern wütend stürme.

»Du kannst mich nicht immer einfach stehen lassen!«, rufe ich und eile durch die erstbeste Tür, nur um ihn … auf seinem Bett vorzufinden – und das in einer Pose, die ich niemals erwartet hätte.

Er sitzt am Rand, nur noch in seiner tief sitzenden Hose, die Ellbogen auf die Knie gestützt und den Kopf auf die Hände gelegt. Seine Haare sind ein einziges Chaos – er hat sie nicht nur einmal gerauft. Ich stocke im Türdurchgang, und als ich ihn so verlassen, nur von der Skyline erhellt, hilflos auf seinem Bett sitzen sehe, verpuffen die Wut und die Enttäuschung sofort.

Zaghaft mache ich einen Schritt auf ihn zu.

»Was ist?«, frage ich leise und bleibe direkt vor ihm stehen. Er war gerade das erste Mal in mir, dennoch ist das hier intimer als alles andere, was ich bis jetzt mit ihm erlebt habe. Ich stehe schließlich vor Alec Morgan in dessen Schlafzimmer! Er schnaubt und schüttelt den Kopf, sieht nicht auf. Also gehe ich vor ihm auf die Knie.

»Was ist?«, wiederhole ich nachdrücklicher und hebe zaghaft meine Hand, um ihm eine Strähne aus der Stirn zu streichen. Er verzieht gequält das Gesicht, sieht aber von mir weg nach draußen. Sein Kiefer ist verbissen, er schluckt mehrmals, bevor er mit leiser Stimme sagt: »Was willst du von mir, Samantha?« Dabei nennt er mich das erste Mal bei meinem Vornamen, die lange Version – die ich normalerweise nicht mag. Aber bei ihm hört sie sich … verlockend an.

Gänsehaut rieselt meinen Rücken hinab. Ich schüttle den Kopf, Tränen fluten meine Augen … Denn ich weiß nicht, was ich antworten, wie ich ihn ablenken soll … gleichzeitig will ich nicht, dass er sich schlecht fühlt.

»Dich …«, hauche ich also erneut und strecke mich ihm entgegen, möchte ihn küssen, ihn vergessen lassen, was auch immer ihn bedrückt – vor allem aber möchte *ich* verdrängen, WARUM ich zum Teufel noch mal in seinem Schlafzimmer vor ihm knie.

Im letzten Moment weicht er mir aus, sodass meine Lippen nur seinen Kiefer treffen und dort über die winzigen Stoppel streichen. Autsch!

Ich schlucke den Schmerz, verursacht durch seine Ablehnung, herunter und lasse mich nicht beirren, als ich mit einer Hand in seinen Nacken fahre und in sein Ohr flüstere: »Bitte … Alec … Ich will nur dich.« Somit erhebe ich mich und krabble rittlings auf seinen Schoß; er lässt es tatsächlich zu, dass ich seinen Hals küsse, ihn leicht beiße und an seinem Ohrläppchen knabbere. »Bitte …«, flehe ich wieder und weiß diesmal gar nicht so recht, worum.

Er schließt geschlagen die Augen, aber sein Arm legt sich um meine Hüfte, fährt meinen Rücken hoch und seine Finger vergraben sich in meinen Haaren. Dann zieht er mich an ihnen zurück, damit er mich ansehen kann. Einen unendlichen atemlosen Moment lang …

Sein Blick ist leer, als er »Okay …« murmelt und seine Hose öffnet.

Im nächsten Moment schiebt er wieder mein Höschen zur Seite, packt meinen Hintern und stößt hart nach oben, in mich. »Du hast mich – heute Nacht … und du kannst kommen, sooft du willst.«

Ich lasse den Kopf mit einem tiefen Stöhnen nach hinten fallen und tue das, was er mir beigebracht hat – ich bringe ihn um den Verstand. Und mich selber leider auch.

***

Nach dieser Nacht habe ich eindeutig genug Material, schwirrt es mir durch den Kopf, als mich am nächsten Morgen Kaffee-Geruch weckt. Süßer, himmlischer Kaffeegeruch.

Die Sonne scheint durch die raumhohen Fenster auf meinen nackten Körper, während ich mich träge strecke und gähne. Jeder einzelne Muskel tut weh, dennoch muss ich lächeln, als ich es fühle. Diese Nacht war perfekt …

Nun habe ich alle Aufnahmen, die ich brauche, gemischt mit denen, wo er eine Maske trug. Seine Statur und charakteristische Muttermale beweisen deutlich, dass es sich bei den Aufnahmen im Club um ihn handelt. Damit ist mein Auftrag erledigt.

»Auch schon wach?«, erklingt eine vom Schlaf noch raue Stimme, und zwei Beine in einer weißen, leichten Hose treten in mein Sichtfeld. Als ich den Blick hebe, stockt mir für einige

Sekunden der Atem. Er steht vor mir wie ein verdammter Traum!

Mit einem Tablett, sechs nackten Bauchmuskeln und einem V, das ich gestern nicht nur einmal abgeleckt und schier vergöttert habe. Sofort schießen Bilder in meinen Kopf, wie meine Hände über seinen männlichen Körper streichen, wie er meine Haare packt, in mich eindringt und sich seine Finger tief in meine Arschbacken graben, während er mir mit sexgeschwängerter Stimme ins Ohr wispert. Dinge, die mich noch schneller kommen lassen können als jede Berührung. Und seine Augen … Sie funkeln nicht nur, sie *strahlen!*

Wow …

Grinsend schwingt er sich neben mich ins Bett, das Tablett auf seinem Schoß, und mein Magen knurrt laut. Ich werde rot, er lacht leise und gießt mir dampfenden Kaffee ein. »Milch, Zucker?« Fragend hebt er eine Augenbraue und wirkt so losgelöst, ganz anders als gestern.

Er ist … irgendwie … bezaubernd, und der Mann hat mir tatsächlich ein Fünf-Sterne-Frühstück direkt ans Bett gebracht. Ich lächle dankbar.

»Beides. Danke.« Alec macht mir die perfekte Mischung und reicht mir eine der Riesentassen. Der erste Schluck ist göttlich, und es ist mir egal, dass ich mir fast die Zunge verbrenne. »Mhmmm …« Stöhnend schließe ich die Lider und lehne mich gegen den Bettrahmen.

»Mhmmm … kannst du laut sagen …« Er platziert eine halbe Erdbeere auf seiner Brustwarze. Seine Augen sind mit einem Mal nicht mehr ganz so hell … Begierde spiegelt sich stattdessen dunkel und verführerisch in ihnen. Sein intensiver Blick ist eine einzige sexy Aufforderung. Bestimmend nimmt er mir meinen Kaffee ab und stellt ihn auf das Tablett, das er auf dem Nachtschrank deponiert hat.

»Frühstück ist serviert«, informiert er und ich beuge mich kichernd vor, um die süße Frucht von seinem noch süßeren Körper zu verspeisen. So ist sie besonders gut und ich lecke mir genüsslich über die Unterlippe, während ich ihn ansehe und visuell nach mehr verlange. VIEL MEHR … Träge hebt er die Hand und streicht mir ein paar Strähnen hinters Ohr.

»Was tust du nur mit mir?«, murmelt er und platziert eine weitere Frucht etwas weiter unten … auf dem obersten Ansatz seiner Bauchmuskeln. Auch diese wird verspeist, ohne dass ich seinen schon wieder brennenden Blick loslasse. Dann folgt die nächste süße Erdbeere … und die nächste … bis zum Ansatz seiner Hose. Ich möchte sie herabziehen und weitermachen, aber er hält mich zurück.

Als ich fragend aufsehe, hat er nur eine Augenbraue gehoben. Mit allem, was ich habe, verkneife ich mir ein Verdrehen meiner Augen und warte. Mehr oder weniger geduldig – wie ein kleines Hündchen, das um die Anerkennung seines Herrn bettelt. Gott, meine Mimik zu kontrollieren ist wirklich schwer, aber ich schaffe es und … werde belohnt.

Er zieht seine Hose ein Stück herab. »Marmelade, Nutella oder Honig?«, erkundigt er sich. Und als ich vom Anblick seiner harten Erektion blinzelnd aufsehe, schmunzelt er.

Ich muss lachen und werde knallrot, gleichzeitig grinse ich. »Nutella natürlich …«

Alec presst die Lippen aufeinander und tut so als wäre das eine sehr schlechte Wahl, tupft aber mit einem Löffel etwas von der braunen Pampe auf seine voll erigierte Penisspitze. »Wenn du dich gut anstellst, bekommst du Nachschub …« OHHHH, ich *werde* mich gut anstellen! Garantiert! Ich liebe Nutella und leider auch seinen Penis … Der Mann weiß, wie er eine Frau zu allem bringen kann.

Sofort beuge ich mich vor und lutsche voller Elan die Köstlichkeit von ihm. Das ist schon wieder so pervers und verboten, doch auch so unsagbar gut, dass ich alles um mich herum vergesse.

Offensichtlich mache ich meine Sache mehr als gut, denn es folgt noch mehr Nutella … und ich entlocke ihm sogar ein tiefes Stöhnen, bevor er noch etwas von der süßen Creme nachlegt. Diesmal auf seine glatt rasierten Hoden. Das hält er aber nicht lange aus. An den Haaren befördert er mich nach oben und zieht die Hose wieder hoch – bedeckt sich. Nur mühsam kann ich mir ein Schmollen verkneifen.

»Jetzt bin ich dran!« Und seine Augen funkeln wie die eines Raubtiers, als er sich zwischen meine Beine kniet und sie bestimmend spreizt … »Und ich glaube … ich habe heute Lust auf … hmmmm … Honig …« Wie er dieses Wort ausspricht … es ist das reinste Aphrodisiakum!

Alec nimmt das Glas, öffnet es und holt mit einem Honiglöffel ein paar goldene Fäden heraus. Die lässt er dann in Zeitlupe auf meine Brustwarzen laufen … zuerst über die linke, dann über die rechte. »Beweg dich nicht …«, murmelt er konzentriert und zieht eine feine Bahn meinen Bauch hinab, wie ein Künstler, der ein Bild malt … Dann holt er mehr Honig und greift zwischen meine Beine.

Er spreizt meine Schamlippen und lässt einen dicken Tropfen auf meiner Klitoris landen, von wo aus er träge herabläuft. Und wund oder nicht wund … ich stehe schon wieder kurz vor dem Orgasmus. Dabei hat er mich kaum berührt!

Zärtlich beseitigt er mit der Zunge die goldene Flüssigkeit, die in der Morgensonne appetitlich auf meinem Körper schimmert. Angefangen von meiner linken Brustwarze zur anderen, über meinen Bauch … Stöhnend vergrabe ich meine Hand in seinen dunklen Haaren, in denen im Sonnenlicht hellbraune Strähnen glänzen, als er auf die empfindlichste Stelle zwischen meinen Beinen trifft. Dort saugt er den Honig von meinem Kitzler. Genüsslich und langsam beseitigt er jeden Tropfen auf meiner glatten Haut mit trägen Zungenstreichen.

»Mehr?«, fragt er mit hochgezogener Augenbraue und ich kann nichts weiter tun, als wild zu nicken … Er lacht leise, direkt an meinem Intimbereich und ich komme. Wieder einmal.

***

Irgendwann gelingt es uns, fast normal zu frühstücken, zumindest bleibt von den beiden Croissants und dem Obstsalat nichts übrig. Aber wir könnten verschmierter nicht sein – und erregter. Er hatte bis jetzt keinen einzigen Orgasmus, springt aber trotzdem aus dem Bett. An den Händen zieht er mich auf die Füße. Unsere klebrigen, mittlerweile nackten Körper prallen aufeinander und jede einzelne Faser prickelt. Tänzerisch wirbelt er mich herum, in Richtung Tür und gibt mir einen Klaps auf den Hintern. »Ab unter die Dusche!« Und noch bevor ich mich beschweren kann, hat er schon das Zimmer verlassen.

Grummelnd reibe ich mir den Hintern und sehe ihm finster nach.

Duschen hört sich jedoch bei genauer Überlegung nach einer wirklich guten Idee an; und so folge ich diesem Befehl mal ausnahmsweise nicht murrend und erstarre erst … als ich unter der Dusche stehe und das heiße Wasser auf mich herabprasselt. Denn mir fällt etwas auf. Gerade eben … war nicht die Kamera an! Genau genommen habe ich meine Ohrringe mit der Kamera einfach so auf dem Nachttisch vergessen … und alles andere auch!

Meine Kehle wird ein wenig enger, als ich daran denke, dass er es tatsächlich draufhat, mich alles vergessen zu lassen.

Benjamin … sein Name schießt in meinen Kopf, denn er war bisher der einzige Mann, dem das möglich war, und ich hatte mir geschworen, dass es so bleiben würde. Aber jetzt … in diesem riesigen Schlafzimmer an diesem sonnigen Morgen habe ich tatsächlich alles vergessen. Meinen Schmerz wegen Bens Verlust, den ich niemals richtig überwunden habe; meinen Auftrag; dass Anni meine beste Freundin seit Jahren ist; dass Alec Morgan ihr Ex-Mann ist … und auch alles andere. Wie konnte ihm das gelingen?

Hat er mich heute Nacht einer Gehirnwäsche unterzogen?

Er weiß ganz genau, wie er eine Frau dazu bringt, ihm zu verfallen … Annis Worte bohren sich unwillkommen in mein Bewusstsein und ich keuche auf. Ich kann, ich *darf* ihm nicht verfallen! Jetzt habe ich endlich alles, was ich wollte und könnte verschwinden, durch diese Tür gehen und ihn nie wiedersehen, und das werde ich auch tun! Jawohl!

Entschlossen trete ich aus der Dusche, frage mich stirnrunzelnd, was ich anziehen soll, trockne mich aber erst mal ab und stampfe mit einem Handtuch um den Körper geschlungen aus dem Bad. Zur Not flüchte ich nackt!

Doch vor der Tür liegt ein Kleiderstapel. Nichts Besonderes. Es ist ein schwarzer Slip, ein gleichfarbiger BH, schwarzes Oberteil mit kurzen Ärmeln und eine schwarze Jeans. Nichts Körperbetontes. Legere Kleidung. Etwas, was ich mir auch kaufen würde. Stirnrunzelnd frage ich mich, wie gut dieser Mann mich wirklich kennt, ziehe mich an, und verlasse erneut das Badezimmer. Um wie von einer Tarantel gestochen stehen zu bleiben, als von unten ein kindliches, losgelöstes Lachen in die obere Etage hallt.

Scheiße ...

Wenn das Laila ist ...

Na gut, sie war noch klein, sie wird sich nicht an mich erinnern ... Natürlich wird sie das nicht!, denke ich mir und beiße die Zähne aufeinander, als ich die Badtür hinter mir schließe und ins Schlafzimmer zurückkehre. Das Bett ist gemacht und mit Erleichterung bemerke ich, dass die Ohrringe sich an genau derselben Stelle befinden, wo ich sie gestern

Nacht platziert habe. So ein Fehler wird mir nicht noch einmal unterlaufen. Ich lege sie an und gehe die ausladenden Treppen hinab in die riesige, offene Wohnebene.

Dort bleibe ich dann wieder wie eine Deppin stehen, weil sich mir ein Bild bietet, das ich in diesem unpersönlichen Angeber-Penthouse nie erwartet hätte. Er hat eine Höhle gebaut … eine riesige Angeber-Höhle! Mit seinen riesigen Zierkissen von einer Zweisitzer-Couch über den Couchtisch bis zum anderen Sofa. Die Angeber-Esstafel ist sicherlich mit einigem Kraftaufwand näher an die Sitzecke geschoben worden und dient vermutlich als Tunnel.

Als Kind habe ich es auch immer geliebt, Höhlen zu bauen. Und von dort unten, aus den kuschligen Tiefen dringt erneut ein kindliches Lachen gefolgt von einem dunkleren, tieferen, aber so wunderbaren Ton, der in meinem Bauch nachhallt.

Ob ich will oder nicht, ich muss auch lächeln und ich gehe auf die Höhle zu. Bis über beide Ohren grinsend schiebe ich eine beige Decke ein wenig zur Seite und linse in den wohlig warmen Angeber-Bau. Da gibt es wirklich alles, was man zum Leben braucht. Eine Lampe. Snacks für zwischendurch, einen Haufen Kuscheltiere, Bücher und einen liebenden Vater mit seiner Tochter.

Er trägt ein einfaches weißes Shirt, gemütliche Hosen und hat es sich im Schneidersitz bequem gemacht. Außerdem ist er barfuß. Die Höhle ist an der Stelle so hoch, dass sein Kopf nicht die Decken berührt, und auf seinen Beinen thront seine Tochter mit einem Buch auf dem Schoß, aus dem er ihr vorliest. Das kleine Mädchen mit den zwei blonden Zöpfen und den wunderschönen braunen Augen hat eine Taschenlampe in der winzigen Hand und leuchtet auf die Seiten. Sie trägt ein gelb kariertes Kleidchen, das genau auf Annis guten Geschmack schließen lässt, aber ansonsten ist sie IHM wie aus dem Gesicht geschnitten. Die Stirn ist wohlgerundet, die Wangenknochen noch nicht ausgeformt, aber man sieht das Potenzial in ihnen. Die Augen haben genau denselben Ton wie seine, aber sie wirken viel wärmer und irgendwie nicht so düster. Die Lippen sind rosa und voll, das Kinn störrisch, aber ihr Blick zuckersüß, während sie angespannt lauscht, was ihr Vater vorliest. Direkt an ihrem Ohr, mit sanfter Stimme.

Hilfe!

Ich schmelze dahin wie ein Eiswürfel in der Wüste!

Aber ganz ehrlich … so würde es jeder Frau gehen.

Er bemerkt mich zuerst … sein Blick schießt nach oben und raubt mir den Atem, als er mich trifft, mitten ins Herz – unwiderrufbar. Ich habe ihn in solch einem intimen Moment beobachtet. Er ist streng und unnahbar – eiskalt und vor allem beschützend. Er ist ein Mann, der seine Tochter auf dem Schoß hat … der alles für sie tun würde; ein falsches Wort zu dem kleinen Mädchen oder über das bezaubernde Verhalten von ihm ihr gegenüber und ich fliege aus dieser Wohnung – durchs Fenster. Doch nichts liegt mir ferner, als ihn in diesem verletzlichen Moment anzugreifen.

Ich lächle schüchtern. Sofort lockern sich seine Kiefermuskeln und sein Blick taut auf. Er lächelt zurück – offen, ehrlich und wunderschön.

Das hier ist auf keinen Fall das herzlose Monster, von dem mir Anni erzählt hat … aber hat nicht jede Medaille zwei Seiten?

»Schön geduscht, Miss Stoneheart?« Er hält mir eine Hand entgegen.

»Papa, weiterlesen!«, beschwert sich das kleine Mädchen und bemerkt mich erst dann. Als sie mich ansieht, erstarre ich wieder kurzfristig, aber da ist kein Erkennen in ihren wunderschönen Puppenaugen, nur … Neugierde.

»Papa, die ist ja schön! Wer ist das? Deine Prinzessin?« Voller Vertrauen wendet sie sich an ihn und er starrt mich an. Mit einem Blick, den ich davor noch nie bei ihm gesehen habe und der mich schier lähmt. Schließlich schüttelt er leicht den Kopf, wie um ihn zu klären und streicht ihr eine Strähne hinter das Ohr. »Vielleicht …«, murmelt er kaum hörbar und die Kleine kichert zuckersüß.

Ich lege meine Hand in seine, nichts könnte mich noch halten, und krabble zu den beiden in die stattliche Burg. Mein Herz schlägt nach seinen Worten bis in meinen Hals. »Na … was tut ihr hier?«

»Das ist unsere Wohnung …«, verkündet das kleine Mädchen offen und deutet mit einem pummligen Finger umher. »Hier ist das Wohnzimmer … Da ist das Bad und das Schlafzimmer, aber wir haben leider keinen Turm.« Sie schmollt und ich lache leise.

»Wir können doch einen Turm bauen!« Sofort ist sie Feuer und Flamme, während er tatsächlich amüsiert die Augen verdreht. Sie stürzt sich förmlich von seinem Schoß und ich muss sie auffangen, damit sie nicht auf die kleine Nase fällt. »Jaaaa!«

Alec sieht mich tadelnd an.

Ich zucke breit grinsend entschuldigend die Schultern … »Entschuldigung, Sir«, und er lacht leise.

»Na gut … dann bauen wir eben noch einen Turm … Nein, wartet … bauen wir ein ganzes Deckendorf!« Unter ihrem Gejubel werde ich fast taub.

Kapitel 16

Ich wusste nicht, dass ich es so vermisst habe, Kind zu sein. Alec hat nämlich seine Worte wahr gemacht. Am Ende des Tages ist das ganze Wohnzimmer durch Decken und Möbel miteinander verbunden, und dieser Raum alleine umfasst schon ungefähr 80 Quadratmeter. Es ist so kuschlig, ich fühle mich geborgen, als gäbe es den Rest der Welt gar nicht. Und ehrlich gesagt haben wir hier unten alles, was wir brauchen. Der Rest der Welt kann mich mal!

Wir haben sogar gegessen, ein wunderbares Gericht von einem der besten Italiener in der Stadt. Lachs … und Bandnudeln … und Tiramisu … und ich habe es wirklich die ganze Zeit versucht, aber ich habe nichts gefunden.

Keinen einzigen Makel beim Umgang mit seiner Tochter.

Da ist nichts als absolute Vergötterung.

Man merkt bei jedem seiner Worte und in jeder seiner Berührungen, dass sie sein ein und alles ist und kein Mittel zum Zweck. Er hat sich heute einen ganzen Tag freigenommen – nur für sie. Das allein ist bei einem Arbeitstier wie ihm schon Beweis genug … und er geht bezaubernd mit ihr um. Liest ihr jeden Wunsch von den Augen ab und hängt an ihren ständig brabbelnden Lippen. Er nimmt sie ernst … das ungefähr sechsjährige Mädchen hat den Mogul in ihrer klebrigen Hand. Völlig.

So einen Vater kann sich jedes Kind nur wünschen!

Er verspricht ihr, nächste Woche in den Ferien mit ihr in Urlaub zu fahren, sagt ihr, sie solle sich brav von mir verabschieden, achtet darauf, dass sie mir die Hand gibt und in die Augen schaut, und ist kurz darauf baff. Als sie mich nämlich anspringt und ich sie auf die Arme hebe, um sie zu umarmen. Das kleine Mädchen ist genauso wie der Vater. Zu ehrlich, zu unvorhersehbar, aber ihr kann ich mich nicht verwehren. Denn sie ist auch unkompliziert, so begeisterungsfähig und hat ein von Natur aus freundliches Gemüt. Sie macht es einem einfach, sie zu mögen. Ich drücke sie an mich und schließe die Augen.

»Kommst du mit in den Urlaub, Samy?« *Zu süß!* Es ist zu süß, wie sie meinen Namen ausspricht. Ich bin kurz davor zu versprechen, dass ich mitfahre, zucke aber im nächsten Moment zusammen …

Was zum Teufel tue ich hier eigentlich?

Ich habe den ganzen Tag bei diesem fremden Mann und seiner Tochter verbracht und es in vollen Zügen genossen. Ich habe gelacht – ehrlich –, und ich habe mich amüsiert – ehrlich. Das hier war kein Spiel und hatte nichts mit meinem Auftrag zu tun!

Als sich die Tür hinter der Kleinen schließt, die Silvios Hand hält, um von dem jahrelangen Mitarbeiter nach Hause gebracht zu werden, bin ich kreidebleich und kann kaum atmen.

Die Erkenntnis darüber, was das alles zu bedeuten hat, ist mir noch nicht ganz gekommen, aber sie lauert unter der

Oberfläche. Bereit, mein gesamtes Leben in das ultimative Chaos zu stürzen!

Ich muss hier weg!

Als sich seine Arme von hinten um mich legen, versteife ich mich am ganzen Körper. »Sie liebt dich«, haucht er in mein Ohr und klingt genauso schockiert darüber wie ich. Seine Nase streicht über meinen Hals, alles fängt wieder an zu summen und zu kribbeln. »Keine hat bis jetzt meine Tochter kennengelernt … oder mit mir Deckenhöhlen gebaut … Das habe ich nicht erwartet. Du überrascht mich vollkommen … mit allem, was du tust …«, murmelt er noch dazu – unwillig.

Genauso wie ich! Ich hatte auch noch nie so viel Spaß wie heute! Und ganz sicher war noch nie etwas so aufregend wie letzte Nacht und dieser Morgen! Mit einem Mal brennen meine Augen ebenso wie mein Herz, das versucht mich von innen zu erschlagen. Mein Hals ist trocken und ich kann nicht antworten.

»Samantha …« Er spricht meinen Namen unsagbar sanft aus, tritt von mir zurück und dreht mich um. Sein Blick ist immer noch offen und ehrlich … zu viel … und ich verliere mich für einige atemlose Sekunden wieder darin. Sehe Alec Morgan das erste Mal WIRKLICH.

Mein Magen ist ein einziger Knoten.

Er betrachtet mich, als müsste er ein kompliziertes Rätsel lösen, während ich ihn einfach nur mit weit aufgerissenen Augen anstarre wie eine Erleuchtung. Eine Träne löst sich, ich kann nichts dagegen tun, und meine Kehle explodiert fast. Sein Gesicht verzieht sich, als hätte er Schmerzen.

»Nein.« Seine Knöchel beseitigen den Beweis meiner Schwäche. Er verbietet mir zu weinen, aber sobald er mich berührt, folgen mehrere salzige Perlen und ich bin noch schockierter. Denn ich kann sie nicht aufhalten, ich kann mich nicht kontrollieren!

Alec hat mich bereits in der Hand … vollkommen. Und ich habe es nicht einmal gemerkt … Jetzt ist es zu spät!

»Du sollst nicht weinen …«, murmelt er rügend, aber mit bewegter, kratziger Stimme. Um es perfekt zu machen, beugt er sich auch noch vor. »Hör auf damit! Sofort!«, befiehlt er direkt an meinen Lippen, und dann … küsst er mich.

Nur kurz! Aber mein Herz geht sofort in Flammen auf.

Ich stoße ihn mit aller Kraft an der Brust zurück.

»Nein!«, schreie ich ihn an. »Wage es nicht, so zu tun, als würdest du für mich deine Regeln brechen!« Und damit wirble ich herum und reiße die Eingangstür auf, vor der wir immer noch stehen. »DU küsst nicht! NIEMALS! Du bist ein gefühlskaltes Monster und ich lasse mich von dir nicht manipulieren!«, schreie ich total hysterisch und stürme hinaus.

Einige Sekunden spüre ich seine Verwunderung, sehe seinen offenen Mund, muss fast lachen, da habe ich schon die Tür hinter mir zugeknallt und stürme zum Aufzug.

Wie eine Wilde prügle ich auf den Knopf ein, hoffe, dass seine Tür nicht wieder aufgeht, hoffe, dass er mir hinterherkommt, verfluche mich, verfluche ihn, verfluche die ganze Welt.

Erleichtert schlüpfe ich in den Aufzug, mit perfektem Ausblick auf seine schwarze, unschuldig wirkende Tür.

Sie öffnet sich nicht. Er kommt mir nicht hinterher.

Dann gleiten die Fahrstuhltüren zu.

***

Atemlos stolpere ich in den lauen Abend. Passenderweise fängt es an zu regnen, doch die sanften Tropfen fühlen sich gut auf meiner erhitzten Haut an. Außerdem fallen so die Tränen nicht auf, die über mein Gesicht strömen. Die Straßenlaternen gehen an und tauchen die gelben Taxis in noch gelberes Licht.

Ich muss mich bewegen und so ramme ich die Hände in die Hosentaschen meiner Jeans und laufe drauflos. Bleibe bei roten Ampeln stehen, remple unkontrolliert in andere regenschirmlose Menschen, die sich vor dem kalten Nass retten wollen, durchquere einen Park, ignoriere alles um mich herum. Ich weiß nicht, wo ich hin soll.

Damit meine ich mein Leben.

Nach Benjamin war alles düster und grau, eintönig. Zum Glück! Diese Eintönigkeit hat mich davor bewahrt, nach seinem Tod verrückt zu werden.

Dann kam … Alec Morgan …

Und jetzt ist da irgendwie nur noch er.

Ich kann mich nicht einmal mehr an Bens Gesicht erinnern! Bei diesem Gedanken schluchze ich unkontrolliert auf und lasse mich auf eine Parkbank fallen. Ja! Immer wenn ich die letzten Tage versucht habe, an Benjamin zu denken, schob sich Alecs Gesicht davor. Dieses strenge, unnahbare, perfekte Gesicht.

Und jetzt weiß ich auch noch, wie wunderschön er aussieht, wenn er wirklich lächelt. Und wenn er wirklich liebt, weil ich gesehen habe, wie er seine Tochter anblickt, und das Schlimme … er hat mich auch so angeschaut! Ganz kurz … Aber das muss ich mir eingebildet haben.

Schlagartig wird mir klar, dass genau das passiert ist, was Anni vorausgesagt hat. Ich bin auf ihn reingefallen. Er hat mich reingelegt, indem er mich dazu gebracht hat, meinen Job, *meinen Auftrag*, zu vergessen, hat mich in seinen Bann gezogen, mich geradezu verzaubert, damit er ein krankes, perverses Spiel mit mir spielen konnte. Und ich hatte, trotz aller Warnungen, nichts Besseres zu tun, als mich derart degradieren zu lassen.

ICH!

Ich habe Benjamins Andenken entehrt, habe ihn für einen anderen Mann völlig aus meinem Kopf verbannt! Ich habe so getan, als hätte es ihn nie gegeben! Nach allem, was Ben für mich getan hat, und nach dem, wie sehr er mich geliebt hat, wie er sich geopfert hat! Wortwörtlich!

Ich war die letzten Stunden glücklich, doch ich habe kein Recht dazu!

Niemals wieder!

Ich werde Anne die Videos geben, die ich habe, und mich dann vorerst aus dieser Stadt verabschieden. Mein Partner Jack kann sich allein um die Kanzlei kümmern, solange ich weg bin. Wahrscheinlich brauche ich einfach mal eine Auszeit. Und die werde ich mir nehmen, um wieder zu mir zu finden.

Ehe ich mich versehe, stolpere ich nach Hause und zu meinem Telefon. Völlig durchnässt wähle ich Annes Nummer, schließe die Augen, versuche NICHT daran zu denken, was letzte Nacht passiert ist; versuche ihn NICHT vor mir zu sehen, vor allem sein wunderschönes Lächeln … oder wenn er sich tief in mir bewegt.

Die Muskeln in meinem Bauch ziehen sich bei dieser Vorstellung verlangend zusammen, aber ich ignoriere es und bin erleichtert, als Anne nach dem dritten Klingeln rangeht.

»Entschuldige Samy!«, ruft sie sofort aus und ich lächle schwach … lasse mich an der Wand im Flur hinabgleiten und setze mich auf den Boden direkt neben meine Garderobe.

»Es ist schon okay …«

»Nein, ist es nicht. Ich bin so dumm … aber irgendwie … bin ich tatsächlich auf dich eifersüchtig geworden bei unserem letzten Telefonat …«, meint sie leise und schuldbewusst, und ich weiß, dass sie jetzt auf ihrer Lippe kaut. Ich runzle die Stirn.

»Wieso?«

»Na ja … Alec ist ein schöner Mann und ich vermisse es … vermisse es manchmal, ihn anzuschauen … Du darfst ihn anschauen.« Mein Seufzen ist schwer und ich schließe die Augen, denn nein, ich will ihn mal *nicht* sehen! Gleichzeitig fällt mir auf, wie oberflächlich meine Freundin klingt. Er hat noch mehr zu bieten als sein gutes Aussehen, zum Beispiel ein gutes Herz. Bei diesem Gedanken zucke ich zusammen und verziehe das Gesicht!

»Anni … ich habe, was du wolltest«, murmle ich und versuche nicht daran zu denken, was ich ihm damit antue, wenn ich die Aufnahmen an Anne ausliefere. Gleichzeitig frage ich mich, wie die Videos dafür sorgen sollen, dass er wirklich das Sorgerecht für seine Tochter verliert. Es ist seine Angelegenheit, was er in seiner Freizeit tut, solange diese Aktivitäten Laila nicht betreffen oder sie damit in Berührung kommt. Ich weiß, dass Anne verzweifelt irgendwas sucht, um ihren Willen zu bekommen, daher wird sie wohl nach Strohhalmen greifen. Die Alternative wäre natürlich, ihn zu erpressen, es öffentlich zu machen, ihn bloßzustellen. Und da er ein bekannter Mann ist, könnte es zu Problemen führen. Andererseits ist Alec Morgan keiner, dem das dauerhaft schaden würde. Es wäre wie gesagt nur ein Strohhalm.

Der Erfolg wäre nicht garantiert. Und das, wo es sich wie der grausamste Verrat anfühlt, diese intimen Momente an irgendwen auszuliefern.

»Du hast mit ihm geschlafen?!« Ihre Stimme klingt schneidend und reißt mich aus meinen Überlegungen.

»Ähm … ja …« *Nicht nur einmal ...*

»Geht es dir gut?« Diese Frage irritiert mich zutiefst. Wieso sollte es mir NICHT gut gehen? Wie meint sie das?

»Ja, wieso?«, antworte ich zögernd.

»Du bist unverletzt?« WIE BITTE?

»Ja! Natürlich!«

»Aha.«

»Anni?«, frage ich, weil mir dieses AHA und ihr abgehackter Ton überhaupt nicht gefallen. Sie ist kurz leise und atmet dann tief durch.

»Okay … ich bin in einer Stunde bei dir.« Ich nicke, murmle noch ein kaum hörbares »Ja, okay …« dazu, dann lege ich auf, ohne eine Antwort abzuwarten und starre blicklos in den dunklen Flur.

Immer noch bin ich tropfend nass, das Laminat unter mir ist sicher schon aufgequollen, dennoch bleibe ich sitzen und lege die Ohrringe ab …

Aus einer dämlichen Laune heraus entschließe ich mich dazu, die Aufnahmen noch einmal zu überprüfen.

Kapitel 17

In einem günstigen Moment gelang es mir gestern Abend die Kamera auf dem Nachttisch so zu platzieren, dass sie das Bett genau im Fokus hatte. Die Aufnahme, die ich mir nun ansehe, ist zwar in Schwarz/Weiß, verfügt aber über Ton und zeigt ihn auch aus den Winkeln, die mir gestern entgangen sind.

Um mich herum ist es dunkel, ich sitze eingerollt auf meinem Sessel und ignoriere das wilde Prasseln des Regens vor der Scheibe. Stattdessen bewundere ich seinen schönen Körper … wie er mich nach meinem ersten Orgasmus, als ich ihn ritt, von sich schwingt und mitten auf sein Bett legt.

»Shhh!«, fordert er und ich folge.

Er zieht mich aus, ohne ein Wort zu sagen, starrt mich nur düster und geschlagen an. Ich möchte fragen, wieso er mit einem Mal so traurig ist, aber ich habe auch einen Kloß im Hals und so schweige ich, bis ich ganz nackt bin und mich ihm schutzlos präsentiere. So wehrlos wie in diesem Moment habe ich mich noch nie in meinem Leben gefühlt. Doch als er sich aufrichtet und mich ewig mit verschränkten Armen beobachtet, werde ich ungeduldig.

Alec kniet sich zu mir und beugt sich über mich, bevor ich meinen Mund aufmachen und mich aufregen kann. Er legt seinen Zeigefinger auf meine Lippen und haucht: »Still, hab ich gesagt. Beweg dich keinen Millimeter …« Dann verschwindet er und lässt mich allein zurück … im diffusen Mondlicht.

Sogar jetzt, während ich die Aufnahme betrachte, bemächtigt sich meiner diese Aufregung, diese Atemlosigkeit und Faszination, die ich gestern empfunden habe. Ich werde zurückkatapultiert in diese eine Nacht … als er zurückkommt und wieder auf dem Bildschirm erscheint.

Die paar Dinge, die er dabei hat, platziert er so, dass sie auf dem Video nicht zu sehen sind. Er fordert, dass ich mich auf die Knie aufrichte und die Arme nach oben strecke. Obwohl ich zu jenem Zeitpunkt bereits völlig fertig bin, gehorche ich und lasse zu, dass er meine Handgelenke weit über meinem Kopf befestigt, sodass ich aufrecht auf dem Bett knien muss und mich nicht bewegen kann. Dafür benutzt er ein raues, dickes Seil, das er kurzerhand an der Deckenlampe sichert und an dem ich mich zum Glück festhalten kann. »Wenn du dich zu sehr bewegst, wird es dich wundscheuern … also sei brav!« Er gibt mir einen Klaps auf den Hintern, von dem ich aufquietsche, doch dann entkommt mir ein mädchenhaftes total aufgeregtes Kichern. Als er das hört, lehnt er seine Stirn an meinen Hinterkopf, atmet tief seufzend durch und schließt sogar gequält die Augen, wie ich jetzt erkenne. Bevor ich mich jedoch zu ihm umwenden kann, schwingt er sich abrupt auf die Beine, direkt vor mich und grinst diabolisch.

Der Mond erhellt majestätisch seine männliche Figur, als er sich vor mir auszieht … langsam und gemächlich. »So geht das, Miss Stoneheart!« Aus seinem Strip für mich macht Alec Morgan eine gekonnte Show. Er strotzt vor Anmut und

Selbstbewusstsein, kein Wunder, er muss diesen Körper wirklich nicht verstecken.

Sogar jetzt zuckt es noch in meinen Fingern, weil ich ihn berühren möchte, die glatte Haut über den ausgeprägten Muskeln, bis hoch zu seinem Gesicht, um über seine Lippen zu streichen. Die ausgeprägte Kinnlinie entlang, doch die Fesseln hindern mich frustrierenderweise daran. Das Pochen zwischen meinen Beinen wird immer schmerzhafter, besonders als er seine Shorts herabzieht und sein wunderbarer, harter Penis herausspringt. Der Lusttropfen schimmert feucht auf seiner Eichel und ich will ihn beseitigen – mit meiner Zunge.

Als er nackt ist, kniet er sich hinter mich … nimmt eine Feder, die zu den Utensilien gehören muss, mit denen er vorhin zurückgekehrt ist, und lässt sie über meinen Rücken gleiten. Vom Anfang meiner Wirbelsäule bis zwischen meine Arschbacken. Dort handele ich mir einen Klatscher ein, weil ich mich vor Genuss winde. »Still, Samantha!«

Mit aufeinandergepressten Zähnen und verschlossenem Ausdruck schiebt er sich vor mich … umkreist mit der Feder meine Nippel. Sagt mir, wie schön ich sei, dass er es liebt, wenn sich meine Brustwarzen für ihn aufstellen, und fragt mich, ob ich eigentlich eine Ahnung habe, wie verrückt ich ihn mache.

Mit einem Mal beugt er sich vor und ich lehne mich in Hoffnung eines Kusses etwas vor … aber er tut es nicht, stattdessen streicht er mit seiner Nase über meine. Meine Lider fallen zu und ich winde mich erneut, versuche mich an ihn zu drängen, aber er nimmt meine Hüfte und hält mich von sich ab. Und während er mit Zähnen und Lippen meinen Hals verwöhnt, gleitet er mit der Feder über meine Haut, immer weiter hinab.

Sein »Spreiz die Beine!« kann man auf der Aufnahme genau hören, und ich werde, während ich uns beobachte, so feucht wie in jener Nacht.

Hauchzart berührt die Feder meine Schamlippen und macht mich völlig wahnsinnig … bis ich die Augen zusammenpresse und meine gefesselten Hände zu Fäusten balle, um mich nicht zu bewegen. Erst dann lässt er von mir ab und nimmt etwas vom Beistelltisch.

Ein sanftes Brummen ertönt, als er auch schon einen Vibrator an meinem Kitzler drückt. Ich schreie leise auf, während ich meine Augen schockiert aufreiße. Er grinst wieder mal dämonisch, dabei reibt er zärtlich mit der vibrierenden Spitze über meine Klitoris.

»Auf einer Skala von 1 bis 10. Wie erregt bist du?«

»Acht!«, schreie ich sofort und fühle, wie sich mein Unterleib zusammenzieht. Er schnalzt tadelnd mit der Zunge und nimmt mir den wunderbaren Stab weg. WAS?

»Acht, was?«, zischt er.

»Acht, *Sir*!«

Nickend dreht er an dem Plastik, sodass die Vibrationen schwächer werden und umkreist dann damit meine Brustwarze.

»Und jetzt?« Seine Augen sind so dunkel und tief. So tief … ich falle in sie, während Schweiß langsam über meine Stirn läuft.

»Sieben, Sir!«

»Hm …« Langsam streicht er über meinen Bauch und meine angeschwollenen äußeren Schamlippen.

»Oh. Bitte!« Sofort zieht er seine Hand zurück.

»Bitte, was?«

»Bitte, Alec! Ich will dich! Verdammt!«

»Schön für dich.« Seine Stimme ist völlig teilnahmslos, während ich unter seinen Liebkosungen zerfließe. Er umkreist meinen Kitzler, bis er den Vibrator schließlich ganz drauf drückt.

»Zahl?«

»NEUN, SIR!« Er zieht sich zurück, schmeißt das Teil weg und kniet sich wieder hinter mich. »Halt dich gut fest!«, befiehlt er und streicht mit seinem Penis zwischen meinen hinteren Backen entlang, bis er von meiner Feuchtigkeit benetzt ist und ich laut aufstöhne.

Mein Körper ist gerötet, und bebt, als er sich durchbeugt, weil ich mich ihm entgegenstrecke. Ich bin völlig von Schweiß bedeckt, am Rande des Wahnsinns und will ihn wieder in mir … aber Alec Morgan hat alle Zeit der Welt. Natürlich …

Fast in Zeitlupe reibt er seinen harten Penis zwischen meinen feuchten Beinen – vor und zurück, vor und zurück … Oh Gott …

Er greift nach vorne, zwirbelt sanft meine Brustwarzen, küsst meinen Hals, meine Schultern, und droht mir damit, mich gar nicht zu ficken, wenn ich nicht augenblicklich aufhöre, mich zu winden. Erst nach quälenden zwanzig Minuten hat er Erbarmen und dringt langsam in mich ein. »Schau dir an, wie ich dich ausfülle …« Er spreizt meine Schamlippen und ich sehe im gegenüberliegenden Spiegel seinen dunklen Blick, der meinen gefangen nimmt, während er sich in mir bewegt. Dann schaue ich nach unten und komme fast … weswegen ich mich um ihn herum zusammenziehe.

Alec lässt den Kopf nach hinten fallen, schließt die Augen und ich bin verloren. Gestern und jetzt auch …

Ich muss auf Pause drücken! Sein Kurz-vor-dem-Orgasmus-Gesicht bringt *mich* fast zum Höhepunkt. Genauso wie sein muskulöser Körper, wenn er mich in die Welt der Lust entführt.

Auf keinen Fall kann ich mir die Aufnahme weiter ansehen, denn es wird noch schlimmer!

Ich brauche Luft und eine Erfrischung! Schwerfällig erhebe ich mich, öffne die Fenster sperrangelweit und hole mir ein Glas Wasser, nur um es in einem Zug auszutrinken, dann lasse ich mich wieder auf meinen Sessel sinken und ziehe ein Bein unter mich. Die Erregung hält mich fest im Griff, wie in der vergangenen Nacht …

Schnell spule ich weiter, ignoriere, wie erotisch das Video sogar im Schnelldurchlauf wirkt. Das Muttermal an seiner Hand wird sein Verhängnis werden, direkt über seinem Daumenknochen. Und das an seinem Nacken, welches ich geküsst habe, als er danach neben mir auf dem Bauch eingeschlafen ist. Man sieht beide auch auf den Aufnahmen im Club.

Freudlos spule ich weiter, beobachte, wie er meine Hände losmacht, nachdem ich gekommen bin, und ich absolut fertig bäuchlings in die Laken falle. In dieser Position schiebt er sich sofort wieder in mich, bis zum Anschlag, und zwar so hart, dass es etwas schmerzt. Obwohl ich wimmere und um Erbarmen flehe, lacht er nur leise, stützt sich auf seine ausgestreckten Arme und bewegt seine Hüften lasziv vor und zurück. Die Muskeln in seinem Hintern sehen phänomenal aus, wenn er mich so nimmt, während sein Trizeps die Anstrengung widerspiegelt. Schweiß tropft von seiner Stirn auf meinen Körper, dennoch bewegt er sich noch eine gute halbe Stunde so in mir und bringt mich noch einmal zum Höhepunkt.

Danach streicht er die schweißnassen Haare zur Seite, überhäuft meinen Rücken mit hingebungsvollen Küssen und mit Zärtlichkeit … und mit Liebe.

So hat es sich gestern angefüllt und so sieht es jetzt auch aus. Ich weiß noch, wie geborgen ich mich fühlte, wie glücklich ich war und so ausgepowert wie noch niemals zuvor in meinem Leben.

Er legt sich neben mich und ich kuschle mich freiwillig an ihn … Alec umfängt mich und drückt mich eng an seinen Körper.

Diese Nacht war wie eine Erleuchtung. Ich hatte noch nie so intensiven Sex und so viele Orgasmen in einer Nacht. All das schenkte er mir, ohne selbstsüchtig seine eigene Erlösung zu fordern oder etwas anderes zu verlangen.

Dann … küsst er auch noch meine Stirn, während ich schon längst schlafe …

Meine Kehle ist trocken, mein Herz schmerzt …

Und das soll irgendjemand sehen? Ein fremder Richter und auch noch Anne! Überwältigt von dem, was auf mich zukommen wird, stehe ich auf und halte meinen Kopf aus dem offenen Fenster, es geht nicht anders – am liebsten würde ich schreien.

Zum Glück zeigt die Aufnahme danach nur noch Dunkelheit und zwei schlafende Körper … doch mit einem Mal – es muss schon mindestens drei Uhr gewesen sein – dreht er sich um – mir zu. Ich sehe nur seinen Rücken, blass erhellt vom Mondlicht und muskulös. Er hebt seinen Arm … streicht mir wohl übers Gesicht. Ich drücke stirnrunzelnd auf Play.

»… gehöre dir tatsächlich«, murmelt er gerade noch ganz leise, aber gut hörbar. Meine Augen werden groß, ich spule zurück und drücke wieder auf Play. »Was hast du mit mir gemacht … ich bin dir völlig verfallen … ich gehöre dir tatsächlich«, murmelt er und mein Herz bleibt stehen. Er meint das ernst … »Aber ich *kann* dich nicht zerstören …«, wispert er in der Aufnahme weiter und mir schießen ungebetene Tränen in die Augen. Vom Weinen habe ich bereits Kopfschmerzen, und ich schlage die Hand vor den Mund. Alec Morgan hat es zu mir gesagt, als er annahm, ich würde ihn nicht hören. Die Worte waren nicht dazu gedacht, mich zu manipulieren. Sie sind keine Lüge … »Du solltest laufen, verdammt … *Lauf* …« Seine Stimme ist ganz kratzig und berührt einen Ort tief in mir. Er beugt sich vor … und lehnt seine Stirn an mich. Geschlagen schließe ich nun die Lider. »Aber ich werde dich nicht mehr fortlassen. Nie wieder. Du bist mein, Samantha Stone.«

Somit rückt er entschlossen von mir ab und legt sich auf den Rücken, einen Arm über seinem Kopf und dann starrt er die komplette Nacht blicklos an die Decke. Seine Augen wirken finster und leer. Obwohl es kaum auf dem Video zu erkennen ist, bin ich mir dessen sicher.

Er hat heute Nacht keine Minute geschlafen und sah am Morgen trotzdem so perfekt aus – wie macht er das? Seufzend drücke ich auf Pause …

Was soll ich jetzt tun? Kann ich ihn wirklich verr…

Es klingelt und ich sehe zur Uhr auf dem Receiver … Anne ist zwanzig Minuten zu früh! Verdammt! Konnte sie mir nicht wenigstens die paar Minuten noch mit ihm lassen und mit dem Wissen, ihn nicht verraten zu haben? Sie ist wirklich manchmal eine Nervensäge.

Mit einem unguten Gefühl stehe ich auf und eile in mein Schlafzimmer. »Ich komme gleich!« Ich trage nichts weiter als Unterwäsche und ein Handtuch um den Kopf, also schlüpfe ich schnell in die erstbeste löchrige Jogginghose und eines meiner grauen Gammelshirts, bevor ich zur Tür renne und sie öffne.

»Du bist zwanzig Minuten …« Die Worte bleiben mir im Hals stecken, denn vor mir steht nicht Anne, sondern Alec Morgan in voller Montur!

In schwarzem Hemd, schwarzer Hose, mit schwarzer Seele und wunderschön. Allerdings offensichtlich auch sauer. Eine Hand hat er lässig in der Hosentasche vergraben. Er hat etwas von einem Supermodel, als er die Augenbraue hebt und mich einfach nur ansieht. Auf diese starrende, intensive Art, von der mir jedes Mal ganz flau im Magen wird. Ich schlucke trocken, meine Augen sind sicher so groß wie die einer Eule.

»Ähm …«

»Sie stottern doch nicht etwa, Miss Stoneheart?« Er schiebt sich einfach an mir vorbei ins Innere meiner Wohnung, und endlich, endlich schalten sich meine Gehirnzellen ein, denn der Flatscreen zeigt ihn immer noch in Großaufnahme als Standbild!

»WARTE!«, schreie ich, überhole ihn und halte ihn an der Brust zurück, gerade als er ins Wohnzimmer treten will. »Nur kurz!« Ich lächle entschuldigend und stürme in den kleinen Raum, knalle meine Hand auf den Fernseher, worauf er in dem Moment ausgeht, als er doch das Zimmer betritt – obwohl er warten sollte!

Ich schmolle, er wirkt … belustigt? Aber nur ein wenig und er sieht mich fragend an.

»Es war ein Porno …«, nuschle ich aufgeregt und versuche meinen Herzschlag zu beruhigen. Alec Morgan ist in meiner Wohnung und er ist wütend, ich weiß es ganz genau. Fühle es förmlich in der Luft knistern!

Er kauft es mir nicht ab. »Na dann … können wir den ja zusammen ansehen. Bei mir!«

»Was?«

»Du wirst sofort mit mir zurückkommen.«

»Das werde ich sicher nicht!« Und er muss auch so schnell wie möglich verschwinden, sonst ist die Katastrophe perfekt! Eilig sehe ich zur Uhr, Anne hat noch fünfzehn Minuten! Mein Hals wird noch trockener, aber es ist zu schaffen, ihn in fünfzehn Minuten loszuwerden. Irgendwie!

»Alec …«, murmle ich also und überlege fieberhaft, wie ich ihn fortschicken soll, obwohl ich andere Sachen mit ihm tun will. Aber er geht mit einem Mal auf mich zu und sein Gesicht ist verdammt entschlossen.

Ehe ich mich versehe … hat er meine Wangen in den Händen und beugt sich zu mir herab. Er küsst mich. Einfach so! Und das mit einer Intensität, die mir schier den Atem raubt, aber so ist wohl alles bei diesem Mann.

Sein Kuss gleicht dem ersten Luftholen, nachdem man jahrelang kurz vor dem Ersticken stand, ist wie ein Befreiungsschlag nach langer Gefangenschaft in einer dunklen Höhle. Er ist *der* ultimative Stromstoß für mein kaltes Herz … und ich kann nicht anders, als nach dem ersten Schock meine Finger in seine muskulösen Unterarme zu graben und den Kuss zu erwidern. Ich gehe sogar laut stöhnend auf die Zehenspitzen. Woraufhin er auch stöhnt und zurückweicht.

Er hat mein Gesicht immer noch in den Händen, als wieder dieser traurige Ausdruck in seine Augen zurückkehrt und er wispert: »Doch. Du bist die Frau, für die ich meine Regeln breche … dich will und *werde* ich küssen.« Oh Gott, wieso muss er denn gerade jetzt so etwas sagen und mich dabei auch noch SO ansehen?!

So wie seine Tochter, so als hätte er tatsächlich Gefühle für mich. Gefühle, die ihn ebenso wahnsinnig machen wie mich! Die ihn nicht schlafen lassen und die sein gesamtes Denken ausfüllen. Genauso wie bei mir. Scheiße … ich bin verloren … denn ich habe mich tatsächlich in ihn verliebt!

Ich schließe geschlagen die Lider und atme tief durch, versuche meinen Kopf zu klären, obwohl er mir so nah ist und mich berührt und …

»Samy?« Annes Stimme kommt direkt aus meinem ganz persönlichen Bilderbuchhorrorfilm und sie klingt *etwas* schrill. Ich springe von ihm zurück, als hätte ich mich verbrannt, fühle mich, als wären sie noch zusammen und als hätte ich meiner besten Freundin den Mann ausgespannt … den Mann … in den ich mich unsterblich verliebt habe. Dafür lande ich mit Sicherheit in der Hölle.

Sein Kopf fährt herum und sie bleibt sofort im Türdurchgang stehen, als sein Blick den ihren trifft. »Annemarie«, begrüßt er sie langsam und sie nickt ihm knapp zu. »Alec.«

Und dann grinst er … böse – richtig fies – und steckt seine Hände in die Hosentaschen. »Was willst du hier?«, fragt er locker. Ihr Augenmerk richtet sich langsam auf mich, obwohl ich knapp hinter ihm stehe, dann wieder auf ihn.

»Was tust *du* hier?«

»Ich küsse meine Freundin«, informiert er sie lässig. OH GOTT … Normalerweise würden diese Worte ein warmes Gefühl in mir entfachen, jetzt gleichen sie eher einem Dolchstoß, während mich Anne mit einem irren Funkeln in den Augen unablässig anstarrt.

»Freundin, also?« Nach wie vor bohrt sich ihr Blick anklagend in meinen. Doch ich kann dem unmöglich länger standhalten und schaue zu Boden. Das schlechte Gewissen drückt mir auf die Lungen. Ohne sie anzusehen, bemerke ich, wie sie sich strafft und langsam sowie elegant auf ihren langen Beinen und dem perfekten cremeweißen Kostüm weiter in den Raum gleitet. »Nicht deine Sklavin, Alec? Deine Freundin?«, erkundigt sie sich spöttisch, denkt ihn damit an der Angel zu haben, aber … er überrascht sie, mich, alle. Wieder mal.

»Miss Stone ist vieles für mich, aber sicher keine Sklavin. Leider«, murmelt er noch mit einem Seitenblick auf mich, und ich möchte ihn wieder küssen … ihm zeigen, dass ich es vielleicht versuchen könnte. Für ihn. Nur für ihn.

Anne lacht. »Du weißt doch gar nicht, wie eine normale, monogame Beziehung funktioniert. Du kennst nichts anderes als *das* …« DAS wird ausgesprochen, als wäre es das Abartigste, von dem sie jemals gehört hat. Sie setzt sich auf den Sessel und schlägt anmutig ein langes Bein über das andere. Dabei wirkt sie wie einem Katalog entsprungen, alles an ihr ist die pure Perfektion, sogar ihre Haare – jede einzelne Strähne hat ihren Platz. Von mir hingegen findet man ein Bild unter dem Begriff durchgefickt, mit einem *Ab 18* Hinweis.

»Also …«, murmelt sie mit einem boshaften Grinsen auf den Lippen, das ihr nicht steht. Es betont ihre angeschlagenen Nerven, diesen Irrsinn, der ihre Gesichtszüge geradezu entstellt und sie unberechenbar macht. Sie richtet ihre wässrig blauen Augen auf mich. »Kann ich es haben?« Und Alecs Kopf fährt zu mir herum.

So.

Jetzt bieten sich mir zwei Optionen. Laufen … oder kämpfen. Laufen steht mir nicht … ich hasse es genau genommen. Wenn ich mich jetzt der Situation entziehe und verschwinde – erneut, wie ich mir eingestehen muss –, kann ich mir außerdem nie wieder in die Augen sehen. Im Übrigen bin ich so einiges, nur kein Feigling. Bleibt nur das Kämpfen. Nur für wen?

Für Anne, meine langjährige Freundin?

Oder für ihn, einen Mann, den ich gerade ein paar Wochen kenne?

Doch gleichzeitig heißt es, für sie oder für mich.

Denn ich will ihn – wirklich – und ich will auch seine süße Tochter. Ich möchte ihn beim Weltverbessern unterstützen, ich möchte seinen stolzen Rücken decken, und wenn wir alleine sind, möchte ich mich diesem wunderbar einfühlsamen Liebhaber unterwerfen und Nutella von seinem Penis lecken. Ich möchte glücklich sein – nur einmal, nach so langer Zeit!

»Nein, Anni. Es tut mir leid.« Ihre Augen werden riesengroß, als sie meine Worte vernimmt. Seine verengen sich. Das Misstrauen in ihnen ist fast greifbar.

Ich kann nicht mehr, bin kurz davor zusammenzubrechen.

»Es tut mir leid!«, hauche ich auch ihm zu, weil meine Brust so eng ist und ich nicht glauben kann, was ich ihm beinahe angetan hätte.

Mit meinem letzten bisschen Verstand rupfe ich den Stick aus dem Fernseher und … stürze dann davon – ein zweites Mal an einem Tag.

Kapitel 18

Wieder renne ich in den Park, obwohl ich rennen hasse, und finde mich auf einer Parkbank wieder. Wieder werde ich pitschnass und wieder laufen die Tränen.

Ich bin völlig aufgewühlt. Von seinem Kuss und seinen Worten und dem Video. Und Anne! Es ist, als hätte ich sie gerade eben das erste Mal richtig gesehen. Waren ihre Augen schon früher so boshaft, ihre Lippen so verkniffen und ihr Auftreten so überheblich? Hat sie mich schon immer so von oben herab betrachtet, als wäre ich minderwertig oder ihrer nicht würdig? Wieso habe ich es nie bemerkt, oder hat sie sich so verändert?

Womöglich! Jeder Mensch hat das Potenzial, sich zu verändern, zum Guten oder zum Schlechten, sogar ein Alec Morgan.

Er hat mich seine Freundin genannt – nicht seine Sklavin.

Völlig in Gedanken versunken bemerke ich kaum die Person, die sich mir genähert hat. Erst als sie einen Schatten auf mich wirft und der Regen nicht mehr auf meinen schon durchnässten Körper trifft, öffne ich die Augen und erkenne zwei Fußspitzen in meinem Blickfeld. Es sind große Füße, in teuren Schuhen. Und als ich nach oben sehe, steht tatsächlich Alec Morgen, immer noch perfekt in Schwarz gekleidet, mit meinem Ninja-Turtles-Regenschirm – mein liebstes Geschenk von Sascha, der sich über meinen Job immer wieder lustig macht – über mir und hält den Regen von mir ab.

Dabei sieht er mich mit seinen dunklen Augen tödlich an.

»Wenn du so etwas noch einmal tust«, verkündet er düster, »dann kannst du danach zwei Wochen nicht mehr sitzen! Mindestens!« Ich habe im Grunde keine Kraft, irgendetwas zu entgegnen, aber seine bodenlose Frechheit entfacht wieder meinen Kampfgeist!

Sofort sehe ich blutrot und springe auf die Füße, doch ehe ich loslegen kann, hat er sich gebückt und mich über seine Schulter geworfen! Er hat meinen Angriff kommen sehen und wusste genau, wie ich reagieren würde. Der Regenschirm wird einfach achtlos zur Seite geworfen. »Ja, ja … ich bin der Bastard … das Arschloch … ich habe dich ohne jegliche Gefühle eiskalt verführt. Und ich werde alles tun, um dir das Herz zu brechen!«, spricht er meine Gedanken voller Groll aus, marschiert dabei aber schon zielsicher drauflos. Zurück! Zu ihm! Nach Hause!

Den Passanten, die dem Regen trotzen, steht der Mund offen, sie bleiben sogar stehen und starren uns an, aber ihn interessiert das nicht die Bohne. Hauptsache sie machen ihm Platz. Zum Glück beachtet er die roten Ampeln, im Gegensatz zu den Passanten, die aus dem Weg springen müssen und den Kopf schütteln, während sich seine Schulter spitz in meinen Bauch bohrt. »Wenn ich dir sage, dass ich alles dafür tun werde, damit dein Herz nicht bricht, würdest du mir sowieso nicht glauben …«, meint er schon weniger wütend. »Aber du wirst nicht mehr vor mir davonlaufen. Nie wieder. Solltest du es noch einmal tun, kette ich dich fest – bis an dein Lebensende. Das schwöre ich, Samantha Stone!« Alec

Morgan will mich festketten? Zuzutrauen wäre es ihm, aber gleich bis an mein Lebensende? In welchem Film bin ich denn plötzlich gelandet? Ich kenne mich wirklich überhaupt nicht mehr aus! Außerdem bekomme ich Kopfweh von dem Geschaukel hier oben.

»Alec …«, murmle ich. Dabei wird mir klar, dass ich zum ersten Mal einfach so seinen Namen ausspreche und dass ich es mag.

»Was?«, knurrt er.

»Kannst du mich bitte runterlassen?«, bitte ich mit sanfter Stimme, obwohl ich ihn nur anknurren will, so sauer bin ich. Er stampft einfach weiter, ich ziehe eine Grimasse – und bin dabei ein wenig froh, dass er es nicht sieht. Aber nur ein wenig. »Ich werde nicht weglaufen …«, gebe ich noch genervt dazu und atme erleichtert aus, als er sich vorbeugt und mich auf die Beine stellt. Doch er geht auf Nummer sicher, nimmt meine Hand und zerrt mich hinter sich her. Barfuß wohlgemerkt, denn ich wollte vorhin nur noch weg und hab weder auf Socken oder Schuhe geachtet.

Er hat verdammt lange Beine und er ist verdammt sauer und geht verdammt schnell und ich bin verdammt kurz davor, ihm ins Kreuz zu springen.

»ICH HABE KURZE BEINE UND ICH HASSE LAUFEN!«, knurre ich mit meiner letzten Selbstbeherrschung. Woraufhin er tatsächlich stockt und dann … anfängt, aus vollem Hals zu lachen.

Er schlingt seinen Arm um meine Hüfte, zieht mich an sich und nimmt mein Gesicht in eine Hand. Und ich bin wieder gefangen – von seinem Blick – und seinem Arm! Weswegen wir noch nasser vom Regen werden als ohnehin schon, uns eine Lungenentzündung holen und sterben werden. Und wessen Schuld ist das? Seine …

»Ich wusste es!«, murmelt er und streicht mit dem Daumen über meine Wange. Sein Blick ist so unsagbar intensiv.

»Was?«, zische ich, hin- und hergerissen zwischen der totalen Zerschmelzung und diversen Mordgedanken.

»Du bist perfekt.«

Und dann dreht er sich wieder um und marschiert weiter. Langsamer … und ich folge, nun völlig vor den Kopf gestoßen, doch gleichzeitig mit einem warmen Gefühl in der Magengegend.

Kapitel 19

Er setzt mich auf die Couch und bedeutet mir, kurz auf ihn zu warten.

Als er mit Handtüchern zurückkehrt, legt er sie zur Seite, stützt sein Knie neben mich, beugt sich vor … und küsst mich! Schon wieder! Dabei schiebt er mein Gammelshirt an meinem Bauch hoch, hat eindeutig ein Ziel, doch ich schlage seine forschen Hände – nach kurzer Verwirrung – weg.

»Darf ich erst duschen, bevor sie über mich herfallen, Sir?«, frage ich mit aufmüpfiger Stimme. Seine Antwort hingegen klingt mehr als bedrohlich: »Kein *Sir*! Außer, ich erlaube es dir!« Hä? Mit Sicherheit sieht er mir meine Verwirrung an, denn an seinen Mundwinkeln zupft ein minimales Lächeln. »Ich bin ab sofort Alec. Zumindest für dich, und wenn wir alleine sind …«, ergänzt er etwas weicher und seine Augen funkeln aufgeregt. Irgendwie hört sich das erleichtert an, was ich nachvollziehen kann.

»Okay Alec …«, murmle ich und kämpfe mich unter ihm hoch, bevor ich ins Bad gehe.

Er folgt mir, aber ich schlage ihm die Tür vor der Nase zu. Ich brauche dringend ein wenig Zeit für mich, außerdem bin ich völlig durchgeweicht und mir ist eiskalt.

Aber so sieht es nur körperlich aus, ich kann nicht fassen, was *in* mir vorgeht. Verwirrung beherrscht mich vollkommen, es fühlt sich alles so surreal an und doch spüre ich noch seine Lippen auf meinen. Er hat mich zwei Mal geküsst …

Ich bebe am ganzen Körper und stöhne erleichtert, sobald ich unter den Duschstrahl getreten bin. Vorerst will ich nicht denken, mir soll einfach nur wieder warm werden. Was sich als gar nicht so einfach herausstellt.

Doch nach einiger Zeit zirkuliert das Blut wieder ungestört und warm durch meinen Körper und ich verlasse die Kabine. Vor der Tür erwartet mich ein neuer Kleiderstapel. Diesmal komplett in Weiß. Ein weißes Top und eine gemütliche weiße Jogginghose. Selbstverständlich Markenware. Unterwäsche suche ich vergebens, was mich nicht sonderlich überrascht, und ich ziehe mich seufzend an, während ich den Stick mit dem Video aus den nassen Sachen klaube und in meiner Hosentasche verstaue. Aber alles ist besser, als mich ihm nackt stellen zu müssen. So fühle ich mich ohnehin schon – emotional völlig entblößt –, als ich das Wohnzimmer betrete.

Er sitzt vor dem Kamin, in gemütlichen dunklen Sachen mit seinem Tablet in der Hand. Ihm gegenüber befindet sich ein zweiter Sessel, auf den er deutet, ohne aufzusehen. »Setz dich«, murmelt er und ich überlege ernsthaft zu rebellieren, allein schon weil mich die Situation völlig überfordert. Aber irgendwie bin ich dafür zu müde, außerdem lauten seine nächsten verlockenden Worte: »Hier gibt es heiße Schokolade – mit Sahne …« Verdammt! Der Mann spielt mit unfairen Mitteln, als könnte ich zu diesem überaus reizenden Angebot Nein sagen. Nicht an einem Tag, der mir derart an die Substanz ging, sodass meine Nerven brachliegen, und der mich körperlich ans Limit gebracht hat. Jeder braucht schließlich mal eine Belohnung.

Ich tapse barfuß zu ihm rüber, setze mich in den Sessel, ziehe die Füße hoch, schlinge meine Arme um die Beine und nehme die dampfende Tasse vom Beistelltisch. Er sieht noch einige Zeit auf sein Tablet, wirkt völlig entspannt, während das Feuer auf seinen anmutigen Zügen spielt. Dieser Mann macht mich an. Immer … sogar jetzt … und noch viel mehr.

Seine Worte von vorhin schwirren unablässig durch meinen Kopf, während ich körperlich langsam zur Ruhe komme. Inwieweit kann ich ihnen trauen, *ihm* trauen? Er will mir nicht das Herz brechen. Ist das die Wahrheit? Wusste er, was er da sagte? Oder dieses *Bis ans Lebensende*, das ist schon hoch gegriffen, schließlich kennen wir uns kaum. Aber was mich wirklich beschäftigt, ist die Tatsache, dass er mich als seine Freundin bezeichnet hat.

Ein Grinsen will sich in meine Züge schleichen, was ich letzten Moment verhindere. Tief in mir drin bin ich eben doch noch ein kleines Mädchen, behaftet mich sämtlichen Unsicherheiten, das gerade vor Begeisterung in die Hände klatscht. Das alles macht dieser zugegeben wirklich gut aussehende Mann mit mir, der nicht einmal ahnt, was ich ihm fast angetan habe.

Allein dieser Gedanke bringt meinen Magen zum Rumoren. Wie konnte es so weit kommen? Dieser Auftrag mutiert zur absoluten Farce und ich hab mich derart unprofessionell verhalten, dass ich mich nur noch schäme.

Doch die wichtigste Frage überhaupt lautet: Was weiß er? Weiß er überhaupt irgendwas?

Nach außen hin lasse ich mir von meinem Gefühlschaos nichts anmerken und schlürfe die süße Schokolade, die meine Nerven langsam, aber sicher entspannt.

Ich richte meine Aufmerksamkeit voll auf ihn, als er das Tablet beiseitelegt, einen Fußknöchel über sein Knie lehnt und sein Kinn in eine Hand stützt.

»Also … Was wollte sie von dir?«

Ich presse die Lippen aufeinander. Das ist so ungefähr das letzte Thema, über das ich mit ihm oder sonst irgendwem reden will. Er bemerkt natürlich sofort, wie sich meine Gesichtszüge verschließen, und ändert seine Taktik. »Weißt du … ich wollte dir beim ersten Mal gar nicht hinterherkommen. Ich habe versucht, mir einzureden, dass es mir scheißegal sein kann, wenn du gehst. Aber ich musste dir dennoch folgen, es war ein Drang, dem ich nicht standhalten konnte. Ich verliere durch dich meine Kontrolle. Die Regeln haben sich geändert, und außerdem spiele ich mit dir auf einem mir total unbekannten Feld, was sich für mich in etwa so anfühlt, als befände ich mich auf Glatteis. Du bist nicht devot, du hältst dich an nichts, was ich sage. Du nimmst keine Befehle ernst und erst recht nicht entgegen. Du bist eine einzige Katastrophe … und du reizt mich derart, dass ich Mühe habe, mich zu beherrschen, um nicht völlig den Verstand zu verlieren. Dich zu verstehen, mit dir zu reden, sogar mit dir zu ficken. Nichts machst du mir leicht … noch nie hat mich eine Frau so gefordert, trotzdem kann ich nicht genug davon bekommen. Zum ersten Mal in meinem Leben weiß ich nicht, wie mein nächster Zug aussehen soll. Ich weiß nur, dass ich diesen Kampf um dich und mit dir liebe. Also, wenn das zwischen dir und mir, was auch immer das ist, klappen soll, sei verdammt noch mal ehrlich! Denn eins verspreche ich dir: Ich werde dir NIE wieder hinterherlaufen, und wenn ich mich dafür festketten muss. Also noch mal: Was hast du mit meiner Ex-Frau zu tun? Rede!«

Also … gut … er will es nicht anders.

»Du bist ein Arsch«, beginne ich, doch meine Mundwinkel zucken. Er IST mir gefolgt. Und er IST ehrlich zu mir. Auch wenn Alec Morgan für mich ebenfalls die ultimative Katastrophe darstellt, fürchte ich, dass ich nie genug von ihm bekommen werde.

»Damit teilen Sie mir nichts Neues mit«, antwortet er trocken und dann verdüstert sich wieder sein Gesichtsausdruck. »Trink deine Schokolade, solange sie noch heiß ist!«

Ich reiße die Augen auf, verkneife mir jeglichen frechen Kommentar, und nehme einen Schluck, während ich ihn wütend anfunkle. Er schmunzelt, sein Blick wird weicher. Genau wie seine Stimme, als er sich vorbeugt und meine Hand nimmt. Er reibt sie zwischen seinen Händen und haucht sie an, küsst meine Knöchel einzeln, und ich bin von dieser Zärtlichkeit wieder völlig gelähmt. Was zum Teufel ist nur mit dem unnahbaren, eiskalten Alec Morgan passiert? »Im Ernst … ich kann dich nicht mehr verlieren.«

Ich schlucke trocken. Seine Worte berühren mich tief in meinem Inneren, genau wie dieser zärtlich-hingebungsvolle und gleichzeitig dominante Ton, der mir jedes Mal einen Schauer über den Rücken jagt.

Verdammt, ich befürchte, ich habe mich in ihn verliebt. Irgendwann, ich weiß nicht genau wann. Aber es ist geschehen. Eindeutig. Ich verziehe das Gesicht.

»Bring sofort dein Hmm-Gesicht unter Kontrolle! Ich muss wissen, wovor du davongelaufen bist. War es vor mir?« Ich schüttle den Kopf, unfähig, etwas zu sagen. Meine Kehle ist immer noch zugeschnürt, aber dazu bin ich imstande.

Ich merke, wie sich der Zug um seine Augen etwas entspannt.

»Gut.« Er beugt sich vor, schiebt seine Hände unter mich und hebt mich mitsamt meiner heißen Schokolade auf seinen Schoß. Prompt werde ich von seinem Duft eingehüllt … Alec war auch duschen … er riecht wirklich himmlisch und ich atme tief ein, schmiege meine Wange an seine Brust, lausche seinem Herzschlag und sehe in das warm prasselnde Feuer.

»Wieso bist du weggelaufen, Samantha?«, fragt er erneut und lehnt seinen Kopf auf mein Haar. Ich seufze und schließe die Lider.

Okay, Zeit für die Wahrheit. Länger kann ich es unmöglich hinauszögern …

»Mein Ex-Mann war Annis Bruder.«

»Du warst verheiratet?«

»Vor sieben Jahren.« Seine Arme umfangen mich fester. Eine besitzergreifende Geste, die ich genieße. »Ich kenne Anni seit meinem sechsten Lebensjahr. Wir waren zusammen in der ersten Klasse. Sie musste sich neben mich setzen, weil das der einzige freie Platz war. Ich war immer eine Außenseiterin, weißt du, aber mit ihr verband mich etwas, gleich vom ersten Moment an. Sie mochte mich … und ich war öfter bei ihr zu Hause. Dort lernte ich ihren großen Bruder kennen. Meine Mutter verschwand, als ich dreizehn war … und ich blieb mit meinem Vater allein, den nur die Arbeit interessierte. Anni nahm mich bei sich auf und … ihr Bruder verliebte sich auch in mich. Er ließ es nicht zu, dass ich auf die falsche Bahn geriet … wozu ich stark tendierte. Ich war die perfekte Rebellin, immer auf Ärger aus. Nur er brachte mich immer auf den Boden der Tatsachen zurück, auf ihn hörte ich, weil ich schon jahrelang für ihn schwärmte. Wegen ihm bin ich zur Armee gegangen." Ein Lächeln breitet sich auf meinem Gesicht aus, als die Erinnerungen mich einholen. "Wir heirateten heimlich, bevor wir unseren ersten Einsatz hatten. Er lief gut, wir waren das perfekte Team und stiegen bald die Karriereleiter hoch. Immer zusammen. Wie du weißt, war ich Teil eines Spezial-Einsatz-Kommandos. Wenn es irgendwo „Terroristen“«, ich male Gänsefüßchen in die Luft, »zu beseitigen galt, dann wurden wir geschickt. Ich war Mitglied eines zehn Mann starken Teams, vier Jahre lang. Sie waren meine Familie, meine besten Freunde. Doch alle wurden getötet, einschließlich meines Mannes, und das nur, um mich zu retten, weil ich bei einer Observierung in einen Hinterhalt geraten war …«

»Der Krieg fordert viele Opfer … und es sind immer die Unschuldigen.« Sanft streicht er über meinen Rücken und ich blinzle starr gegen die Tränen in meinen Augen an, bevor ich sie ergeben schließe.

»Du verstehst das nicht. Das ist alles meine Schuld. Hätten sie mich nicht retten wollen, wären sie noch am Leben. Das war es einfach nicht wert. Jeder von ihnen, insbesondere Ben, war so viel besser als ich. Er war immer freundlich, achtsam und so hilfsbereit und er ist meinetwegen gestorben … Das habe ich nicht verdient.« Ich bin überfordert und schüttle den Kopf, während ich die Tränenflut nicht mehr aufhalten kann. Fest presse ich die Lippen aufeinander.

»Was hast du nicht verdient?« Ich muss zugeben, es tut gut. Sein Streicheln beruhigt mich. Seine entspannte, ausgeglichene Aura ist Samt für meine aufgewühlte Seele. Das Brennen in meiner Brust ist nicht ganz so stark und dennoch kann ich es kaum aushalten.

»Glücklich zu sein«, murmle ich atemlos.

»Oh doch. Genau das hast du verdient. Du hast dich lang genug selbst damit bestraft, unglücklich zu sein …« Er sagt es, als würde er mich jahrelang kennen.

»Was?«

»Du bist nicht schuld an seinem Tod oder dem der anderen. Du bist nicht schuld an dem abgefuckten Krieg. Er hat damals seine eigene Entscheidung getroffen. Er wollte, dass du lebst, und man lebt nicht, wenn man unglücklich ist … Das habe ich erst die letzten Tage verstanden, denn du hast mir den Unterschied zwischen Zufriedenheit und Glück gezeigt.«

»Was brauchst du zum Glücklichsein?«

»Dich. Und ich bekomme, was ich will.«

»Du bist so arrogant!«

Ich fühle, wie er die Schultern zuckt. »Ich will auch, dass *du* glücklich bist. Es gefällt mir, wenn du lächelst … ja gut … auch wenn du schmollst *und* wenn du stöhnst. Und ich liebe es, wenn du lachst … Alles Dinge, die ich in Zukunft so oft wie möglich zu sehen gedenke.« Ich kann mir ein Grinsen nicht verkneifen und schmiege mich enger an ihn.

Das hört sich so schön an … doch gleichzeitig habe ich Annes Worte im Hinterkopf, die dort herumgeistern … Wieso sollte er schon wollen, dass ich glücklich bin? Wieso sollte es ihn überhaupt interessieren? *Er spielt nur mit den Frauen. Er gibt ihnen genau das, was sie brauchen ... Aber ohne jegliche Emotionen, denn er ist nicht fähig zu lieben ...* Ihre Worte fühlen sich falsch, seine Arme hingegen richtig an. Dann frage ich mich wieder, ob ich vielleicht die berühmt berüchtigte rosarote Brille trage …

»Wann kam der Sinneswandel?«

»Schleichend … aber nach dem Tag mit meiner Tochter war es glasklar. Ich bin Ihnen völlig verfallen, Miss Stoneheart.«

»Das hört sich zu gut an, um wahr zu sein …« Es erstaunt mich, aber ich könnte mir tatsächlich vorstellen, es mit ihm zu versuchen … Ich kaue auf meiner Unterlippe, bevor ich mir einen Ruck gebe und fast lautlos murmle: »Ich will dich nicht teilen. Wenn DU wirklich willst, dass das, was auch immer wir haben, klappt, ist dieser Abschnitt nicht verhandelbar. Ich könnte es nicht noch mal ertragen, wenn dich eine andere vor meinen Augen berührt.« Allein bei dem Gedanken sehe ich rot und neue Mordgelüste steigen auf.

Was wird er jetzt sagen? Wenn ich ihm wirklich etwas bedeute, dann wird er keine anderen brauchen.

Seine Arme umfangen mich fester, aber er schweigt … vorerst …

»Auf gar keinen Fall werde ich auf andere Frauen verzichten«, murmelt er dann und mir wird übel. Kotzübel.

Ich versteife mich und rücke von ihm ab. »Wieso?« Und ich weiß, ich klinge wahnsinnig verletzt.

Er sieht mich an, als würde er die Welt nicht mehr verstehen und streckt die Hand nach mir aus. Als er mein Gesicht berühren will, weiche ich weiter zurück. Er klingt leicht gequält.

»Das ist nur Unterwerfung, Samantha. Das, was ich mit dir will, ist so viel mehr.«

»Du kannst Unterwerfung auch von mir haben!« Er schließt tief durchatmend für einen Moment die Augen.

»Nicht so, wie ich sie brauche …« Seine Stimme ist heiser und eindringlich. »Ich möchte, dass du genauso bleibst, wie du bist – stark, schön und eigensinnig! Ich werde das auf keinen Fall noch einmal mit dir tun! Ich werde nicht mehr versuchen, dich zu verändern. Du hast etwas Besseres verdient!«

»Was ist es genau, was du nicht mit mir tun willst? Was bitte soll so schlimm sein? Du sagst selber, ich bin stark, also weiß ich auch selber, was ich aushalte und was nicht!«

»Nein, Samantha. Ende der Diskussion.« Er schüttelt den Kopf und ich fühle, wie das restliche Blut auch noch meine Wangen verlässt.

»Also machst du es einfach mit anderen Frauen? Und dann kommst du zu mir ins Bett und tust so, als wäre nichts geschehen? Soll es so aussehen? Soll ich mich immer fragen, ob du gerade bei einer anderen bist? Hast du DAS Anni zugemutet? Hasst sie dich deswegen so sehr?« Ich kann es verstehen! Es muss schrecklich sein, jemanden zu lieben und zu wissen, dass man niemals genug sein wird …

Tränen brennen in meinen Augen, allein wenn ich daran denke. Ich habe mich in einen Mann verliebt, der mir gerade in aller Ruhe mitteilt, dass er andere Frauen vögeln will! Das kann doch nicht wahr sein!

»Annemarie war mir im Gegensatz zu dir scheißegal! Es war alles arrangiert. Frag sie doch mal, was ich mit ihr gemacht habe! Frag sie, ob ich ein Monster oder ein Mann war! Du hast keine Ahnung davon, wozu ich fähig bin! Das bis jetzt war gar nichts!« Seine Augen lodern und ich sehe die Dunkelheit in ihnen. Diese bodenlose Tiefe … einen hoffnungslosen, schwarzen Abgrund. »Ich will das nicht mit dir, Samantha.« Nur ein angespanntes Wispern entweicht seinen Lippen, während ich mir vorkomme, als würde ich nun in jenen Abgrund stürzen. Ich fühle mich miserabel, nicht komplett, unzulänglich … unfähig, seine Bedürfnisse zu erfüllen, doch ich will ihn entweder ganz oder gar nicht!

»Oh nein, Mister Oberabgefuckt! So läuft das nicht! Entweder alles oder nichts!« Ich winde mich aus seinen

Armen und springe von seinem Schoß. Seine Augen verdunkeln sich weiter. Der Blick macht mir Angst, aber ich lasse mir nichts anmerken.

»Hast du schon wieder vor, zu laufen?« Seine Stimme ist bedrohlich sanft.

»Nein, ich werde nicht laufen, ich werde gehen!«

»Samantha …« Er steht auf, will mich wieder berühren, einlullen, mit seinen Fingern und Lippen ablenken. Wohl wissend, wie schnell ich schmelze, wenn er das tut. Ich bin so dämlich! So dumm!

Ich hebe mein Kinn genauso wie meine Hand und er stockt tatsächlich. Mit verbissenen Zähnen und geballten Fäusten starrt er mich an, rührt sich aber nicht mehr. Und als alles durch Blicke gesagt ist, drehe ich mich um und marschiere gemessenen Schrittes in den Flur.

Ich laufe nicht! Ich gehe, und zwar hoch erhobenen Hauptes …

Kapitel 20

Dieses Mal folgt er mir nicht, ganz seiner Drohung entsprechend.

Da klang das Arschversohlen reizvoller. Aber so etwas macht er nicht mit mir, weil er mir nicht wehtun, mich nicht brechen will. Nur mit anderen Frauen will er seine dreckigen Spiele spielen. Nur ihnen will er den Nervenkitzel und das Gefühl geben, ihm zu gehören.

Ich lache humorlos, als ich in den Aufzug steige, doch leider verwandelt sich der Ton im nächsten Moment in ein Schluchzen. Das war's … ich weiß es …Vielleicht sollte ich froh sein, dass ich somit um die Beichte meines Auftrages herumgekommen bin, aber ich bin es nicht.

Als ich schlaflos in meinem Bett liege und in die sternenklare Nacht starre, weiß ich, dass er genauso daliegt und ich weine noch ein bisschen mehr. Um alles, was wir hätten haben, was wir uns hätten beibringen können, und vor allem um die Liebe, die niemals eine Chance hatte …

Lovestory mal anders.

Diese Wendung hätte ich nicht erwartet. Das ist doch Ironie pur. Am Anfang habe ich mich widerwillig auf diese seltsame Du-bist-der-Boss-Sache eingelassen, weil ich musste … dann fing es an, mir zu gefallen … und jetzt weigert er sich? Das kann doch unmöglich sein Ernst sein. Was ist daran so schwer zu begreifen, dass ich nur ihm gehören möchte. Hat er nie in Erwägung gezogen, dass dieser Nervenkitzel mich reizen könnte? Das erste Mal in meinem Leben nach Benjamins Tod gibt es eine Chance, alles auszublenden, einem anderen Menschen zu vertrauen und mich vollkommen fallen zu lassen. Wenn Alec das mit mir tut, gibt es in meinem Kopf nichts als seine Worte, seinen Ausdruck, seine Berührungen. Keine Zweifel, keine Ängste. Es ist so befreiend.

Ich will darauf nicht mehr verzichten, sondern möchte weiter testen, wo meine Grenzen liegen. Meine Neugier ist geweckt.

Warum tut er mir das an? Ich verstehe nicht, warum er mich erst angeheizt hat, nur um mich dann auf Distanz zu halten, vergleichbar mit einem leckeren Eis, dass ich einmal probieren durfte, aber dann nie wieder.

Stellt er sich so unsere Zukunft vor? Sexuelle Erfüllung mit anderen, ich für den Alltag?

Soll ich wirklich in seinem Bett liegen und auf ihn warten, wohl wissend, was er tut?! Wird er mir dann davon erzählen, wie geil sie war? Wie sie geschmeckt und sich angefühlt hat? Das könnte ich nicht ertragen – niemals!

Denn so wie ich ihm gehören soll, soll er auch mein sein.

Aber anscheinend empfindet er nicht genug für mich. Seine Neigungen sind ihm offenbar wichtiger, sonst würde er mich nicht so schnell aufgeben – seine Worte nur Schall und Rauch. Vermutlich habe ich einfach zu viel hineininterpretiert und wäre ihm nach ein paar Wochen ohnehin langweilig geworden.

Mein Handy vibriert auf dem Nachttisch und ich zucke zusammen, denn es ist das, welches er mir gegeben hat.

Oh Gott!

Mit einem Mal schlägt mir das Herz bis zum Hals und meine Finger beben, dennoch greife ich danach, und sehe, dass er mir eine Nachricht geschickt hat.

Ich werde es dir zeigen, lese ich und mein Herzschlag überschlägt sich schier. Ich muss lächeln, es geht einfach nicht anders, und vor Erleichterung kommen mir fast wieder die Tränen.

Okay!, schreibe ich zurück. Er antwortet sofort.

Jetzt! Oh mein Gott. WAS?

Sofort richte ich mich auf, während sämtliche Möglichkeiten durch meine Gehirnwindungen rauschen, was er damit meinen könnte. Jetzt sofort? Auf der Stelle? Und mit ein paar winzigen Worten hat er es wieder geschafft, mein Leben auf den Kopf zu stellen. So oder so – ich bin bereit!

Ja, Sir!, schreibe ich breit grinsend zurück und springe aus dem Bett. Ich bedeute ihm doch etwas! Ich möchte vor Freude an die Decke gehen, ganz wie das kleine Mädchen in mir.

Der Wagen steht unten.

Überstürzt suche ich ein paar Sachen zum Überziehen zusammen, um ihn nicht unnötig warten zu lassen, aber auch weil die Ungeduld mich packt.

***

Es ist mitten in der Nacht. Trotzdem öffnet sich die Tür sofort und ich eile an der Empfangsdame Nummer eins vorbei. Vermutlich sieht man mir die Aufregung sogar an, die sich kein bisschen gemildert hat.

Keine zwei Minuten dauerte es, bis ich unten war, denn ohne darauf zu achten, fetzte ich eins von Saschas schwarzen Kleidern aus dem Schrank. Auf die Unterwäsche verzichtete ich ganz. Dann sprang ich die Stufen nach unten, einfach weil der Fahrstuhl zu lange brauchen würde.

Empfangsdame Nummer zwei begrüßt mich wieder auf ihre lakonische Art und führt mich in das Mittelalter-Sadomaso-Beobachtungs-Zimmer. Doch diesmal ist der Vorhang schon zurückgezogen. Der Folterkeller ist relativ schummrig, aber auf den ersten Blick blitzend sauber.

Ich habe keine Ahnung, was ich hier tun soll, als sich die schwere Tür hinter ihr schließt, und ich möchte ehrlich gesagt nicht genauer in Augenschein nehmen, was in dem Raum hinter der Scheibe so an den Wänden hängt. Manche Sachen wirken echt schräg und machen mir etwas Angst. Aber ich werde es versuchen – nicht nur für ihn, sondern auch für mich!

Ich frage mich, wieso ich schon wieder hinter der Scheibe ausharren muss … werde aber erleuchtet, als die Tür zum Folter-Keller geöffnet wird und … er hereinkommt. In nichts weiter als einem dunklen Hemd, an dem zwei Knöpfe offen stehen, schwarzen Hosen und zerzausten Haaren. Er sieht mich nicht an, tut so, als wäre ich gar nicht da, und ich bin für ein paar Sekunden wieder von seiner Perfektion geblendet.

Seine Finger streichen andächtig über die Werkzeuge, über Peitschen und Gürtel und Fesseln, bevor er sich für eine schwarze Lederpeitsche entscheidet und diese sorgsam auf ein kleines Tischchen legt. Sie schaut so Furcht einflößend aus, dass meine Kehle trocken wird. Will er die etwa an mir benutzen? Gleich beim ersten Mal?!

Außerdem holt er auch ein einfaches dickes Seil sowie eine Creme und legt beides zu der Peitsche. Vermutlich um mich zu fesseln. Meine Aufregung steigt ins Unermessliche. Wenn er mich wenigstens ansehen würde, aber er ignoriert mich komplett. Dabei ist mir klar, dass er weiß, dass ich ihm zuschaue.

Alec wirkt so konzentriert, dass seine Anspannung fast in der Luft vibriert. Sie überträgt sich automatisch auf mich und ich kann immer schwerer atmen, je mehr er von diesen Sachen auf dem Tisch platziert. Ich kenne nichts davon … bin unsicher und habe Angst. Ganz tief in mir, sodass sich mein Magen schon verkrampft, aber ich werde sie ihm nicht zeigen!

Gleichzeitig macht sich auch ein angenehmes Kribbeln in mir breit, das Gefühl, lebendig zu sein. Schon jetzt!

Er regelt an einem Dimmer das Licht, erhellt den Raum ein wenig mehr. Vermutlich um zu sehen, ob er alles zu seiner Zufriedenheit vorbereitet hat.

Schließlich verharrt er inmitten der ganzen Utensilien, atmet tief durch und schließt kurz die Augen, während er die Stimmung, die dieses Zimmer ausstrahlt, in sich aufnimmt.

Nach endlosen Sekunden, in denen ich die Luft anhalte, dreht er sich endlich mit verschränkten Armen zu mir um. Sein Blick ist unpersönlich und distanziert, nicht so brennend, wie ich es von ihm gewohnt bin, und ich bemerke das erste Mal, dass er sich zurückhalten muss.

»Wenn du mit mir im selben Raum bist, kann ich mich unmöglich konzentrieren. Die Gefahr, die Kontrolle zu verlieren, ist dann zu groß«, beginnt er ganz unverhofft und mit leiser, angespannter Stimme, woraufhin ich die Stirn runzle … Moment mal … irgendwas stimmt hier nicht!

Er lächelt humorlos, sodass sich mein Magen eiskalt zusammenzieht. »Ich werde es dir zeigen, aber natürlich nicht an dir«, informiert er mich ruhig und ich reiße die Augen genauso wie den Mund auf.

Wilder Protest liegt mir auf der Zunge, aber sein Ausdruck wird noch düsterer und er hebt die Hand, um mich zu stoppen. Ich presse die Lippen wieder aufeinander. »Schau es dir einmal an! Und wenn du mich dann immer noch willst, werde ich es nie wieder mit einer anderen Frau tun!« Völlig sprachlos starre ich ihn an. »Das ist die einzige Chance, die ich für uns beide sehe … Ergreife sie, oder geh.«

Automatisch schüttle ich den Kopf. So habe ich mir das nicht vorgestellt; ihn so zu sehen wird mich umbringen! Aber andererseits scheint es ihm ernst zu sein und ich kann mich mit dem Versprechen trösten, dass er dann mir gehören wird. Und ich weiß, dass Alec Morgan seine Versprechen hält. Trotzdem fällt mir die Entscheidung keineswegs leicht.

»Du wirst sie nicht vor meinen Augen ficken.« Meine Stimme ist leise, eingeschüchtert, und ich klinge nicht wie ich selbst. Meint er das damit? Wird er mich so verändern?

»Wo rein?«, erkundigt er sich auch noch und ich versuche, mein Entsetzen bei dieser lässig gestellten Frage zu verbergen.

»Nirgendwo rein!«, zische ich und würde ihm gerne an die Gurgel gehen. Meine Hände ballen sich zu Fäusten. Oh … dafür wird er büßen!

Er zuckt lediglich mit den Schultern und legt die Creme zurück in ihre Schublade. Dann stellt er sich mir wieder mit verschränkten Armen hinter der Scheibe gegenüber. Er hebt eine Augenbraue. »Sonst noch was?«

Verbissen schüttle ich den Kopf.

»Siehst du alles gut? Du musst alles sehen, um es zu begreifen.«

»Ja.«

»Siehst du auch, dass ich jetzt schon hart bin?«

»Ja!«

»Du kannst dich setzen, es wird dauern …« Er deutet auf die gemütliche Sitzecke vor der Scheibe.

»Ich stehe lieber!«, knurre ich zwischen zusammengepressten Zähnen und sein Mundwinkel zuckt. Oder habe ich mir das nur eingebildet?

»Nicht dass du in Ohnmacht fällst.« Womöglich hat er das nur als Witz gemeint, doch ich fühle geradewegs, wie das Blut langsam, aber sicher meine Wangen verlässt, und starre ihn an. Er starrt zurück.

»Wirklich?«, fragt er noch ein einziges Mal und ich nicke ein einziges Mal.

Er schließt geschlagen die Augen und steht so ein paar Sekunden vor mir hinter der Scheibe. Wunderschön und göttlich und so verletzlich, doch als er sie wieder öffnet, ist er ein anderer Mann.

Um mich herum werden die Lampen gedimmt, sodass die einzige Lichtquelle aus dem Nebenraum zu mir dringt. Ich komme mir vor wie ein Zuschauer, der gebannt auf die große Bühne starrt, nur begleitet von einem unguten und ziehenden Gefühl in meiner Magengegend, das nicht weichen will. Wieso tut er das nur? Ist das bereits seine Art zu quälen?

Alec dreht mir den Rücken zu und seine Stimme nimmt einen herrischen, knappen und unpersönlichen Ton an. »Komm rein!«, fordert er ruhig und eine wunderschöne, nackte Blondine betritt den Raum. Sie sieht zu Boden und kniet sich sofort vor ihn, legt die Handflächen auf ihre Oberschenkel und wartet. Er lässt sie in dieser Position ausharren und spannt damit nicht nur mich auf die Folter.

Irgendwann setzt er sich in Bewegung, nimmt die Peitsche und fängt an, sie zu umkreisen.

Ihre Atmung beschleunigt sich sichtbar, aber sie hebt nicht einmal den Kopf. Sein Blick liegt fortwährend auf ihr, als wäre er das Raubtier und sie die Beute, ohne jedoch den nötigen Fluchtinstinkt zu empfinden. Sie will es. Ich kann es ihr genau ansehen. Ihr Körper steht unter Spannung und ihre Haltung spiegelt eine unnachahmliche Anmut wider. Das Bild, das sie abgibt, erinnert an ein Kunstwerk – Perfektion bis in die Fingerspitzen.

Als die Peitsche sie das erste Mal trifft, geschieht das kommentarlos, ohne Ankündigung, und er hält nichts zurück. Wir zucken beide zusammen, die wunderschöne Frau und ich. Damit haben wir nicht gerechnet.

Er schlägt sie sofort noch einmal, holt dafür weit aus. Dabei steht er mit dem Gesicht zu mir und ich beginne zu verstehen, was er meint. In seinen Augen funkelt die Zufriedenheit, die Erleichterung, ihr das antun zu dürfen. Sobald das Leder das dritte Mal ihre Haut trifft und sie aufkeucht, lässt er den Kopf genießerisch nach hinten fallen, schließt die Augen und absorbiert förmlich die Gefühle, die von ihr ausgehen.

Ihren Schmerz, der sich jetzt deutlich in ihren Zügen abzeichnet. Ihre Angst, aber auch ihren Schrecken, weil er sich kaum beherrschen kann.

Er atmet schneller, Schweißperlen sammeln sich schon jetzt auf seiner Brust und seiner Stirn.

Seine Faust schließt sich fester um die Peitsche – bestimmter.

Und als er die Augen wieder öffnet, ist da nur noch Gier … und ein Drang, den ich nicht nachvollziehen kann. Diese Spannung in seiner Aura überwältigt mich.

Es gefällt ihm nicht nur, ihr wehzutun, er lebt dafür …

Oh Gott …

Den Spanier zu beobachten war schon schlimm, aber es ist nichts gegen das hier. Immer wieder schlägt er sie. Und hält sich immer weniger zurück. Ihre Schreie beschreiben ihre Qual, die in mir widerhallt. Meine Augen beginnen zu brennen, ich fühle mich rastlos. Das Bedürfnis, ihr zu helfen, ihn aufzuhalten, mischt sich mit meiner Liebe zu ihm. Krampfhaft verharre ich an Ort und Stelle, denn ich wollte das hier! Das hier ist seine Offenbarung für mich, und ich kann nur ahnen, wie schwer es ihm fällt.

Nach einiger Zeit ist er völlig außer Atem. Ihre Tränen sind mittlerweile versiegt, stattdessen wimmert und fleht sie, dass er aufhören möge. Doch er tut nichts dergleichen. Im Gegenteil, es scheint ihm eine Art perverse Befriedigung zu verschaffen und ihn erneut anzuspornen.

Sein gesamter Körper ist mit Schweiß bedeckt und sein Blick fast schwarz, in sich gekehrt, in einer dunklen Welt, zu der nur er Zugang hat – als wäre er in Trance.

Irgendwann hält sie es nicht mehr aus und springt auf die Beine. Das scheint der Moment zu sein, auf den er gewartet hat, denn in seinen Augen blitzt es auf.

Er fängt sie grob am Bauch ab und stößt sie gegen die Wand. Sie wehrt sich, ist vor Panik völlig außer sich, aber er registriert es gar nicht, sondern pinnt sie rücklings fest. Gegen ihren Willen. Eindeutig. An Händen und Füßen befestigt er sie am Andreaskreuz und widmet sich ihrer Vorderseite!

Als ihr die Haare ins Gesicht fallen und er ihren Ausdruck nicht mehr sehen kann, flucht er leise und streicht sie aus ihrem Gesicht. Seine Finger beben dabei, dann macht er wieder weiter … Immer weiter … bis ich das Gefühl habe, mich übergeben zu müssen.

Meine Hände sind in meinem Schoß verkrampft, und ich presse meine Fingernägel in die Handfläche der anderen Hand, um nicht dazwischen zu gehen. Das hier hat nichts mehr mit Lust zu tun, mit einer Art Spiel oder Ähnlichem. Das hier ist todernst, und ich frage mich, ob er jemals aufhören wird.

Dann platzt ihre Haut direkt an ihrem Bauch und sie schreit so grell auf, dass mich nichts mehr auf meinem Platz hält und ich aufspringe. Mein Herz setzt ein paar Schläge aus, nur um dann ein Tempo vorzulegen, als wäre ich im Einsatz.

Er stockt kurz und legt den Kopf schief, beobachtet, wie ein feines Rinnsal Blut an ihrem geröteten Körper herabläuft und sich zwischen ihre Beinen verirrt.

Spätestens jetzt ist der Punkt gekommen, um diese Folter zu beenden. Doch er blickt hoch in ihre feuchten Augen und sein Gesicht ziert ein derart böses und dämonisches Lächeln, wie ich es noch nie bei einem Menschen gesehen habe.

Unverhofft holt er aus und schlägt sie erneut – noch fester –, seine Muskeln beben und sie schreit wieder.

»HÖR AUF!«, rufe ich automatisch, aber er lässt sich nicht aufhalten, hat mich vermutlich nicht einmal gehört, viel zu sehr ist er in seiner eigenen Welt gefangen.

Seine heiß geliebte Kontrolle ist nicht länger existent. Er ist definitiv nicht mehr er selbst. Das Bedürfnis, sie, aber auch ihn vor sich selbst zu retten wird übermächtig und ich stürme aus dem Raum, direkt auf die andere Seite der Scheibe.

»ALEC, hör auf!« Ich packe seinen Arm, finde aber kaum Halt an seiner schweißbedeckten Haut. Er ist wie von Sinnen, schüttelt mich ab wie ein lästiges Insekt und stößt mich schließlich grob zur Seite, als ich vehementer zugreife.

Er hat völlig die Kontrolle verloren!

Währenddessen schreit sie immer lauter, immer verzweifelter, als er ihr weitere Wunden zufügt. Einige

Sekunden blicke ich hilflos auf die Situation und tue dann das einzig Richtige ...

Ich werfe mich zwischen die beiden.

»STOPP!«, rufe ich aus vollem Halse, sehe gerade noch, wie die Schnur der Peitsche hoch in die Luft geschleudert wird und … wie sein Arm dort oben innehält.

Atemlos starren wir uns an, seine Muskeln beben.

Hinter mir wimmert die Frau, vor mir keucht Alec … er sieht mich an, als würde er mich nicht kennen und ich kann den Kampf in seinen Augen beobachten. Den Kampf gegen den Wahnsinn.

Scheiße … ich hätte niemals gedacht, dass es so übel ist.

Aber er hat aufgehört! Obwohl ich mir zwischendurch nicht sicher war, ob er mich schlagen würde, hat er es nicht getan.

Zaghaft mache ich einen Schritt auf ihn zu, hebe die Hand und … berühre seine feuchte Wange.

»Shhh …«, murmle ich und streichle seine erhitzte Haut.

Sein Blick fliegt von mir zu ihr und wieder zu mir … dann schließt er die Augen und senkt den Arm. Die Peitsche fällt dumpf zu Boden, doch ich beachte sie nicht weiter, fokussiere mich nur auf ihn.

Er runzelt die Stirn und presst die Lippen zusammen. Seine Atmung wird ruhiger. Dann … öffnet er die Augen wieder und sieht mich an. In seinem Blick liegen so viel Kummer, so viel Verletzung und so viel Schmerz, dass mir erneut die Tränen kommen.

Das ist wirklich schlimm … er ist gebrochen … kaputt. Das hätte ich niemals erwartet.

Kurz frage ich mich, ob Anne davon gewusst hat. Ob sie diese Art von Material suchte, um das alleinige Sorgerecht für die gemeinsame Tochter zu erlangen, und wieso sie mich nicht gewarnt hat, falls es so war. Aber ich schiebe den Gedanken beiseite. Jetzt ist nur eins wichtig!

»Alec …«, flüstere ich und rücke näher an ihn. Er tritt sofort einen Schritt zurück und schüttelt den Kopf, kann mich nicht mehr ansehen und umrundet mich.

»Fuck …«, murmelt er, sobald er die immer noch wimmernde Frau mustert, und dann … fährt er sich völlig verzweifelt durch die Haare. Er wirkt wie ein verlorener Junge. »So schlimm war es noch nie …«, wispert er mir oder ihr zu, ich weiß es nicht, und macht sich daran, die Fesseln zu lösen.

Sie sinkt in seine Arme und schluchzt ungehalten an seiner Schulter. Er hält sie einige Sekunden völlig ratlos und hilflos fest. Ihr Blut verschmiert alles und ich merke, wie überfordert er ist.

Ab hier übernehme ich. Ich kann ihn unterstützen, wenigstens jetzt … und trete an die beiden heran.

»Ich helfe dir …«, flüstere ich und berühre ihre Schulter, da wo sie unverletzt ist, streichle sie zart und sofort schmeißt sie sich von ihm zu mir. Sie ist nichts als ein dünnes, bebendes Etwas und hat mein ganzes Mitgefühl. Vorsichtig drücke ich sie an mich und unterdrücke meine Tränen, um ihr ein wenig

Sicherheit zu vermitteln. »Shhh … es ist jetzt vorbei. Was hältst du davon, wenn wir dich waschen, hm?«

Sie nickt sofort schluchzend, während Alec mich ansieht, als wäre ich eine Fremde. Doch als ich ihm streng zunicke, fängt er sich und strafft die Schultern.

»Ich lasse ihr ein Bad ein!« Und dann nimmt er sie mir einfach ab, hebt sie auf seine Arme und eilt aus dem Zimmer, sodass ich Probleme habe, ihm zu folgen.

Kapitel 21

Ich setze mich durch, sage ihm, er solle es mir überlassen, sie zu waschen. Er ist zu aufgelöst, als sich um sie kümmern zu können, auch wenn er versucht, sich zusammenzureißen. Und so wartet er bei uns im Bad, ist jedoch nicht in der Lage, mir in die Augen sehen, während ich sie vorsichtig mit einem Schwamm säubere und mich mit ihr über alltägliche Dinge unterhalte, um sie abzulenken.

Das Mädchen kommt aus dem Osten, ist hier gestrandet, um das große Geld zu machen und arbeitet als Schmerzsklavin. Sie ist gerade mal einundzwanzig, hat drei kleine Geschwister, die sie versorgen muss, und tut für Geld notgedrungen so ziemlich alles. Und hier hat sie die Möglichkeit, an einem Abend so viel Geld zu verdienen, dass ihre Familie problemlos längere Zeit leben kann – recht gut leben! Sie kann sogar sparen, um sich irgendwann ein kleines Häuschen zu bauen. Als sie davon erzählt, strahlen ihre Augen verträumt.

Von meiner Fürsorge ist sie nicht verwundert, im Gegenteil, sie meint, der Großteil sei danach auf ihr Wohlergehen bedacht und sorge sich um sie. Ich will vor Alec nicht ins Detail gehen und mich erkundigen, ob eine derartige Session normal ist, doch gleichzeitig brenne ich darauf, mehr zu erfahren.

Und so bin ich froh, dass er kurz das Bad verlässt, um ihr frische Kleidung zu holen. Dann berichtet sie mir davon, schon öfter mit ihm zusammen gewesen zu sein, macht aber auch deutlich, dass heute irgendetwas anders war – noch nie habe er sich so vergessen.

Einige Sekunden streite ich mit mir selbst, frage aber schließlich nach seinen Vorlieben und … wünsche mir im nächsten Moment, ich hätte es nicht getan. Nun habe ich Schwierigkeiten, die Bilder zu vertreiben, die ihre Schilderungen über Alecs Vorlieben heraufbeschwören.

»Er steht schon auf ein paar seltsame Dinge, jedoch kann ich mich bei keinem anderen so fallen lassen oder habe stärkere Orgasmen. Normalerweise ist er sehr sorgfältig mit der Peitsche und kann gut einschätzen, wann man seine Grenzen erreicht, ohne demjenigen auch nur den geringsten Kratzer zuzufügen. Klar, ein paar Striemen bleiben zurück, die er danach jedoch immer eincremt, sodass sie recht schnell verschwinden. Das heute ist noch nie vorgekommen«, verkündet sie schon wieder lockerer und grübelt weiter vor sich hin … »Irgendwie war er ganz anders als sonst.«

Mir ist sofort klar, dass ich etwas damit zu tun haben muss, nur verstehe ich nicht ganz, wie meine Anwesenheit so eine Wirkung auf ihn haben kann. Das muss ich unbedingt in Erfahrung bringen.

Seufzend schließe ich die Augen und versuche, mit den heutigen Ereignissen klarzukommen. Spätestens jetzt sollte ich gehen, ihn verlassen, aber ich bringe es nicht über mich. Er ist der Mann, in den ich mich unsterblich verliebt habe, und wie feige wäre es, bei dem kleinsten Problem die Flucht zu ergreifen, wobei dieser Vorfall schon eine Nummer größer ist.

Zumal ich für seinen Aussetzer auch noch die Verantwortung zu tragen scheine.

Ob sich die Gefühle für ihn verändert haben, kann ich jetzt nicht ergründen, ich will es auch gar nicht … Eigentlich ist mir eher danach, mich in meinem Bett zu verkriechen, die Geschehnisse auszublenden und einfach nur zu schlafen. Ich bin völlig ausgelaugt. Andererseits auch total aufgekratzt.

Als Alec mit frischer Kleidung zurückkehrt, geht es Dana schon besser. Sie versucht sogar, ein wenig witzig zu sein und mich aufzumuntern. Ich bin froh darüber, denn so fällt es mir leichter, nicht übermäßig nachzugrübeln.

Zum Glück hat er sich ebenfalls wieder gefangen – ist erneut ganz sein kontrolliertes, kühles Ich, als er ihr hilft, sich anzuziehen, nachdem ich ihre Wunden versorgt habe. Er versichert ihr, das Doppelte zu zahlen, und nimmt ihr das Versprechen ab, Stillschweigen zu bewahren. Ich weiß, dass er sich damit nicht freikaufen will, es ist eher seine Art einer Entschuldigung. Anders schafft er es nicht, und mein erschrockenes Herz schmilzt wieder ein bisschen.

Ja, ich glaube, ich fühle immer noch dasselbe, und gleichzeitig wünschte ich, ich würde es nicht tun.

Er sieht mich immer noch nicht an, aber ich folge ihm aus dem Club bis zu seinem Wagen, der davor wartet. Wortlos hält er mir die Tür auf und gleitet nach mir in die Limousine.

Sofort lässt er seinen Kopf gegen die Stütze nach hinten fallen, schließt die Augen und reibt sich die Stirn. »Ist es das, was du willst?« Ich spüre seine Angst vor meiner Antwort förmlich in der Luft und weiß, dass sie noch so viel mehr bedeutet … als er eigentlich sagt.

Tja … will ich das? Ganz sicher nicht!

Will ich IHN – auf jeden Fall!

Es ist verrückt, aber wahr.

Meine Stimme ist leise, klingt jedoch selbstsicherer, als ich bin. Worauf ich ein klein wenig stolz bin. »Wieso tust du so etwas?«

»Ich brauche es«, erwidert er klipp und klar.

»Wieso?« Er atmet tief durch, wirkt mit einem Mal völlig ausgelaugt und schüttelt den Kopf.

»Das zu erklären würde zu lange dauern …«

»H… hat es was mit deiner Kindheit zu tun?«, bohre ich vorsichtig nach und er wirft mir einen Blick zu, der fast schon wieder seinem alten spöttischen Ich ähnelt.

»Nein, Samantha. Ich wurde weder misshandelt noch bekam ich nichts zu essen. Meine Kindheit war wie aus einem Bilderbuch. Meine Eltern leben auch noch … Es gibt keine Traumata, die ich hierdurch aufarbeite … Es war schon immer in mir. Ich *bin* so.«

»Das glaube ich nicht!«

»Wie ist es dann bei Schwulen oder Lesben?« Und die erhobene Augenbraue ist auch wieder zurück, wie ich sie doch vermisst habe.

Darauf habe ich tatsächlich keine Antwort, stattdessen streiche ich mir mit beiden Händen die Haare aus dem Gesicht und massiere mir den verspannten Nacken. Als er die Hand ausstreckt und seine Finger meine wegschieben, stocke ich einen Moment und er tut es mir gleich.

Wie ist es jetzt von ihm, berührt zu werden? Müsste es nicht anders sein? Müsste ich keine Angst haben? Ich merke selber, da sind eindeutig zu viele Erwartungen in meinem Kopf. Zu viele Muster, wie etwas sein MÜSSTE.

Wir sehen uns an, er ist bereits dabei, die Finger wegzuziehen, als ich entscheide, dass alles beim Alten ist. Es kribbelt, wenn er mich berührt und ich will immer noch mehr … Also schließe ich seufzend die Augen, halte seine Hand auf und genieße das Gefühl seiner Finger. Er massiert mich sanft und murmelt:

»Ich wollte zwar, dass du mein wahres Ich siehst … aber nicht so … Es schien, als wäre ich an einem ganz anderen Ort. Alles wirkte so surreal. Ich kann es schwer beschreiben. Eigentlich war der Abend dazu gedacht, dir zu zeigen, worauf du dich einlässt – auf die harte Art. Doch dann trieb mich ein Teil in mir an, immer stärker zuzuschlagen, ein Teil, der sich deiner Anwesenheit durchaus bewusst war. Meine Kontrolle entglitt mir völlig und das ist noch nie geschehen.«

»Die letzten Male hast du dich auch kontrolliert.«

»Aber du hast keine Ahnung, wie viel es mir abverlangte …«

»Auch wenn wir normalen Sex haben?«

»Nicht so sehr.«

»Wieso nicht?«

»Na ja … das könnte daran liegen, dass ich normalerweise gar keinen normalen Sex habe.« Ich starre ihn an, als würde ich ihn das erste Mal in meinem Leben sehen. »Es funktioniert mit anderen Frauen nicht. Ich komme bei ihnen nicht.« Er zuckt mit den Schultern.

»Aber … aber die zwei Frauen, mit denen du im Club vor mir geschlafen hast …«

»Erstens war das Ficken, und zweitens warst du da anwesend.« Ich sehe ihn ungläubig an.

»Wieso denkst du, ist das so?« Den Kopf schief legend beobachte ich ihn interessiert, wobei meine Lider schon wieder zugleiten, weil er genau an der richtigen Stelle massiert. Seine Finger sind so sanft …

»Ich liebe Frauen, versteh mich nicht falsch … aber ab einem gewissen Punkt widern sie mich an …« Seine Stimme ist eiskalt, total verächtlich. Oh mein Gott … er hat wirklich ein paar ernst zu nehmende Probleme!

»Wieso?«

»Ich weiß es nicht, okay, können wir das Thema wechseln?« Mit einem Mal klingt er ziemlich aggressiv und ich rudere zurück.

»Okay! Tut mir leid, wenn ich dir zu nahe getreten bin!« Entschuldigend hebe ich beide Hände, er seufzt und zieht seine Hand zurück.

»Nein, ist schon gut …« Er fährt sich durch die Haare. »Es ist wichtig, dass wir offen miteinander reden, aber es gibt so viel, was ich verarbeiten muss, worüber ich mir klar werden muss …« Dann wendet er sich mir richtig zu und nimmt vorsichtig meine Hand, streichelt mit seinem Daumen über meine Knöchel, während er die andere auf die Lehne stützt und ein paar Strähnen hinter mein Ohr klemmt.

»Diesmal bist du nicht gelaufen und das, obwohl ich fest damit gerechnet habe.« Ich schüttle den Kopf.

»Ich werde nicht mehr vor dir davonlaufen«, murmle ich und fühle, wie meine Wangen heiß werden, als er sich vorbeugt.

»Du überrascht mich immer wieder aufs Neue, Samantha Stone ...« Hauchzart küsst er mich. Ich weiß, dass er sich mit Absicht extrem zurückhält. Er hat immer noch Angst, dass ich verschwinden, dass er mich verschrecken könnte. Aber das kann er nicht. Wenn nicht mit dem, was ich gerade gesehen habe, womit dann?

Ich schlinge meine Arme um seine breiten Schultern und küsse ihn richtig. Er stöhnt hilflos und erwidert so verzweifelt meinen Kuss, dass mir wieder Tränen in die Augen steigen. Dabei hebt er mich auf seinen Schoß und ich umarme ihn noch fester. Er wirkt so ... *dankbar* ... und bohrt sich damit direkt in mein Herz – unwiderrufbar.

Ich werde doch laufen – aber mit ihm an meiner Seite. Komme, was wolle.

Kapitel 22

Die halbe Nacht liege ich in seinen Armen und überlege, wie es nun weitergehen soll. Wie kann ich ihm helfen? Wie kann ich diese Geschichte zum Funktionieren bringen? Obwohl meine Augen bereits vor Müdigkeit brennen, kann ich sie nicht schließen, und so beobachte ich ihn von der Seite, während er auf dem Rücken ruhig ein- und ausatmet.

Sein Profil ist so schön, schier perfekt. Er sieht aus wie ein Engel, doch in ihm steckt alles andere als das.

Eine Dunkelheit, die droht, ihn zu verschlingen – und mich gleich mit. Dennoch kann ich mich nicht dazu bringen, von ihm abzurücken. Ich kenne diese Dunkelheit – sie verfolgt auch mich schon lange. Ich sah sie in den Augen meiner Kameraden, in den Augen von Ben, und ja, auch in meinen eigenen, wenn ich in der Nacht aufwache, durchgeschwitzt und geplagt von Albträumen, die lediglich grausame Erinnerungen darstellen. An eine Zeit in der Spezialeinheit, an meine Taten und an die ewig schmerzenden Verluste, die ich wohl niemals verarbeiten werde.

Aber ich bin mir gleichzeitig sicher, dass wir zusammen aus ihr heraus und in das Licht treten können.

Es wäre ja auch viel zu einfach, wenn er nur perfekt wäre, oder?

Seufzend kuschle ich mich enger in seine Arme.

Eins ist gewiss: Er würde mir niemals so etwas antun wie dieser armen Frau im Club.

Dafür respektiert er mich zu sehr.

Doch offenbar gibt es einen Teil in ihm, der das wollte. Seine Beichte, die schonungslose Ehrlichkeit seiner Worte vorhin zeugen davon. JA. Vielleicht hat sich ein Teil in ihm gewünscht, dass ich diese Frau bin, die ihm ausgeliefert war. Doch dem weitaus größeren Teil ist das zuwider. Deshalb weigert er sich jetzt so vehement, mich mit seinen Dämonen zu konfrontieren. Allein dafür verdient er meinen Respekt. Ganz zu schweigen davon, dass ich ihm den Arsch aufreißen würde, sollte er sich mir gegenüber so vergessen.

Jetzt verstehe ich auch, wieso er am Anfang so zwanghaft wollte, dass ich mich von ihm fernhalte. Doch er konnte nicht die Finger von mir lassen – genauso wenig wie ich von ihm.

Dank ihm habe ich Anne verraten. Anne, meine beste Freundin. Wobei ich mir an dem Punkt definitiv nicht mehr sicher bin. Ich habe eine Seite an ihr kennengelernt, die mir völlig neu ist. Außerdem hat sie mich mit Alec ins offene Messer laufen lassen. Mittlerweile ist mir klar, dass sie von seinen Neigungen gewusst hat, dass sie Videomaterial mit einer dieser Sessions haben wollte. Damit wären ihre Chancen auf das alleinige Sorgerecht gestiegen. Aber sie hat mich damit im Dunkeln gelassen. Mein schlechtes Gewissen hält sich demnach in Grenzen.

Diese Angelegenheit werde ich noch mit ihr klären, denn ich lasse mich nicht weiterhin von ihr manipulieren. Was auch immer sie für ein Problem mit ihm hat, sie kann ihm unmöglich vorwerfen, ein schlechter Vater zu sein. Seine Tochter hat es gut bei ihm, sogar richtig gut, und sie haben ein inniges Verhältnis zueinander. Sie ihm zu nehmen würde ihn komplett in die Dunkelheit stürzen, und ich will ganz sicher nicht dafür verantwortlich sein. Ich habe Anne blind vertraut, darauf gehört, was sie mir von Alec erzählte, ohne mir ein eigenes Bild zu machen. Das wird mir definitiv nicht noch einmal passieren.

Ihn nicht verraten zu haben erleichtert mich, auch wenn das Videomaterial Anne nichts genützt hätte, zumindest nicht viel. Aber es zeigt, wie verzweifelt sie ist und wie sehr sie Alec hassen muss.

Ich kann mich nicht davon abhalten und streiche mit meinem Zeigefinger über seine Unterlippe. Es kribbelt, eigentlich sollte ich mich mittlerweile daran gewöhnt haben – habe ich aber nicht.

Er verzieht seine Lippen ein wenig und runzelt die Stirn. Langsam wacht er auf und dreht mir das Gesicht zu. Verschlafen blinzelt er, bevor er lächelt – traurig.

»Du bist noch da …« Seine Stimme klingt kratzig und tief. Gänsehaut gleitet sanft meinen Rücken hinab. Es ist der Wahnsinn, wie intensiv ich allein auf seine Stimme reagiere.

»Wo sollte ich sonst sein?«

»In Sicherheit …«, murmelt er und streckt die Hand nach mir aus. Ich ergreife sie und schmiege sie an meine Wange.

»Ich bin bei dir sicher. Hör auf, dir etwas anderes einzureden.« Als Antwort presst er nur die Lippen aufeinander. »Und ich denke, ich weiß … wie du diese angestauten Gefühle anderweitig herauslassen kannst, als unschuldige Frauen zu peitschen …«, flüstere ich, denn ich hatte nun wirklich lang genug Zeit, um mir darüber Gedanken zu machen. Er dreht sich lediglich auf die Seite und hebt eine Augenbraue.

»Hmmm …« Sein Daumen streicht sanft über meinen Wangenknochen. »Denkst du?« Ich grinse selbstzufrieden.

»Auf jeden Fall!«

»Und ich müsste keine Angst haben, dich zu verletzen?«

»Definitiv!«

»Aber in den Club … werden wir nie wieder miteinander gehen!«

In dieser Hinsicht werde ich in baldiger Zukunft ein Veto einlegen, aber noch nicht jetzt. Er wird Zeit brauchen, um mit seinem alten Leben abzuschließen und mich in sein neues zu integrieren.

»Wie du willst«, murmle ich, beuge mich zu ihm und küsse ihn sanft. »Ich tue, was du willst. Ich bin schließlich dein«, wispere ich neckend und streiche mit meinem Mund über seinen. Er grinst träge und etwas von dieser unendlichen Traurigkeit verschwindet aus seinen Augen.

»Das bist du … und wenn ich dich habe, brauche ich keine anderen Frauen. Ich gehöre dir, so wie du mir gehörst.« Oh mein Gott … Das reißt mir tatsächlich im übertragenen Sinn den Boden unter den Füßen weg. Der liebevolle Alec ist hinreißend.

Mein Lächeln wird breiter. Ich habe wegen Benjamin immer noch ein schlechtes Gewissen, aber andererseits weiß ich, dass er gewollt hätte, dass ich glücklich bin. Und Alec macht mich glücklich. Gleichzeitig kann ich ihm helfen, seine Dämonen in Schach zu halten, und somit gewinnen wir beide.

Wie es weitergehen wird? Keine Ahnung, aber ich habe das dumpfe Gefühl, dass die Chancen auf ein Happy End gar nicht mal so schlecht stehen.

»Solange du mich willst, werde ich alles für dich tun. Ich bin dein Sklave …«, ergänzt er leise und seine Stimme zittert ein wenig! Alec Morgan ist unsicher – meinetwegen!

»Ich will.« Dann küsse ich ihn richtig, zärtlich und sanft und vertrauensvoll.

Ich liebe ihn und ich will ihn … Die Liebe für diesen Mann schwirrt warm durch meinen Bauch und lässt keine Zweifel zu. Also schwinge ich ein Bein über seine Hüfte und ziehe mein Höschen zur Seite. Er will protestieren, aber meine nächsten Worte rauben ihm den Atem.

»Ich liebe dich …« Das und die Tatsache, dass ich auch seine Shorts nach unten ziehe und mich auf seinem harten, bereiten Schwanz niederlasse. »Ich weiß, es wird nicht immer leicht, aber ohhh mein Gooootť!« Sobald er ganz in mir ist, fühle ich ihn schier bis in meinen Bauch und lasse meinen Kopf zurückfallen.

Es ist intensiv, alles verzehrend, und ich bin absolut darauf versessen, ihm das zu entlocken, wozu ihn schon lange keine Frau mehr gebracht hat. Langsam kreise ich meine Hüften, nehme seine Hände, lege sie auf meine Brüste und verschränke seine Finger mit meinen. »Aber du gehörst mir … und ich will … alles von dir.«

Er knurrt leise und stößt leicht nach oben, eine eindeutige Aufforderung, der ich nachkomme.

Grinsend erinnere ich mich an seine Anleitung von damals und gehe über ihm in die Hocke, präsentiere mich ihm völlig im sanften Mondschein und lasse ihn alles sehen, als ich mich erneut auf ihn senke. Langsam – quälend langsam.

Er flucht leise und wirft den Kopf zurück. Die Muskeln an seinem Hals spannen sich an; ich liebe es, ihn so zu foltern und ich kann ihn verstehen. Es sieht wirklich zu sexy aus, als dass ich jetzt damit aufhören könnte.

Also fange ich gemächlich an, mich nach oben und unten zu bewegen.

»Gefällt es Ihnen so, Sir?«, frage ich neckend und seine Augen verdunkeln sich sofort.

Er erschreckt mich, in dem er nach oben schießt, seine Hand in meinem Haar vergräbt und seine Lippen auf meine presst. »Du bist wirklich eine aufmerksame Schülerin, Baby … mach es schneller … dann gefällt es mir noch besser.« Er packt mit beiden Händen meine hinteren Backen und unterstützt meine Bewegungen. Hilflos kralle ich mich an seinen Schultern fest, stöhne laut in sein Ohr und wimmere nicht nur einmal seinen Namen.

Ich muss es schaffen … erst dann gehört er wirklich mir. Doch ich werde wohl vor ihm weggeschwemmt, so wie sich das im Moment anfühlt.

»Bitte …«, keuche ich in sein Haar und umfange seinen Kopf mit beiden Armen, bewege mich noch intensiver, lasse mich so hart auf ihn herab, dass es mir fast Schmerzen bereitet und er stöhnt stranguliert. Seine Finger bohren sich in meinen Hintern … »Bitte Alec …«

Tränen treten mir sogar in die Augen, aber es gelingt mir nicht.

Ich komme allein, völlig allein, und fange an zu weinen.

Ist es wirklich so hoffnungslos?

Geschlagen lasse ich mich auf ihn fallen und bebe am ganzen Körper. Dieser Ritt war mehr als anstrengend, hat aber … *nichts gebracht* … Vielleicht bin ich doch nicht die Eine für ihn. Vielleicht bilde ich mir nur ein, ich könnte ihn retten.

»Samantha …« Seine Stimme ist sanft und zittrig, auch er bebt, als er versucht, mein Gesicht anzuheben, das ich in seiner Halsbeuge vergraben habe. Ich schüttle den Kopf und schluchze auf. Wenn er jetzt sagt, dass es ihm leidtut, muss ich ihn schlagen! »Bitte ... Baby … es tut …«

»NEIN!«, rufe ich aus und springe von ihm runter. »Wage es ja nicht, dich zu entschuldigen!« Ich muss weg … allein sein. Meine Gefühle ordnen. Das war so demütigend …

Sein Blick wirkt so gequält, als ich zitternd und weinend vor ihm stehe – die Decke schützend an meine Brust gedrückt. Er presst den Kiefer so fest aufeinander, dass es wehtun muss, aber er lässt mich gehen …

Im Bad sperre ich mich ein und lehne mich schwer gegen die Tür – erlaube mir zusammenzubrechen. Dann heule ich … heule, bis ich nicht mehr kann.

Dieser Tag war einfach zu aufreibend. Unser beider Nerven sind angeschlagen und wir brauchen Zeit. Mir ist jetzt klar, dass es wohl nicht so einfach wird, wie ich dachte. Trotzdem steht mein Entschluss fest:

Es wird noch ein langer Weg, aber wir werden ihn gemeinsam beschreiten, bis zum bitteren Ende …

Kapitel 23

Alec ist der perfekte Gentleman. Er hält mir Türen auf, zieht mir den Stuhl raus. Stellt mich überall stolz als seine Freundin vor. Küsst ständig meine Fingerknöchel oder meine Stirn. Immer wieder streicht er mir durch die Haare und zeigt mir durch winzig kleine Gesten, wie wichtig ich ihm bin und … wie groß sein schlechtes Gewissen ist.

Doch so perfekt es nach außen hin wirkt, die Idylle trügt.

Er schläft nicht mehr mit mir.

Bei der Arbeit ist er unnachgiebig und hart wie nie zuvor. Seine Geschäftspartner haben keine Chance, genauso wenig wie seine Mitarbeiter. Eine Zeit lang schaue ich mir das Spiel an, nach ein paar Tagen versuche ich, mit ihm zu reden. Er blockt ab und zieht sich immer mehr zurück – in die Dunkelheit.

Doch ich lasse ihn nicht los, gebe nicht auf, und so fühlt es sich ein wenig wie ein Kräftemessen an. Ich will ihn im Licht halten, während er immer mehr abzudriften scheint. Es ist anstrengend, aber ich wehre mich – lächle ihn an, kuschle mich vertrauensvoll in seine Arme und ignoriere den Stich in meiner Brust, wenn er mich abweist.

Dabei liegt es nicht daran, dass er mich nicht begehren würde. Das tut er, aber er kann nicht anders. Seine Angst ist zu groß.

Nur Laila vermag es, die Dunkelheit für einen Moment komplett zu vertreiben, sodass ich einen völlig losgelösten

Alec Morgan genießen kann. Ich hoffe, ihre Wirkung hat durch den geplanten gemeinsamen Urlaub mit ihr einen nachhaltigeren Effekt. Sie könnte die letzte Rettung für ihn sein.

***

Heute soll es losgehen. Eine ganze Woche wird er mit ihr wegfliegen. Wohin, weiß ich nicht. Er weigert sich strikt, es mir zu erzählen.

Dementsprechend mürrisch bin ich, als ich früh aufstehe und völlig schlaftrunken an Sascha vorbeischlurfe, ihn grummelnd grüße, in die Küche trete und erstarre.

Denn dort auf dem Hocker vor dem Tresen sitzt Alec Morgen in einem sexy schwarzen Anzug, mit seinen sexy schwarzen Haaren und seiner sexy schwarzen Seele und grinst mich an. Seine Augen strahlen kurz, als er mich in meinem kleinen Top und meinem Höschen inspiziert, doch so wie immer die letzten Tage scheint er dieses Funkeln mit Gewalt zurückzudrängen und sieht mich stattdessen blank an.

»Was tust du denn hier?«, frage ich und gähne ausgiebig.

»Glaubst du etwa … ich fliege ohne meine Freundin auf die Malediven?« OH mein Gott! Völlig perplex steht mir der Mund offen. Ich muss eindeutig noch schlafen. Doch langsam, aber sicher breitet sich ein glückseliges Lächeln auf meinem Gesicht aus.

»Ehrlich?«, hake ich nach und er steht auf, geht auf mich zu und nimmt meine Hand.

»Ehrlich!« Somit zieht er mich an sich und küsst mich – kurz, aber so unsagbar süß, dass mein Herz einen Sprung macht und ich erneut Hoffnung für uns beide schöpfe.

Natürlich fliegen wir mit Mister Bonzes Privatjet, was mich nicht hätte wundern sollen. Trotzdem ist mir der ganze Aufwand unangenehm.

Laila lenkt mich jedoch mit ihrer unnachahmlich erfrischenden Art ab, indem sie sich auf meinen Schoß setzt und ausgiebig mit mir kuschelt, bis sie einschläft. Sie ist so zauberhaft, dass ich sie ganz verliebt betrachte, während Alec uns gegenübersitzt und uns beobachtet.

Seine Miene ist jedoch undurchdringlich, wie so oft, sodass ich nicht weiß, was in ihm vorgeht. Irgendwann schlafe auch ich ein und wache erst wieder auf, als wir landen.

Wunderbare Hitze schlägt uns entgegen und ich heiße sie willkommen. Manchmal frage ich mich, wieso ich nicht in so einem warmen Land wohne, ich hasse Schnee und Kälte und Regen. Dann fällt mir ein, dass diese Inseln dem Untergang geweiht sind, und weiß wieder, wieso ich in einer Großstadt auf dem amerikanischen Festland wohne.

Diese Insel gehört natürlich ihm – er hat sie nach seiner Tochter benannt … was mir wieder zeigt, was für ein Vater er ist. Aber so schön es hier auch ist, selbst das attraktivste Eiland birgt seine Schattenseiten.

Alec hebt die Kleine auf die Schulter, während wir uns auf den von Palmen gesäumten Weg zu unserem Bungalow begeben. Er liegt direkt am Meer. Die Bediensteten warten bereits auf uns, bewaffnet mit leckeren Cocktails und

Fruchttellern. Es ist wie ein Traum und ich entscheide mich dazu, die Dunkelheit hinter uns zu lassen. An diesem sonnigen Ort geht es doch gar nicht anders. Oder? Wir sind schließlich im Paradies!

Den ersten Tag verbringen wir damit, uns einzurichten und am Abend sind wir alle so müde, dass wir auf der Couch bei einem Kinderfilm einschlafen. Gleich am nächsten Morgen will Laila schwimmen gehen, natürlich erfüllen wir ihr gern diesen Wunsch.

Und so finde ich mich mit einem unsagbar leckeren Cocktail in der Hand nur ein paar Meter von den rauschenden Wellen auf einem Liegestuhl wieder und sehe den beiden beim Planschen im glasklaren Wasser zu.

Alec wirkt dabei so unbeschwert, geradezu glücklich. Sein Lachen ist ansteckend und macht ihn noch anziehender, als er sowieso schon ist. Ausgelassen tobt er mit seiner Tochter durch die Wellen, tut so als wäre er ein heißer Hai und schlägt immer wieder zu, um sie zu packen, in die Luft zu werfen und im Wasser landen zu lassen. Ihr Gekichere bringt auch mich zum Lächeln und irgendwann lege ich meinen Reader auf das kleine Tischchen, drehe mich auf die Seite und nehme damit vorlieb, ihn zu beobachten. Genau genommen kann ich meinen Blick überhaupt nicht mehr abwenden, viel zu gebannt bin ich von der glücklichen Seite in ihm.

Seine dunklen Haare wehen, seine braunen Augen funkeln, Wassertropfen perlen über seinen trainierten Körper, auf dem die schwarze Badehose verboten tief sitzt.

Er sieht aus wie ein Meeresgott mit seinem blond gelockten Nachwuchs.

In solchen Momenten bin ich so stolz darauf, dass Alec Morgan zu mir gehört. Es ist unglaublich. Doch dabei reduziere ich ihn keineswegs nur auf sein perfektes Äußeres, es ist seine gesamte Art, die mich in ihren Bann zieht. Und ich habe weder die Kraft noch die Lust, mich dagegen zu wehren.

Wenn er dazu fähig ist, solch tiefe Gefühle für seine Tochter zu empfinden, dann muss es doch auch möglich sein, dass ich diese in ihm wecken kann. Denn er KANN lieben und das mit jeder Faser seines wunderschönen Körpers. Das sehe ich hier ganz deutlich vor mir.

Als er meinen sehnsüchtigen Blick auffängt, verdunkelt sich seiner. Er redet kurz mit Laila und kommt dann zu mir durch den heißen Sand geschlendert.

»Was macht dich so glücklich?«, fragt er und sinkt vor mir in die Knie, sodass unsere Gesichter auf einer Höhe sind. Oh, wie habe ich dieses Funkeln in seinen Augen und dieses sanfte Lächeln nur vermisst?!

»Du …«, murmle ich und streiche über seine kerzengerade Nase. Immer noch lächelnd beuge ich mich vor, um ihn zu küssen, merke aber in dem Moment, dass er sich versteift. Er weicht zurück und ich presse die Lippen aufeinander.

»Soll ich dich eincremen und dabei massieren? Nicht dass du einen Sonnenbrand bekommst«, bietet er an und … ich bin nicht fähig, abzulehnen, auch wenn es nur eines seiner ausgeklügelten Ablenkungsmanöver ist.

***

Nach der Massage bin ich völlig entspannt und döse ein wenig vor mich hin. Die Träume, die mich schon die letzten Wochen verfolgen, werden immer aufwühlender und … vor allem klarer.

Ich befinde mich mit einem Mal in meinem Heimatort – in diesem kleinen Kuhkaff, das ich schon immer gehasst habe.

Es regnet wie aus Kübeln, während ich das Haus von Anne vor mir betrachte. Ich fühle mich verloren und weiß nicht, was ich tun soll, wo ich eigentlich hin soll. Mein Vater ist wieder betrunken, er brüllt mich nur an, egal was ich tue. Er stinkt und ... verliert sich vor meinen Augen. Ich kann es nicht mehr ertragen, also bin ich geflüchtet.

Der Regen schränkt meine Sicht ein, es ist kalt, doch hinter den Fenstern brennt warmes Licht. Ich sehne mich so sehr nach ein wenig Wärme, ein wenig Geborgenheit und Ruhe ... Wütend wische ich die Tränen von meinen Wangen.

Gerade will ich mich umdrehen und davongehen, irgendwo einen warmen Platz suchen, da öffnet sie die Tür und Benjamin steht vor mir – in nichts weiter als einem Muskelshirt und einer leichten Hose. Sein Anblick verschlägt mir den Atem – jedes Mal aufs Neue. Mit seinen gerade siebzehn Jahren ist er bereits ein richtiger Mann, mit grünen, sanften Augen und braunem, dichtem Haar.

In dem Moment bin ich für den Regen dankbar, der meine Tränen verdeckt, denn ich will vor ihm nicht schwach erscheinen. Es ist mir wichtig, was er von mir denkt.

»Samy, was machst du denn hier?« Barfuß eilt er durch den Regen auf mich zu und nimmt mich am zitternden Arm.

»Du bist ja völlig durchnässt! Komm rein!« Ohne auf eine Antwort zu warten, zieht er mich in das Innere des Hauses, wo es so heimelig wirkt, richtig gemütlich. Es riecht nach Kuchen und Tee und nach Familie und Liebe.

»Du musst aus diesen Sachen raus!« Bebend stolpere ich hinter Benjamin her und finde mich kurz darauf in seinem Bad wieder. Er ist immer noch so schön, und ich bin völlig mit ihm allein und er fängt an, mich auszuziehen. »Was ist nur mit dir los in letzter Zeit? Ich weiß ja, dass deine Mum weg ist und so, aber ich mache mir echt Sorgen um dich! Dieses ganze Gekiffe und der Alkohol und die Kerle!« Seine Augen funkeln nun nicht mehr so freundlich, als er mir den Pullover von den Schultern zerrt und sich dann vor mich kniet. Ehe ich mich versehe, hat er meine Jeans geöffnet und schiebt sie meine tauben Beine herab. »Das hast du doch gar nicht nötig! Dich für jeden herzugeben!«

Erneut sammeln sich Tränen in meinen Augen. Was soll ich denn tun? Ständig allein sein? Dadurch kann ich wenigstens für ein paar Stunden mein furchtbares Leben ausblenden, während ein grunzender Idiot sich linkisch in mir bewegt und dann kommt, ohne auch nur auf mich zu achten.

»Das muss aufhören, Samantha! Du verhältst dich wie eine billige Schlampe!« Ohhh Samantha, so nennt er mich nur, wenn er wirklich, wirklich sauer ist. Und ob ich will oder nicht, es breitet sich ein Lächeln auf meinem Gesicht aus, doch dann schluchze ich auf.

Sofort schlage ich die Hände vor den Mund und er erstarrt in seinen Bewegungen.

»Scheiße!«, knurrt er und dann schnellt er auf die Beine. »Scheiße ...« Hilflos fährt er sich durch das Haar. »Das wollte ich nicht, Samy! Du bist natürlich keine Schlampe! Das meinte ich ja, du bist alles andere als das! Du bist so viel mehr! Bitte, hör auf zu weinen!« Aber ich kann nicht, jetzt erst recht nicht, nicht wenn er so süß ist und schon gar nicht, als er mich in seine Arme zieht.

Er riecht so gut, oh Gott, ich habe seinen Duft schon immer geliebt, und ... eigentlich will ich doch nichts anderes. Nur seine starken, drahtigen Arme um mich, nur seine Brust, um seinem Herzschlag zu lauschen.

Ich liebe ihn! Schon so lange! Aber nie hatte ich den Mut, es ihm zu zeigen! Aber was habe ich noch zu verlieren? Nichts!

Also rücke ich ab, nur um mich auf die Zehenspitzen zu stellen und meine Lippen auf seine zu pressen. Er erstarrt, oh nein!

Bevor seine Hand plötzlich nach oben schießt, er sie in meinem feuchten Haar vergräbt, er mich gegen die Wand drückt und stöhnt ... und dann küsst er mich zurück ... und ich bin die glücklichste Frau auf dieser Welt.

Ich weiß wieder ... wo mein Weg mich hinführt, überall hin, wo er ist. Und ich spüre, dass ich geliebt werde – gerade von ihm! Es ist wunderbar.

»Samy ...«, stöhnt er in meinem Mund und mit einem Mal verschwimmt alles und der Boden unter meinen Füßen verschwindet ...

Im nächsten Moment sind wir in einer zerbombten Ruine – mitten in einer orientalischen Stadt. Um uns herum knallt es so ohrenbetäubend laut, dass der Boden unter meinen Füßen bebt. Putz bröckelt von der Decke ... ich bin in voller Montur und knie in einem Raum, der wohl irgendwann ein Wohnzimmer war. Meine Kameraden, meine Freunde, meine Familie. Sie liegen tot um mich verstreut ... ihr Blut klebt an meinen Händen.

Benjamin liegt vor mir zwischen den Trümmern. Ich sehe in seine grünen Augen und weiß, es wird das letzte Mal sein, als er mir mühsam zuwispert: »Verschwinde!«, doch gleichzeitig packt er meine Hand noch fester.

Tränen laufen über mein Gesicht, mit einer Hand drücke ich auf eine der unzähligen Schusswunden, die seinen wundervollen Körper durchbohrt haben und schwächen. Mir ist klar, er hat keine Chance mehr ... aber wenn er stirbt, was bleibt mir dann noch? Benjamin ist mein Ein und Alles.

»Nein! Ich gehe nicht!«

»SAMANTHA!«, knurrt er ... und keucht dann vor Schmerzen auf. Die Tränen nehmen mir die Sicht; wütend wische ich sie weg. Ich will sein Gesicht sehen.

Mit einem Mal schnellt sein Arm nach oben, er umfängt meinen Nacken und zieht mich zu sich herunter, sodass ich sogar die goldenen Funken in seinen Augen erkennen kann. »Für mich gibt es keine Rettung ... aber das ist egal ... ich hatte ...« Wieder hustet er gequält, während ich mich für meine Tränen verfluche. »Das schönste Leben, das ich haben konnte ... Dank dir ... Ich ... ich würde nichts anders machen

... denn ich liebe dich und ich werde dich immer lieben ... und ich will, dass du gehst! Jetzt!« Ich schüttle den Kopf, sein Blick wird härter, so wie immer, wenn ich protestiere und er recht hat. »Du wirst glücklich werden! Ich befehle es dir verdammt! Ich bin bereit zu gehen, aber du hast noch dein ganzes Leben vor dir! Wenn du es jetzt wegwirfst, war alles umsonst!«

»NEIN!« Noch fester packt mich seine Hand.

»Soll ich umsonst sterben, Samantha?«

»NEIN!«

»Dann geh und werde glücklich!« Stöhnend hebt er den Kopf, küsst mich noch einmal und ich küsse ihn verzweifelt zurück, weiß, dies ist der letzte Kuss, sein letzter Atemzug, das letzte Mal, dass er mir sagen wird, was ich tun soll, damit alles gut wird ...

»Geh ...«, murmelt er noch einmal direkt an meinen Lippen und dann ... fällt sein Kopf zurück und jegliches Leben hat seine Augen verlassen ...

Benjamin, mein Mann und meine erste große Liebe, ist tot.

Mein Mann ist tot!

Ich schreie ... gegen den Schmerz an, aber er überrollt mich trotzdem in Form einer heftigen Welle, der ich nicht standhalten kann ... Ich kann nicht ...

Benjamin ist tot und er wird nie wieder zur mir zurückkehren!

***

»Samantha!« Immer noch schreiend wache ich auf … und schlage völlig außer mir die Hand weg, die mich an der Schulter rüttelt.

Wieder im Hier und Jetzt, aber immer noch mit diesem Schmerz in der Brust eingesperrt, schieße ich hoch und sehe mich panisch um. Ich bin mitten in einem Südseetraum, auf einer wunderbaren Liege, mit einem wunderbaren Sonnenuntergang vor mir und einem noch wunderbareren Mann, der mit besorgtem Gesicht neben mir sitzt und auf mich herabschaut.

Mein Gesicht ist feucht; ich habe nicht nur im Traum geweint. Noch immer kann ich den zerstörten Beton und den Geruch nach Schießpulver und Tod auf meiner Zunge schmecken.

»Shhhh … es ist alles gut … Es war nur ein Traum …«, murmelt Alec und wischt mir die Tränen von den Wangen. Sein Ausdruck ist vorsichtig, aber ruhig, genauso wie seine Hände.

»Ich … ich kann doch nicht … einfach so … glücklich sein … wie soll das gehen … ohne ihn …«, wimmere ich hilflos und lasse es zu, dass er näher an mich heranrückt.

Ehe ich mich versehe, habe ich mich an seine Brust geworfen. Sie ist warm und real und nackt und … sie spendet Trost. Seine starken Arme umfangen mich, versprechen mir, dass ich mich immer auf sie verlassen kann.

»Doch, du kannst!«, murmelt er bestimmt in meine Haare und streichelt beruhigend meinen Rücken. »Und du wirst. Das verspreche ich dir.« Geschlagen schließe ich meine Lider. Ich habe keine Kraft mehr, ihm zu widersprechen und ehrlich gesagt will ich es auch gar nicht. Dieser Traum war wie eine Erinnerung von Benjamin.

Ja, er war da. Ja, ich habe ihn geliebt … aber sein letzter Wunsch war, dass ich glücklich werde! Ich sollte aufhören, ein schlechtes Gewissen dabei zu haben und LEBEN!

»Okay …«, flüstere ich leise, gerichtet an beide Männer, die ich immer lieben werde.

Benjamin wird immer bei mir und ein Teil von mir sein. Denn er hat mir gezeigt, was Liebe ist. Er hat an mich geglaubt und hat mich nicht fallen lassen, egal wie kaputt ich war. Selbst jetzt noch ist er für mich da und hilft mir – irgendwie.

Jetzt – durch diesen Traum – verstehe ich alles!

Ich muss all das Alec zeigen. Alles, was Ben für mich war, will und muss ich jetzt für Alec sein! Denn er ist meine Zukunft.

***

Die nächsten Tage sind wie ein Traum.

Alec liest mir jeden Wunsch von den Augen ab. Wir fahren Jetski, erkunden die heimische Tierwelt und erfüllen Laila ihren größten Wunsch: einmal mit Delfinen zu schwimmen. Alec lässt mich nicht aus den Augen, ist zärtlich und liebevoll, aber er schläft nicht mit mir – nach wie vor nicht.

Alles, was ich am Abend bekomme, ist ein keuscher Kuss auf die Stirn, während er mich die ganze Nacht in seinen Armen hält, als hätte er Angst, dass ich mich in Luft auflöse.

Ich bin wirklich glücklich, aber gleichzeitig … zu Tode betrübt.

Sogar Laila bemerkt am vierten Tag, dass etwas zwischen uns nicht stimmt.

Wir sitzen gerade beim Frühstück auf der Terrasse unter dem riesigen Sonnenschirm, als sie ganz unverhofft fragt: »Papa … hast du Samy eigentlich nicht mehr lieb?« Er verschluckt sich fast an seinem Kaffee, schafft es jedoch, seine Würde zu wahren, hustet nur ein bisschen und wischt sich dann diese vollen Lippen mit einer Serviette ab.

»Natürlich hab ich sie noch lieb. Wie kommst du darauf?«

»Du küsst sie nicht mehr die ganze Zeit …«, gibt die Kleine lapidar zurück und beißt euphorisch von ihrem Nutella-Brot ab. Ich versuche bei seinem Gesichtsausdruck mein Lachen hinter meiner Kaffeetasse zu verstecken, auch wenn es eigentlich zum Weinen ist. »Ich will nicht mehr, dass Samy geht … Samy, du bleibst doch da, oder?« Ihre wunderschönen, braunen Augen richten sich auf mich.

Alec wird völlig bleich und rührt sich nicht mehr. Vermutlich hat er sogar das Atmen eingestellt. Gerührt von ihren süßen Worten kommen mir die Tränen und ich strecke die Hand aus, um eine ihrer zarten blonden Strähnen hinter ihr gebräuntes Ohr zu streichen.

»Nein. Ich werde nicht mehr gehen. Ich verspreche es.« Und als Alec nun auch seine Hand auf meinen Oberschenkel legt und ihn drückt, weiß ich, es ist das Richtige … Ich werde um ihn, für ihn und uns kämpfen. Denn Kämpfen ist das, was ich am besten kann. Koste es, was es wolle!

Kapitel 24

Alec

Ich beobachte sie – immer und überall – und ich weiß, dass sie sich quält. Einerseits wünschte ich, ich könnte sie freigeben, andererseits könnte ich ein Leben ohne sie nicht ertragen. Nicht mehr.

Sie ist neben meiner Tochter der einzige Lichtblick – alles, was mich bei Verstand hält. Alles andere neben ihr verblasst – auch Frauen.

Gleichzeitig kann ich sie nicht mehr so nah an mich ranlassen. Was, wenn wir wieder Sex haben und sie erneut so verzweifelt versucht, mich zum Orgasmus zu bringen? Was, wenn ich wieder versage? Ich habe ihr so wehgetan, dass ich es selber fühlen konnte – der Schmerz in ihren Augen bohrte sich tief in mein Inneres.

Dann ist sie aufgestanden, gegangen und hat sich im Bad eingeschlossen. Doch was mache ich, wenn sie endgültig aus meinem Leben verschwindet? Das könnte ich unmöglich ertragen!

Es ist verdammt verzwickt und es hilft keineswegs, dass es mir insgesamt besser geht, seit ich sie kenne. Gleichzeitig plagen mich so extreme Selbstzweifel wie schon lange nicht mehr. Schon als Kind war es für mich schwer, den Erwartungen gerecht zu werden, doch nun ist es fast unmöglich. Mir ist klar, dass sie glaubt, sie wäre in der Lage, mich zu heilen, dass sie stark genug ist, doch ich weiß, dass sie daran zerbrechen wird. Früher oder später. Auf irgendeine Art und Weise.

Es ist mit dem Dominoeffekt zu vergleichen. Mein Leben lang versuche ich, es irgendwem recht zu machen, es liegt so viel Verantwortung auf meinen Schultern. So ein enormer Druck, dass ich manchmal kaum atmen kann. Bis er ein Level erreicht, an dem ich ihn loswerden muss, sonst werde ich wahnsinnig. Und an dem Punkt bin ich erneut. Samantha will ich meine Dämonen nicht zumuten, auf der anderen Seite muss ich handeln. Alles andere wäre grob fahrlässig. Doch dafür müsste ich mich auf eine andere Frau einlassen, was völlig unmöglich ist, denn Samantha bestimmt jeden meiner Gedanken.

Ich will nur noch sie, aber so wie ich sie brauche, kann ich sie niemals haben!

Sie will ich nicht brechen, um mich besser zu fühlen!

In meinen Gedanken gibt es nur noch Samantha. Sic beherrscht mein ganzes Tun. Das muss Liebe sein … Aber was bringt es, denn ich werde wahrscheinlich niemals dazu fähig sein, sie ihr zu zeigen. Wie ein normaler Mann. So, wie sie es verdient.

Ich bin abgefuckt und trotzdem will sie mich – nur mich.

Sie ist definitiv zu gut für mich, aber ich bin zu egoistisch, um sie jemals wieder gehen zu lassen, auch wenn es bedeutet, uns beide in den Abgrund zu reißen. Ich werde nicht meine Hände von ihr lassen. Ich kann einfach nicht …

Und so liege ich im Urlaub Nacht für Nacht schlaflos neben ihr im Bett und überlege, was zum Teufel ich tun soll; suche Nacht für Nacht nach einer Lösung, die wohl nicht existiert. Drehe mich im Kreis. Ich kann und werde sie nicht gehen lassen, koste es, was es wolle, aber ich werde versuchen, dennoch die Distanz zu wahren, denn das ist die einzige Möglichkeit sie vor mir zu beschützen.

Samantha

Als wir aus dem Urlaub kommen, ist es noch schlimmer. Immer knapper werden seine Gespräche, immer angespannter wirkt sein gesamter Körper. Es muss wirklich anstrengend sein, ständig diese kontrollierte Fassade aufrechtzuerhalten.

Alec Morgan erfüllt die Aufgaben, die ihm schon von Kindesbeinen an auferlegt wurden. Ganz mechanisch, ohne Rücksicht auf sein wahres Gefühlsleben. Vielleicht ist das der Grund, weshalb er den Club als Ventil genutzt hat.

Jedes Gespräch in diese Richtung erstickt er im Keim. Alles, was wir noch austauschen, sind Banalitäten. Dabei ist er nach wie vor höflich und zuvorkommend, was mich langsam, aber sicher zur Weißglut treibt. Es gelingt mir nicht, zu ihm durchzudringen, und ich weiß, ich habe es versucht.

Mittlerweile übernachte ich auch nicht mehr bei ihm, sondern liege schlaflos in meinem Bett und zerbreche mir den Kopf, ob ich es irgendwie aufhalten kann, dass er mir aus den Fingern gleitet.

Im Grunde warte ich. Es ist eine Frage der Zeit, wann er sich nicht länger kontrollieren kann und explodiert. Nur habe ich vor den Folgen Angst. Denn diese Explosion trägt die Macht in sich, alles neu aufzubauen oder endgültig zu zerstören.

In meinem Inneren befindet sich alles in Aufruhr und im Zwiespalt.

Wie naiv ich doch war, anzunehmen, dieses Problem mir nichts dir nichts aus der Welt schaffen zu können. Nur mit ein bisschen Liebe und Vertrauen.

Er distanziert sich immer weiter von mir. Seine Berührungen, die immer spärlicher ausfallen, fühlen sich so fremd an. Das ist nicht der Alec Morgan, in den ich mich verliebt habe und der mein Herz schneller schlagen lässt. Er ist ein Fremder und versteckt sich wieder hinter einer Maske.

Mir ist klar, dass er immer weiter in den Strudel der Dunkelheit abdriftet, er zieht ständig an ihm. Alec kämpft dagegen an, das kostet ihn aber alles und die hellen Momente werden immer weniger.

Ich sehe es in seinen Augen. Sie haben ihr Funkeln verloren, da ist nichts mehr außer dieser alles verschlingenden Leere und ich weiß, dass der Moment gekommen ist. Jetzt oder nie.

Es ist der Moment, den ich schon seit Wochen fürchte und gleichzeitig herbeisehne, denn er wird zeigen, ob wir eine Chance auf eine gemeinsame Zukunft haben oder nicht.

***

Ein Monat ist vergangen und es ist unsagbar früh, als ich Alec in seinem Sportstudio antreffe.

Mit verschränkten Armen, einem strahlend weißen Tank-Top und knappen gleichfarbigen Hosen stehe ich mitten in dem riesigen Raum auf den Matten. Er hat nicht mit mir gerechnet, das merke ich zu genau am Stocken seiner Schritte, während er aus der Umkleidekabine tritt. Als wüsste ich nicht, dass er nie länger als bis vier Uhr schlafen kann und dann immer in aller Herrgottsfrühe trainieren geht.

Mein Gesicht ziert ein spöttisches Lächeln, als er die Augen verengt und auf mich zukommt. Wunderschön – bekleidet in einem schwarzen Muskelhemd und gleichfarbiger Hose. Der Kontrast zwischen uns könnte nicht größer sein. Alles an ihm wirkt düster, sein Äußeres spiegelt sein Inneres wider. Damit bildet er optisch gesehen das genaue Gegenteil zu mir.

Ich bin das Licht, er ist die Dunkelheit. Aber nicht mehr lange – wenn alles klappt.

»Was willst du hier?«

»Kämpfen.«

»Mit wem?« Er zieht spöttisch eine Augenbraue hoch und ich fühle, wie sich bei dem Anblick mein Magen wütend zusammenzieht. Direkt vor mir bleibt er stehen. Schon lange hat er mich nicht mehr so angesehen … oder so mit mir gesprochen! Ich vermisse seine dominante, überhebliche Art. Doch so, wie er sich in letzter Zeit aufführt, zerstört er meine Liebe zu ihm – mit jedem Tag ein bisschen mehr! Weil er sich mir vorenthält!

»Mit deiner Dunkelheit!« Somit lande ich einen gut platzierten Tritt in seinen Magen und gegen seine Kniekehlen, sodass er kurz darauf keuchend vor mir kniet und sich den Bauch hält.

»Hast du sie noch alle?« Er knurrt mich wütend an und reibt sich den Bauch. Mit so einem heftigen Angriff hat er nicht gerechnet. Trotzdem werde ich mich nicht zurückhalten, das wäre genau das Falsche.

»Was meinst du?«, zwitschere ich unschuldig und führe auch schon einen Roundhouse-Kick aus, um sein Gesicht zu treffen. Er lässt sich nach hinten fallen, macht einen Überschlag und steht kurz darauf schon wieder vor mir. Riesengroß, mit gehobenen Fäusten, wippenden Füßen und Muskeln so stark, dass er mich in der Luft zerfetzen könnte. Aber ich bin kleiner und somit wendiger.

»Komm schon!«, fordere ich ihn auf und locke ihn mit typischer Komm-zu-mir-Matrix-Bewegung.

Meinen Vorteil nutze ich, als er seinen ersten Angriff startet, geboren in dieser Dunkelheit, in dieser rasenden Wut, in diesem Hass, der ihn gefangen hält.

Um ein Haar kann ich zurückweichen und lande einen weiteren schmerzhaften Schlag in seiner Nierengegend. Er ist unachtsam, völlig unkonzentriert und neben sich. Beim Kampf macht sich sein inneres Chaos bemerkbar und ich durchschaue es sofort. Ich gehe gezielt auf seine Schwachstellen los – provoziere ihn, so weit es geht, womit ich Erfolg habe.

Das macht ihn sauer – es ist ihm deutlich anzusehen, und Gänsehaut kriecht meinen Rücken hoch, als ich kurz darauf wieder in Kampfpose vor ihm stehe und er mich nun langsam wirklich wütend anfunkelt – dämonisch. »Yeah, Baby! Komm schon! Lass es raus!«

Er schüttelt den Kopf und bläht die Nasenflügel, seine Muskeln beben vor Anspannung. »Du weißt nicht, was du da tust! Hör auf!«

»Oh, ich weiß das sehr wohl, Mister Oberarrogant!«

»HÖR AUF!«

»Jetzt leg endlich los, bevor ich einschlafe! Oder kannst du nicht einmal mehr das?« Seine Augen verdunkeln sich immer weiter und ich weiß, ich bin auf dem richtigen Weg. »Ich meine, du fickst mich nicht einmal mehr, ich glaube, ich muss mir bald einen anderen …« Mit einem heiseren Brüllen wirft er sich auf mich, so schnell, dass ich kaum reagieren kann, aber ich schaffe es. Rutsche zwischen seinen Beinen durch und lande wieder einen gut platzierten Schlag in seinen Nieren. Immer auf dieselbe Stelle, damit es richtig wehtut und ihn wachrüttelt.

Er schreit auf, wirbelt herum und fast erwischt mich sein Fuß im Gesicht. Keuchend hechte ich zur Seite, rolle mich herum und springe auf die Beine. »Wieso stört dich das, wenn ich mir einen anderen suche? Ich kann dich ja nicht mal dazu bringen, dass du kommst, vielleicht bin ich doch die Falsche!«, rufe ich und greife nun selber an.

Er hält meinem Angriff verbissen stand – seine Augen funkeln nun extrem vor Zorn. Weil ich ihn dazu zwinge, weil ich so etwas zu ihm sage, weil ich ihm nicht gehorche, weil ich ihn herausfordere. Das alles wagt sonst keiner.

Seine unbändige Wut trifft mich nicht unvorbereitet, aber dafür direkt im Kern. Er wehrt ab, schleudert mich förmlich in die Luft, aber ich fange mich ab und stehe kurz darauf ein paar Schritte von ihm entfernt.

Wir beide atmen mittlerweile schneller, der erste Schweiß läuft … Ich vermisse ihn so! Und merke, dass Tränen in meinen Augen brennen, aber ich darf nicht zulassen, dass sie mir die Sicht rauben, und reibe sie aufgebracht weg.

Als er das sieht, verzieht er sein Gesicht. »Es hat nichts mit dir zu tun!«, knurrt er wütend.

»Bilde dir in deiner Arroganz nicht ein, dass ich wegen dir heule. Dein Kampfstil ist nur so ein Trauerspiel!« Wieder greife ich an, in einer komplizierten Abfolge von Tritten und Schlägen. Er wehrt alle gekonnt ab, zeigt mir mal wieder, dass er wirklich ein Meister in diesem Fach ist, und straft meine Worte Lügen.

Im nächsten Moment presst er mich mit dem Rücken an die Wand. »Schluss jetzt!«

»Oh nein! Wir fangen gerade erst an, Mister Schlappschwanz!« Seine Nasenflügel blähen sich, bevor er auch zu einem Angriff ansetzt – diesmal verbal, mit samtener Stimme.

»Mit wem sonst hat es zu tun, dass du heulst wie ein kleines Mädchen? Wen hast du denn außer mir schon?« Wie Gift graben sich seine Worte tief in mein Herz! Darauf gibt es nur eine Antwort!

Ich gebe ihm mit einem wütenden Brüllen einen Headnut, der sich gewaschen hat, und von dem mir selber einen Moment die Sterne vor den Augen tanzen.

Wir taumeln voneinander weg, halten uns beide die Stirn und blinzeln gegen den Schwindel an. So lustig es von außen aussehen muss, ist das hier bitterer Ernst.

»Du wirfst mir vor, allein zu sein? Und was bist du?!« Wieder greife ich an, er weicht aus. »Außer deiner Tochter hält es doch keiner mit dir aus! Du vertreibst alle! Du hast üble Bindungsängste! Und du bist ein Feigling!« Ich schaffe es, ihn zu erwischen, doch als ich ihn einen Feigling nenne, trifft er mich und raubt mir den Atem. Keuchend halte ich mir den Bauch, rede aber weiter … »Frauen bezahlst du, damit sie Zeit mit dir verbringen … aber mich … mich … willst du loswerden!« Der Gedanke macht mich noch rasender und meine nächste Attacke ist um Einiges kraftvoller. Genau wie seine.

»Halt endlich deine Klappe!«

»NEIN!« Wie wild versuchen wir mittlerweile, dem anderen wehzutun, halten nichts mehr zurück. Weder körperlich noch seelisch!

»Du weißt nichts, Samantha Stone! VERDAMMT!« Der Tritt, den ich ihm gerade verpasst habe, war offensichtlich schmerzhaft.

Grinsend springe ich von ihm weg. Er stürzt sich auf mich wie ein wild gewordener Stier und hebt mich förmlich von den Beinen. Hart lande ich auf dem Rücken, sodass es mir die Luft fast aus den Lungen presst und ich wieder Sternchen sehe.

Gerade so kann ich mich wegdrehen, um seinem Fuß auszuweichen und noch einmal wegrollen, weil sein Ellbogen folgt.

Mein gesamter Körper bebt, mein Herz schlägt bis in meinen Schädel und das Blut rauscht durch meine Blutbahn wie ein alles mitreißender Fluss. Auch er ist nicht mehr ganz so standfest, vor Schweiß klebt sein Shirt an seinem männlichen, harten Körper. Er ist so heiß … Ich schmunzle über mich, weil ich selbst in diesem Moment nicht vor seiner Attraktivität immun bin.

Gerade so kann ich mich vor seinem nächsten Angriff retten.

Taumelnd springe ich auf die Beine, bin froh um die Hantelbank, hinter der ich mich vorerst verstecken kann, um mich ein wenig zu sammeln und den Schwindel zu vertreiben.

Wir haben uns mittlerweile von einem Ende der Halle zum anderen vorgekämpft. Zum Glück sind wir ganz allein. Jeder Beobachter würde sowieso annehmen wir seien total wahnsinnig und die Flucht ergreifen … Ich richte meine Aufmerksamkeit wieder auf ihn.

So, wie er vor mir steht und nichts weiter will, als mir zu zeigen, dass er der Stärkere ist, bekomme ich Mitleid mit ihm. Gleichzeitig wird mir klar, wie aussichtslos unsere Lage ist.

»Du wirfst mir vor, dass ich nichts weiß …«, keuche ich schwer … »Aber wie soll ich etwas wissen, wenn du mir nichts sagst! Wir verlieren uns!« Somit springe ich über die Hantelbank und greife ihn an. Mit einem Mal so sauer wie nie zuvor. »Und du bist schuld! Du bist schuld. Wieso kannst du mich nicht so lieben, wie ich dich liebe!?« Wild und völlig ohne System schlage ich auf seine Brust ein, doch er wehrt sich nicht mehr …

Mit meinen letzten Worten ist er völlig erstarrt und ich schaffe es, ihm die Beine unter dem Körper wegzuziehen.

Hart kommt er auf, aber dann kickt er auch meine Füße unter mir weg und ich lande neben ihm auf den Matten. Sofort rollt er sich über mich und hält meine Hände über meinem Kopf fest. Seine Augen sind nicht mehr tot oder leer – sie brennen!

»Ich liebe dich! Verdammt!«, knurrt er. Dann beugt er sich runter und küsst mich.

Alecs Kuss ist salzig und hart und unnachgiebig, genauso wie sein bebender Körper über mir. Er raubt mir den sowieso schon kaum vorhandenen Atem. »Ich liebe dich so sehr, dass es mich verrückt macht! Dass ich mich lieber von dir fernhalte, als dich zu verletzen. Doch je mehr ich das versuche, umso mehr liebe ich dich! Umso mehr will ich dich!«, keucht er und küsst mich noch mal. Ich stöhne hilflos, während erneut Tränen meine Augen fluten. Das wusste ich nicht, ich hätte das niemals gedacht … nie … Alec Morgan liebt mich tatsächlich und er hat es mir gesagt – okay, es war wohl eher ein Knurren, aber egal!

»Bitte verlass mich nicht!«, murmelt er, zerrt mit einem Mal die vom Schweiß klebrige Hose meine Beine herab und schiebt mein Höschen zur Seite. Dann raunt er an meinem Mund. »Ich brauche dich! Jetzt!« Und somit stößt er in mich!

Mitten in der Halle, auf dem Boden!

Er ist steinhart und so groß, dass ich aufschreie, aber nicht vor Schmerzen, sondern vor Lust. Denn seltsamerweise hat mich unser Kampf genauso erregt wie ihn. Meine feuchten Haare sind überall in meinem Gesicht, alles klebt, aber das ist egal, weil ich mehr als bereit für ihn bin und er sofort anfängt, hart und erbarmungslos in mich zu stoßen. Dabei hält er immer noch meine Hände fest.

Ich habe keine Chance, klar zu denken oder gar zu flüchten, aber das will ich auch gar nicht. Stattdessen hebe ich mein Becken immer wieder, komme seinen harten Stößen entgegen.

»Ich liebe es … wie … du … mich fickst!«, wimmere ich fast … und ziehe mich eng um ihn herum zusammen.

»Oh mein Gott, Samantha!« Und dann geschieht es völlig unverhofft!

Alec Morgan kommt! In mir! Und wie!

Ich kann es kaum glauben, als ich fühle, wie er tief in mir pulsiert, dabei sein Gesicht an meiner Halsbeuge vergräbt und hilflos stöhnt. Immer und immer wieder stößt er in mich, jetzt viel zurückhaltender und genüsslicher. Er reitet seinen Orgasmus völlig aus, und … ich kralle mich an ihm fest, erbebe ebenfalls und lasse mich von der Ekstase davontragen …Wow …

***

Ich weiß nicht, wie lange wir schon daliegen. Auf jeden Fall rast das Herz in seiner Brust nun nicht mehr so schnell und meines hat sich auch beruhigt. Sanft streichle ich die kurzen Haare in seinem Nacken.

Er regt sich nicht. Stattdessen hält er mich einfach nur.

Das war Wahnsinn … Der Kampf und der Sex danach erst recht … Das war der Alec Morgan, in den ich mich verliebt habe. Wie eine Flutwelle, die alles mit sich reißt, alles verschlingt. Es gibt kein besseres Gefühl, als sich ihr auszuliefern und mit ihr zu schwimmen.

Ich lächle breit und schließe die Lider.

Es hat funktioniert … Glaube ich zumindest, wenn er sich auch nur ansatzweise so zufrieden und ausgepowert fühlt wie ich. Es geht eben nichts über einen Kampf mit einem ebenbürtigen Gegner, und … über Sex. Harten, alles verzehrenden Sex. Mit Orgasmus!

»Und?«, frage ich und weiß, dass ich äußerst selbstzufrieden klinge. Als er den Kopf hebt, sieht er mich an, als wäre ich ihm fremd. Das Erste, was mir auffällt, sind seine Augen. Sie sind tatsächlich nicht mehr leer. Sie wirken wie die eines Neugeborenen, das sie das erste Mal öffnet. Ungläubig und unerfahren, aber auch so fasziniert …

»So habe ich mich noch nie gefühlt …«, murmelt er und seine Stimme klingt schwer, jedoch gleichzeitig sanft. »So etwas … hat noch nie eine Frau für mich getan … Ich kann wieder klar denken und frei atmen!« Als müsste er das überprüfen, holt er tief Luft.

»Es war ja auch bisher keine Frau wie ich.« Ich grinse noch breiter und hebe meinen Kopf, um ihn kurz zu küssen.

»Was willst du nur mit mir krankem Psycho?«, murmelt er ungläubig an meinen Lippen.

»Du bist kein Psycho! Du bist speziell, und gerade das liebe ich an dir. Jede Beziehung funktioniert anders – es kommt doch nur drauf an, dass sich die Richtigen finden. Ich fühle mich glücklich mit dir, das ist das Wichtigste, und dafür werde ich kämpfen. Immer und immer wieder, jeden Tag, jede Stunde und jede Minute, nur damit du auch glücklich bist. Nur du und ich zählen, sonst nichts … ach, und Laila natürlich.«

Er ist vor Ehrfurcht wie versteinert … und ich kann mir mein Lachen nicht verkneifen. Ein wenig wütend runzelt er die Stirn, doch dann grinst er langsam und wunderschön.

»Lachen Sie mich etwa aus, Miss Stoneheart?« Und da ist es wieder. Seine alte Arroganz, seine Überheblichkeit, seine Selbstsicherheit und … seine Dominanz, von der sich mein Magen auf köstlichste Weise zusammenzieht.

Sanft streicht er mit seiner Nasenspitze über meine, während seine Augen mich förmlich einsaugen. All das habe ich ihm zurückgegeben, und ich weiß, jetzt, wenn es einmal funktioniert hat, funktioniert es auch wieder.

»JA!«

Ich umarme ihn, so fest es geht, weil ich das Gefühl habe, ansonsten vor Glück zu platzen!

Nur ich habe die Macht, ihn alles vergessen zu lassen und sich neu mit mir zu finden. Er wird nie wieder durch die Dunkelheit wandeln müssen, denn ich werde immer da sein, um sein Leben zu erhellen – so wie er meines erhellt.

Epilog

Drei Monate später ...

»Hör auf damit!«

»Von dir lasse ich mir gar nichts befehlen!«

Er verdreht die Augen, denn er weiß ganz genau, wie ich das meine. Er will mit mir nicht in den Club, also unterwerfe ich mich ihm auch nicht mehr! Fertig! Ich weiß, dass es ihn wahnsinnig macht – und treibe dieses Spiel bereits seit Wochen. Auch wenn ich mich eigentlich nicht beschweren kann. Von wegen kein: ... und sie liebten sich bis an ihr Lebensende …

Ich bin bei ihm eingezogen, nachdem Sascha es sich zu seiner morgendlichen Aufgabe machte, Alec „ganz aus Versehen" unter der Dusche zu erwischen. Ja, Sascha. Es war zu lustig, als Alec klar wurde, dass er schwul ist und wir keineswegs ein Paar waren. Ihr erstes Aufeinandertreffen nach meiner Beichte, werde ich wohl nie vergessen. Stirnrunzelnd umkreisten sie einander. Bis Sascha die Situation entschärfte und ihm in seiner typischen Art mit leicht näselnder Stimme klarmachte, mich gut zu behandeln, weil er es ansonsten mit ihm zu tun kriege.

Jeden Abend bekomme ich vor dem Einschlafen unsagbar erotischen, atemberaubenden Sex … und Alec erreicht seinen Höhepunkt – jedes einzelne Mal. In schönem Abstand von sieben Tagen treibe ich ihn beim Training in den Wahnsinn und den Schweiß zum Laufen … Wonach der Sex jedes Mal besser wird.

Es hat sich so etwas wie Routine eingeschlichen, aber die ist keinesfalls langweilig.

Ich bin glücklich, aber ein kleines Fünkchen fehlt noch …

Laila hüpft plötzlich von der anderen Seite auf meinen Schoß und reißt mich aus meinen Gedanken, woraufhin ich aufhöre, mit dem Hintern aufgeregt über den Sitz zu rutschen. Denn ich sehe Anne heute das erste Mal wieder und habe keine Ahnung, wie ich ihr gegenübertreten soll. Am Telefon spricht sie nicht mit mir, genau genommen geht sie gar nicht ran, wenn ich anrufe. Doch was wir zu bereden haben, muss ohnehin unter vier Augen geklärt werden. Deswegen habe ich mich dazu entschieden, Laila diesmal nach dem gemeinsamen Wochenende höchstpersönlich nach Hause zu bringen. Schon heute Morgen war mir deswegen schlecht und die Übelkeit nimmt mit jedem Meter zu, den die Limousine, die ich einmal gefahren habe, zurücklegt.

»Sie wird dich schon nicht fressen. Der Einzige, der ein Stück von dir abbeißt, bin ich«, raunt Alec mir zu und knabbert spielerisch an meinem Hals. Er will meine Anspannung lockern, aber mehr als ein atemloses Kichern bringe ich nicht zustande. Seufzend massiert er meinen Nacken, worauf ich die Augen schließe und meinen Kopf stöhnend nach hinten fallen lasse.

»Wenn sie auf dem Kriegspfad ist, kann sie nichts aufhalten.«

»Ich schon. Vertrau mir!« Er beugt sich vor und gibt mir einen kleinen Kuss, dann bleibt der Wagen auch schon stehen und ich fühle mich, als hätte mein letztes Stündlein geschlagen. Der Tag der Abrechnung oder so …

***

Ich bringe Laila alleine hoch, denn das, was kommen wird, will ich Alec nicht zumuten. Außerdem will ich ihr trotz allem nicht unter die Nase reiben, wie glücklich wir sind. Wie er mich ansieht, wie sehr er mich liebt, nachdem er sie niemals so lieben konnte. Das hat sie selber gesagt und er hat es bestätigt. Es wäre einfach nicht richtig.

Doch allein der Umstand, dass ihre kleine Tochter meine Hand hält, als die Aufzugtür aufgleitet, lässt ihre blauen Augen sofort aufblitzen und sie die Lippen zusammenpressen. Sie erwartet uns bereits, in ein hübsches, strahlend weißes Kostüm gepackt.

»Was willst du denn hier?«, sind ihre alles andere als freundlich formulierten Begrüßungsworte und ich straffe meine Schultern.

»Ich wollte mit dir reden!«

»Aha! Geh in dein Zimmer, Laila!« Anne scheint völlig genervt, sodass sie ihre Tochter sofort wegschickt, anstatt sich über ihre Rückkehr zu freuen. Augenringe zieren ihr so hübsches Gesicht, was durch ihre unnatürliche Blässe noch betont wird.

Ich bin etwas baff. Die sonst so perfekte Anne wirkt … völlig ausgelaugt – nicht einmal ihre Frisur sitzt und ihre Wangen sind eingefallen. Doch ich ignoriere dies vorerst, stattdessen gehe ich vor dem kleinen Mädchen in die Hocke. Irgendwie tut mir leid, dass ich sie jetzt hierlassen muss. Anne kam mir noch nie wie eine schlechte Mutter vor, aber da hatte ich Alec Morgan noch nicht als Vergleich.

»Tschüss Prinzessin. Nächstes Wochenende machen wir weiter, ja?« Damit meine ich ihre Reitstunden – mit mir als Pferd … Aber was tut man nicht alles für das Lachen eines Kindes?! Ihre wunderschönen Augen fangen sofort an zu strahlen, genauso wie ihr ganzes Gesicht, sie nickt hektisch und fällt mir um den Hals. Fest drückt sie mich an sich.

»Ich nehm dir Zucker mit!« Ich verdrehe kichernd die Augen. Mit einem Ruck lässt sie mich los und saust in ihr Zimmer. Als ich mich aufrichte, werde ich förmlich von eisblauen Blitzen traktiert.

»Wie ich sehe, hast du endlich alles, was du immer wolltest.« Annes Stimme ist ungewohnt spitz und ich presse die Lippen aufeinander, um nicht auf ihren provokativen Tonfall einzugehen. Stattdessen richte ich mich auf und streiche mir mit beiden Händen übers Gesicht.

»Hör mir zu. Ich bin mit hier hochgekommen, um mich zu entschuldigen, aber auch, weil ich alles, was geschehen ist, so nicht auf mir sitzen lassen kann. Mir ist klar, dass ich mein Versprechen gebrochen habe, was sonst nicht meine Art ist, doch du hast mich im Dunkeln tappen lassen. Mir einen Auftrag erteilt, ohne die nötigen Hintergrundinformationen. Wichtige Details hast du verschwiegen. Stattdessen hast du mir vorgegaukelt, er wäre ein schlechter Vater. Aber das ist er nicht, Anne. Er ist wundervoll zu ihr und sie vergöttert und braucht ihn.«

»Alles, was sie braucht, ist ihre Mutter!«

»Nein! Weißt du eigentlich, wie schlimm es für ein Kind ist, wenn ein Elternteil fehlt? Es ist, als würde ein Teil von einem selber fehlen!«

Sie lacht humorlos. »Was weißt du schon von ihm? Er ist ein Bastard!«

»Nein! Er ist neben Ben der wundervollste Mann, dem ich jemals begegnet bin!« Wieder dieses hohle Lachen.

»Denkst DU! Weil er DICH das glauben lässt, aber gut … sei so dämlich.« Sie winkt ab und will sich abwenden, aber das lasse ich nicht zu. Als ich sie am Arm ergreife und zu mir zurückdrehe, klinge auch ich gereizt.

»Anne, du hast kein Recht wütend zu sein. Du hast mich manipuliert, unsere Freundschaft ausgenutzt, nur aus dem mehr als armseligen Grund, ihm das Sorgerecht zu entziehen. Dabei solltest du zum Wohle deiner Tochter handeln, nicht um ihm eins auszuwischen. Im Übrigen hätte dir das Videomaterial nichts genutzt. Es war nicht die Art, die du wolltest ...« Ihre Augen werden groß, doch ich gehe nicht darauf ein. »Kannst du die Sache zwischen euch nicht ruhen lassen? Du vergibst dir doch nichts dabei. Wieso kannst du nicht ertragen, das Sorgerecht mit ihm zu teilen? Er ist glücklich, und deine Tochter auch!« Sie sieht meine Hand an, als wäre sie ein lästiges Insekt, aber ich lasse sie nicht los, blicke ihr weiter in die Augen, und mit einem Mal macht sie einen Schritt auf mich zu. Ich weiche nicht zurück.

»Ja … genau … er ist glücklich mit *dir* …«, zischt sie nah an meinem Gesicht. »Seit ich mich erinnern kann, hast du mir alles genommen, was mir gehörte. Erst Benjamin … dann Alec und jetzt auch noch Laila! Denke nicht, ich durchschaue nicht dein krankes Spiel!« Meine Kinnlade klappt so ungefähr in die unterste Etage und ich lasse sie jetzt los, als hätte ich mich verbrannt.

»Anne … Spinnst du?!«

Ihr schrilles Lachen beantwortet meine Frage. »Darf ich dich daran erinnern, dass ich niemals mit ihm in Kontakt getreten wäre, wenn du mir nicht diesen Auftrag erteilt hättest? Deine offensichtliche Eifersucht ist hier völlig fehl am Platz. Du wolltest ihm alles nehmen, was ihm noch geblieben war, und das, obwohl du noch Gefühle für ihn hast? Seit Jahren seid ihr geschieden. Und immer hast du mir vorgebetet, du wärst über ihn hinweg, nur um jetzt einen Besitzanspruch auf ihn zu erheben? Was wolltest du denn mit der Nummer erreichen?« Ihr Blick könnte nicht tödlicher ausfallen und mir wird mit Schrecken klar, dass ich vollkommen richtig liege. Scheiße! »Du liebst ihn noch!«, wispere ich kaum hörbar und mit einem Mal treten Tränen in ihre Augen. Wütend wischt sie sie weg.

»Wie könnte ich ihn nicht lieben?!« Oh nein, wie konnte mir das entgehen? »Aber das kann dir doch ohnehin egal sein!« Sie sticht mir mit dem Zeigefinger in die Brust. »Und wenn du nur deine verdammte Arbeit getan hättest, wie von mir verlangt, dann hätte ich ihn zurückbekommen! Für Laila würde er ALLES tun! Auch zu mir zurückkehren, wenn er wirklich befürchten würde, sie zu verlieren! Aber jetzt geht er ja dank dir nicht einmal mehr in diesen Club!« Erschreckend, wie gut informiert sie ist, aber das ist mein kleinstes Problem. Anne hat ernsthafte psychische Probleme! Es ist bedenklich, dass mir das erst jetzt auffällt!

Ich habe keine Ahnung, was ich zu ihr sagen soll. Wie sie hier vor mir steht und sich offensichtlich nach einem Mann verzehrt, den sie für immer verloren hat, macht sie einen traurigen Eindruck, sodass sie mir fast leidtut. Aber ihre berechnende Art hat jegliche Zuneigung in mir zum Erkalten gebracht.

»Wart's nur ab! Er wird schon sehen, was er davon hat!«, knurrt sie völlig außer sich.

Mit einem Mal durchfährt mich siedend heiße Wut, denn sie droht dem Mann, den ich liebe! Dem ich als Personenschützerin unterstellt bin, auch wenn dieser Job nur Tarnung war. Das ändert jedoch nichts an der Tatsache, dass ich ihn schütze – zur Not mit meinem Leben. Jahrelang bin ich auf meinem Job vorbereitet worden und nehme ihn sehr ernst, sodass mein Körper ganz automatisch reagiert.

In einem Moment steht sie noch vor mir, im nächsten habe ich ihren Arm gepackt und ihn auf ihrem Rücken verdreht. Mit dem Gesicht presse ich sie gegen die Wand. Sie schreit schmerzhaft auf. So laut, dass ich hoffe, Laila bekommt keine Angst.

»Hör mir jetzt genau zu, denn ich sage es nur ein Mal! Du wirst ihn zukünftig in Ruhe lassen. Keine Unternehmung mehr, ihm das Sorgerecht zu entziehen. Auf diesem Weg hast du ohnehin keine Chance, ihn zurückzubekommen, aber auch auf keinem anderen. Lass deine Finger von ihm, denn Alec Morgan gehört mir!«, hauche ich in ihr Ohr. »Und noch etwas. Solltest du Laila weiterhin für deine Zwecke missbrauchen oder gar irgendwie verletzen, dann wirst du vor mir nicht mehr sicher sein. Egal, wohin du läufst oder wo du dich versteckst, ich werde dich finden. Hast du mich verstanden?«

»Du kleine, miese …«, zischt sie, aber ich verstärke den Druck an ihrem Arm und sie keucht stranguliert.

»Ich bin noch nicht fertig!«

Sie verstummt tatsächlich und ich beuge mich vor, um ihr wirklich eindringlich ins Ohr zu flüstern. »Es geht um dein Seelenheil. Komm endlich über ihn hinweg, denn du hattest deine Chance bei ihm.« Auch wenn ich ahne, dass dies nicht möglich sein wird … niemals … »Und konzentrier dich auf das, was für dich am wichtigsten sein sollte: dein Kind!« Damit lasse ich sie ruckartig los.

Es gibt keine Freundschaft mehr zwischen uns. Von ihrer Seite her offenbar schon seit Jahren nicht. Nur war ich zu blind, es zu erkennen.

»Bis nächste Woche!«, verabschiede ich mich. Dann wende ich mich von ihr ab und betrete den Aufzug.

Ich fühle mich irgendwie befreit und bin mir mehr als sicher, das Richtige getan zu haben. Nur um Laila mache ich mir Sorgen. Anne wird nicht aufhören, dafür ist sie zu sehr auf Alec fixiert. Schon allein deshalb werde ich die Kleine genau im Auge behalten, und sollte ich merken, dass sie ihre Tochter erneut für ihre Zwecke missbraucht, dann Gnade Anne Gott!

Die Türen beginnen sich zu schließen, während sie mich absolut schockiert ansieht. Tränen glitzern in ihren Augen. Sie interessieren mich nicht. Nicht mehr.

Eiskalt halte ich ihren Blick, bis das Metall unseren visuellen Kontakt unterbricht.

***

Alec sieht mir an, dass etwas nicht stimmt, obwohl ich breit grinsend einsteige und mich beschwingt neben ihn fallen lasse.

Misstrauisch hebt er eine Augenbraue. »Und wie war's?«

Ich lehne mich an ihn und schlinge die Arme um seinen Hals. Dieses Gespräch mit Anne hat mich extrem viel Kraft gekostet, schließlich gehörte sie einst zu den wichtigsten Menschen in meinen Leben, aber niemals würde ich ihn damit belasten!

»Alles bestens. Wir freuen uns auf nächstes Wochenende!« Ob er es mir abkauft, weiß ich nicht, aber mein Kuss lenkt ihn eindeutig vom Thema ab. Mich auch.

***

Und so merke ich gar nicht, dass wir ganz woanders hinfahren als geplant.

Genau genommen aus der dunklen Stadt raus und an deren Rand – dort wo sich die Villensiedlung befindet. Ein wunderschönes Haus reiht sich an das Nächste, und ich frage mich, was wir hier tun. Ich meine, Alec weiß natürlich, dass ich ein Faible für Villen habe, mich in meiner spärlichen

Freizeit mit Architektur beschäftige, aber ich glaube kaum, dass er für Sightseeing einen Tag verschwenden würde.

»Was … tun wir hier?«

Mysteriös ist gar kein Ausdruck für seinen Gesichtsausdruck und sein Schulterzucken. Er macht mir Angst, aber auf die gute Art.

Fast am Ende der schnuckligen Siedlung, die mich ein wenig an die Wisteria Lane in Desperate Housewifes erinnert, bleiben wir vor einem zweistöckigen blütenreinen Häuschen stehen. Es ist wunderschön, schwarz-weiß gehalten und sticht zwischen den anderen Villen durch schlichte Eleganz heraus.

»Alec?« Meine Stimme bebt.

Er steigt wortlos aus und reicht mir dann gentlemanlike seine Hand, um mir aus dem Wagen zu helfen. Aber ich weiß, er kann auch ganz anders, und da ist dieses verdächtige Funkeln in seinen Augen … In meinem Magen fängt es an zu brodeln, meine Hände werden feucht, doch als ich etwas sagen will, zieht er mich an sich und legt mir den Finger auf die Lippen.

In seinen Augen glitzert es tatsächlich geheimnisvoll und sein Gesicht ist völlig entspannt, aber in seiner Aura spüre ich eine gewisse Aufregung. Seine Stimme ist sanft, als er spricht, und so ehrlich.

»Ich liebe dich, Samantha Stone, vergiss das nicht.« Die Sonne kommt hinter den Wolken hervor, als hätte er sie bestellt und scheint auf das Häuschen und uns herab.

Oh mein Gott … ist es das, was ich denke? Bin ich *dazu* bereit?!

Ich kann nichts erwidern, sondern ihn nur anstarren. Er grinst verschmitzt, verschränkt unsere Finger miteinander und zieht mich hinter sich her. Natürlich folge ich ihm, völlig ohne Vorbehalte.

Das Haus ist im Inneren noch schöner als von außen, gerade fertiggestellt, und ich ahne, was es bedeutet. Ich liebe es!

Komischerweise bedeutet er mir aber bereits im Flur, stehen zu bleiben, und irgendwas ändert sich an seiner Ausstrahlung. Ich kann es kaum fassen, aber merke es trotzdem, weil ich so auf ihn geeicht bin.

»Zieh die Schuhe aus«, fordert er ruhig und wirkt mit einem Mal distanziert. Mein Herz fängt an, schneller zu schlagen. Diesen Ton kenne ich doch!

Mit großen Augen starre ich ihn an, er grinst *arrogant und ziemlich teuflisch.*

Sofort und viel zu übereifrig gehorche ich, stolpere dabei fast über meine eigenen Beine und höre ihn leise glucksen. Dann stehe ich vor ihm. In meiner einfachen Jeans und dem schwarzen Rolling-Stones-Shirt und sehe ihn erwartungsvoll an. Seinen Gesichtsausdruck hat er vollkommen unter Kontrolle, aber seine Augen brennen sich förmlich in meinen Körper.

»Umdrehen!« Sanft schmiegen sich seine vollen Lippen um das Wort. Er macht hieraus eine richtige Show, und wenn jemand in der Lage dazu ist, dann er!

Ich schwinge mich herum wie eine verdammte Ballerina. Mein Atem geht bereits jetzt zu schnell, und er muss es genau merken, als er von hinten an mich herantritt und etwas über meine Augen legt. Etwas Weiches aus dunklem Leder … das mir die Sicht raubt. Dadurch nehme ich ihn mit all meinen anderen Sinnen nur noch extremer wahr.

Sobald die Binde zu ist, streicht er mir das Haar von den Schultern und mit seinen Fingerspitzen hauchzart über meine Oberarme. Er muss sich vorgebeugt haben, denn seine Lippen sind direkt an meinem Ohr, als er fragt: »Aufgeregt?«

Ich nicke, unfähig zu antworten, und höre förmlich sein Schmunzeln, doch als er wieder spricht, klingt er todernst. »Vertraust du mir, Samantha?«

»Mit meinem Leben!«, schießt es sofort aus mir, denn ich weiß, er wird sich nicht vergessen. Nicht bei mir.

»Wenn das mal nicht zu voreilig ist …« Der Arsch!

Dann nimmt er meine Hand und führt mich hinter sich her. Ich widerstehe dem Impuls, meine andere Hand auszustrecken, weil ich Angst habe, dass ich irgendwo gegenlaufe, aber ich beherrsche mich. »Vorsicht, Stufen. Fünfzehn Stück und sie führen nach unten, Baby.« Er weiß wirklich, wie er meine Aufregung bis ins Unermessliche schürt!

Aber erst mal muss ich mich darauf konzentrieren, nicht ziemlich ungraziös einen Abgang in den Keller oder wo auch immer hin zu machen.

Sobald ich die Stufen lebendig hinter mich gebracht habe, führt er mich durch einen langen Gang, wo wir stehen bleiben. Ich höre Schlüssel klimpern, eine Tür geht lautstark quietschend auf. Mein Puls ist so ungefähr bei 180, als er mich wieder an der Hand nimmt und in einen Raum dirigiert. Es ist kühl und es riecht würzig nach … Leder und Zedernholz?

Ich bin verwirrt, ahne aber bereits, wo wir uns befinden könnten. Gleichzeitig überlege ich, ob ich womöglich träume, denn diese handeln in letzter Zeit immer häufiger von Alec und mir im Club.

Wieder stellt er sich hinter mich. Ich fühle die Wärme seines Körpers hinter mir und die Härte seiner Ausstrahlung, als er fragt: »Und? Bereit?«

»Ich war noch nie bereiter, Sir.« Meine Stimme ist fest und bestimmt, auch wenn ich mich innerlich fühle wie ein vierzehnjähriges Mädchen vor seinem ersten Mal.

»Wie du willst.« Er klingt gelangweilt …

Ohne weiter zu fackeln, löst er den Knoten und nimmt mir die Augenbinde ab. Was ich sehe, lässt meinen Atem stocken, denn DAMIT habe ich nicht gerechnet. Wir befinden uns in einem voll ausgestatteten SM-Keller. Nur dass dieser nicht diese Kälte ausstrahlt wie der Club. Im Gegenteil, das Licht ist warm. Alles wird von dunkelbraunem Leder und glänzendem Chrom dominiert, ist klinisch sauber, aber gleichzeitig gemütlich. Es erinnert ein wenig an ein Herrenzimmer. Vielleicht durch den mit Chrom umrandeten riesigen Kamin in der Ecke, vielleicht durch den antiken Ledersessel davor. An der rechten Seite der garantiert schallisolierten Wand hängt allerhand Spielzeug, an der linken steht ein riesiges Bett mit braunem Überzug und wunderschön geschnitzten Bettpfosten, was ein Vermögen gekostet haben muss. Zusätzlich brennen

Abertausende von Kerzen, in allen Größen und Variationen. Was dem Raum einen unwirklichen Schimmer verleiht.

Wow …

Mit großen Augen drehe ich mich zu ihm um.

Wirklich?, fragt mein Blick, und ich bin mir bewusst, dass meine ungläubige Freude sich darin spiegelt. Er lächelt fast schon traurig.

»Das ist nur für dich. Ich habe dir versprochen, ich werde alles tun, um dich glücklich zu machen. Und du willst es vielleicht nicht einsehen. Aber ich weiß, dass du dich nach Autorität und Kontrolle sehnst – du schreist förmlich danach.«

»Ja. Mir war nicht klar, was ich wirklich brauche, bis ich dich kennenlernte«, murmle ich. Deswegen geriet ich an Benjamin, deswegen wurde ich Soldatin. Ich denke mal, jedes Verhalten ist irgendwie in der Kindheit und Jugend begründet. Zumindest in Maßen. Als ich klein war, ließ mich meine Mutter im Stich. Meinem Vater war ich egal, und so gab es keine Führung, keine Regeln, nichts … dabei hätte ich das gerade als Jugendliche so sehr gebraucht. In der Armee und durch Benjamin ging es mir besser, doch als ich ihn verlor, irrte ich orientierungs- und führungslos durch die Welt.

Dann kam Alec Morgan.

Er war so intensiv, so alles verzehrend, und er zeigte mir, wie gut es sein kann, sich leiten und sich fallen zu lassen. Er zeigte mir, wie sehr ich es brauche.

Beinahe hatte ich mich damit abgefunden, niemals wieder so zu empfinden, dieses bedingungslose Vertrauen zu spüren. Zehrte stattdessen von den wenigen Erinnerungen. Doch dieser Mann muss mich wirklich abgöttisch lieben und er ist so mutig. Denn obwohl er Angst haben muss, nachdem was das letzte Mal in so einem Raum passiert ist, zeigt er es mir mit keiner Faser. Nicht ein bisschen Unsicherheit ist in seiner Miene zu erkennen. Er ist bereit, sich für mich seinen Dämonen zu stellen und sie zu überwinden. Ich glaube an ihn!

Langsam beginnt er, mich zu umkreisen, macht mich damit ziemlich nervös, aber ich liebe diesen Nervenkitzel.

»Wer bin ich, es dir vorzuenthalten? Ich bin dafür da, um deine innigsten Sehnsüchte wahr werden zu lassen.« Er stellt sich hinter mich und streicht mein Haar von der Schulter. »Wir werden langsam anfangen … wir haben alle Zeit der Welt. Dieser Ort gehört nur uns. Ihn hat noch nie eine andere Frau betreten und das wird sich auch nicht ändern. Ich habe vor, ihn zu nutzen. Ausgiebig und nur mit dir. Deine letzte Chance, dich umzuentscheiden, denn einmal hier kann dich keiner schreien hören, dir niemand zu Hilfe kommen. Dieser Keller ist schalldicht, Baby … Deshalb frage ich dich noch ein letztes Mal: Bist du bereit?«

Lächelnd schließe ich meine Lider, lehne mich vertrauensvoll an ihn und reibe mich lasziv an seinem wunderbaren Körper. Das ist ihm Antwort genug.

Gänsehaut perlt über meinen Nacken, wo er mit den Lippen darüber streicht. Sein Atem ist heiß, aber kontrolliert – genauso wie der ganze Mann. »Ich bin dein, aber wir werden ja sehen, wer hier wen zum Schreien bringt …«, flüstere ich mit vor Erregung dunkler Stimme, und meine jedes einzelne Wort aus vollem Herzen.

»Die Wette gilt«, erwidert er hauchend, bevor er mich in die Welt der Lust entführt und wir uns völlig darin verlieren.

ENDE!

Danksagung

Diesmal kurz und knapp und Alec-mäßig: ***Danke an Nicole!!!!!!!!!!!!!!!!!!!!!!***

Und an Anke natürlich, und Bella, Mandy, Nicky und Babels – die üblichen Verdächtigen/Lebensretter/besten Freunde/Musen/Gleichgesinnten/Irren ... Mein Leben wäre ohne euch wie Alecs Leben ohne Samantha – ein Leben ohne Sonnenschein.

Und DANKE für EURE Unterstützung natürlich!

Ihr seid die besten Leser, die sich ein Autor wünschen kann!

DANKE DANKE DANKE DANKE DANKE DANKE DANKE DANKE!

Ich glaub, das war's!

Eure

<3 <3 <3 Don Both <3 <3 <3

VORSCHAU!

Anonymität, Distanz und Kontrolle, das ist David Porter – bis die rebellische Buchhändlerin Elisabeth Baker seinen Weg kreuzt. Und zwar ausgerechnet in jenem Luxushotel, wo er Tag für Tag die verschiedensten Frauen zum Spielball seiner dominanten Vorlieben macht.

Als ihn eine Wette eines Abends dazu bringt, die einsame Frau an der Bar zu verführen, ist es mit der Eintönigkeit in seinem Leben schlagartig vorbei. Zum ersten Mal in seinem Dasein ist er gezwungen, sich um jemanden zu kümmern außer sich selbst. Doch sogar im betrunkenen Zustand raubt Elisabeth ihm völlig den Atem und überrascht ihn wie noch keine zuvor.

Genauso wie er sie, obwohl sie gegensätzlicher nicht sein könnten.

Auch wenn die gesellschaftlichen Hürden unüberwindbar scheinen.

Wird Liz dazu imstande sein, ihr Naturell zurückzudrängen und sich David zu unterwerfen, um dieser ungewöhnlichen Liebe eine Chance zu geben?

»Elisabeth hat die Angewohnheit, ihre Krallen auszufahren.

Schön, dann werde ich eben Dompteur.«

Die Dark Love Reihe – Liebe ohne Hard Limits.

Romantisch/erotische Geschichten über Dominanz und Unterwerfung, Grenzüberschreitungen, falsche Motive, die einzig wahre Liebe und wie sich Menschen für diese ändern können.

Alle Teile handeln von anderen Protagonisten und sind in sich abgeschlossen.

Kapitel 1

»Die haben alle echt nen soooo langen Stock im Allerwertestn … dass er aus´m … Mund schon wieda rausschaut!«, lalle ich und hebe mein Glas dem netten Barkeeper zum Nachschenken entgegen. Er runzelt zwar die Stirn, folgt aber meiner Aufforderung. Schließlich befinden wir uns in einem LUXUS-HOTEL und hier hat jeder Unwürdige zu springen, sobald es die anwesenden Gockel und Hennen verlangen. Denn ja, das sind sie. Aufgeplustert, unecht, nur am Gackern und Krähen.

Was wissen die schon von den Problemen einer 25-jährigen Buchladenbesitzerin, die sich mehr schlecht als recht durchs Leben schlägt und lediglich per Zufall einen einwöchigen LUXUS-Aufenthalt in dieser Irrenanstalt gewonnen hat? Nichts. *Gar nichts!*

Dabei habe ich nicht mal bei dem Gewinnspiel mitgemacht, sondern meine Schwester! Sie meinte, ich müsse endlich mal die Nase aus den Büchern nehmen und stattdessen am wahren, am *normalen* Leben teilnehmen, einfach mal rauskommen. Aber wenn dieser Albtraum hier das wahre und normale Leben sein soll, dann bin ich eine Kuh in roten High Heels. Schön schwarz-weiß gefleckt und permanent wiederkäuend.

Ähnlich wie die Frau drei Hocker weiter …

Ich proste ihr mit einem »Muuuuh!« freundlich zu, worauf sich ihre stark geschminkten Augen weiten und ich kichern muss, bevor ich mir den aktuellen Drink in einem Zug genehmige. Wenn ich hier schon den ALL-Inklusive-Wahnsinn habe, dann muss ich ihn auch nutzen! Nüchtern ist diese Prahlerei unmöglich zu ertragen!

Im Augenwinkel sehe ich, wie sie sich bei ihrem Kerl beschwert, einem dickbäuchigen Anzugträger, der natürlich nicht direkt für seine Frau einsteht, sondern es an einem der Kellner weiterleitet. *Lusche!*

Formvollendet werde ich von diesem zurechtgewiesen, woraufhin ich nur abwinke und ein »Ja, ja, du mich auch …« murmle. Dann proste ich dem Pärchen nochmals zu und knalle mein Glas derart laut auf den Tresen, dass sie zusammenzucken. Wenigstens eine kleine Genugtuung, bevor ich mich vom Hocker schiebe, und den beiden Snobs noch zuwinke, ehe ich die Toiletten ansteuere. Dabei ahme ich die aufgetakelten Tussis um mich herum nach, indem ich versuche, übermäßig elegant zu wirken, auch wenn meine Umgebung stark ins Wanken gerät.

Mein Geschäft erledige ich, ohne daneben zu treffen, obwohl ich die freischwebende Prinzessin mache. Als würde ich mich in diesem Nobelschuppen, in dem es nur auf den Schein ankommt, hinsetzen, obwohl ich mir hier sicher schneller etwas weghole als auf jedem x-beliebigen Bahnhofsklo.

Das Händewaschen vergesse ich auch nicht, reinlich, wie ich bin, und befeuchte meinen Hals mit etwas kühlem Wasser, denn mein Gesicht glüht förmlich. Das passiert immer, wenn ich Alkohol trinke, was aber noch nie in diesem Ausmaß geschehen ist. Aufgrund meiner hellen Haut erinnern meine roten Wangen dann immer ein wenig an den Weihnachtsmann. Nicht gerade attraktiv. Genauso wenig wie meine langweiligen braunen Haare mit dem ekelhaften roten Stich, die grüne Bluse und die braune Cordhose – mit Schlag! Das ist schließlich voll im Trend – zumindest war es das, als ich das letzte Mal eine Modezeitschrift las – so ungefähr vor zehn Jahren.

Glücklich zurückgetorkelt lasse ich mich wieder auf meinen Hocker plumpsen und bestelle die nächste Runde. Die Uhr an der Wand verwischt bereits, zeigt aber, dass ich noch genug Zeit habe, um mich ins Koma zu befördern.

Die nächste Erdnussladung muss daran glauben, während ich meinen Blick durch die stilvoll eingerichtete, jedoch komplett unpersönliche Bar schweifen lasse, in der Fünfzigerjahre-Musik spielt. Mir wäre ein bisschen Rock lieber! Aber die Anwesenden würden sicher einen Kulturschock bekommen, also einen noch größeren als den, den allein mein Auftreten verursacht.

Egal wohin ich schaue, mir bietet sich immer das gleiche Bild: Arroganz, Überheblichkeit und Geld!

Wenn geistige Armut der Preis für materiellen Luxus ist, dann bin ich nicht bereit, diesen zu zahlen. Denn die Menschen um mich herum wirken wie ferngesteuerte Roboter. Unecht. Sie stellen ihren Status zur Schau, weil sie es nicht anders kennen, und nichts anderes als diesen zu bieten haben. Dabei interessieren sie ihre Mitmenschen einen Dreck. Schon allein, weil sie der Meinung sind, Geld mache sie zu etwas Besserem. Dabei sind sie allesamt gefühlskalt und innerlich tot.

Einer wie der andere …

Als wäre er von einer unsichtbaren Macht angezogen, strandet mein Blick in einem anderen – stechenden, intensiven … und mir stockt der Atem, sobald mir klar wird, dass ich gerade einem dieser Gockel frontal in das attraktive Gesicht starre! Verdammt!

Schnell senke ich die Lider, fühle aber, wie meine Wangen noch heißer werden, und wende mich dem Kellner zu, um noch einen Drink zu bestellen. Wenig später nippe ich verhalten an dem Strohhalm. Dabei frage ich mich, ob der mich immer noch ansieht, und als ich versuchsweise wieder zu ihm linse, realisiere ich, dass er mich nicht nur immer noch anstarrt, sondern auch noch GRINST. Auffordernd, selbstsicher, mit einem Lächeln wie aus der Zahnpastawerbung!

VERDAMMT! Jetzt hat er mich schon zweimal beim Starren erwischt und wertet es mit Sicherheit als Aufforderung … *Er steht auf!*

Ich stelle den Drink zur Seite, drehe mich ganz von ihm weg, zeige ihm die kalte Schulter, und versuche, mein plötzlich rasendes Herz zu beruhigen. Und obwohl ich es nicht will, spähe ich wieder zu ihm … nur, um mit Horror zu bemerken, dass er die schummrige Bar einfach in einen Laufsteg verwandelt, über den er locker auf mich zuschlendert. Mit seinem blöden schwarzen Markenhemd und eine Hand lässig in seiner blöden schwarzen Markenhose vergraben. Mit seinem blöden dunklen, gelbearbeiteten Haar und … noch blöderen stechend hellen Augen, die mich fixieren, als wäre ich ein saftiges Steak und kein denkendes, intelligentes Wesen!

Sein Auftreten bringt mich völlig durcheinander.

Kann er nicht diese High-Heels-Kuh ihrem fetten Kerl ausspannen, muss er sich direkt neben mir an der Bar platzieren, seine Ellbogen locker hinter sich anlehnen und mich mit schief gelegtem Kopf anstarren? Ich merke es ganz genau, auch wenn ich wieder in mein fast leeres Glas blicke. Geräuschvoll sauge ich am Strohhalm, bis es blubbert, ignoriere ihn komplett, obwohl mich mein Herz inzwischen von innen erschlagen will.

Währenddessen lege ich mir bereits die passende Abfuhr zurecht. Aber der Kerl quatscht mich einfach nicht an! Egal wie lange ich schlürfe!

Was soll das denn jetzt?

Er starrt. Aber er sagt nichts. Ist der ein Psychopath? Ein bisschen hohl in der Birne? Also noch hohler als der Rest hier?

Was ist das denn jetzt für ein Spiel?

Dann spricht er, aber nicht etwa mit mir. Knapp wendet er sich an den Barkeeper, und ob ich will oder nicht, diese geschmeidige, tiefe Stimme setzt sofort meinen Unterleib in Brand.

»Sie bekommt nichts mehr!«

WAS?

Ich wirble zu ihm herum, zu baff, um im ersten Moment die richtigen Worte zu finden. Aber er nimmt nur mysteriös grinsend drei Gläser mit irgendeinem nicht zu identifizierenden Inhalt entgegen, die er nicht mal bestellt hat, ignoriert mich nun völlig und marschiert mit seinem Gesöff davon!

Das ist ja wohl…!

»Du hörst jetzt aber nicht auf den Gockel, oder?«, frage ich den Keeper völlig entrüstet, nachdem ich mehrmals geschluckt und meinen Blick von ihm losgerissen habe.

Der poliert lakonisch seine Gläser und zuckt die Schultern. »Ich muss.«

»Aha …«

Ich sehe zu ihm und seinem blöden Tisch, an dem er mit zwei anderen hirnlosen Anzugträgern sitzt und lacht. Und er sieht verdammt atemberaubend dabei aus!

Dieser Gedanke und der Umstand, dass er mir den Alkohol genommen hat, lässt mich meine Fäuste ballen und die Augen verengen!

Das bedeutet Krieg!

Bereit zu allem schlüpfe ich vom Hocker, nur, um im letzten Moment mit einem beherzten Griff zu verhindern, dass ich auf die Nase falle, und taumle auf ihn zu. Dabei fühle ich mich ein wenig wie ein Zombie, als wäre ein Bein zu kurz und das andere zu lang und irgendwie sind meine Knie auch ganz wabblig. Trotzdem humpele ich tapfer weiter und schere mich nicht darum, wie ich auf andere wirke.

Dem werde ich zeigen, mit wem er sich gerade angelegt hat!

Kapitel 2

Und wie ich es ihm zeige!

Kommentarlos stelle ich mich direkt vor ihn.

Gerade in dem Moment, als er seinen Drink hebt und an seinen zugegeben ziemlich schönen Mund führt – aber Schönheit ist hier ja nichts Außergewöhnliches –, schnappe ich mir sein Glas direkt aus seiner Hand und schütte es mir mit einem Ruck in den Rachen!

Es ist Whiskey oder etwas anderes Hochprozentiges und meine Kehle brennt sofort lichterloh. So hartes Zeug bin ich einfach nicht gewöhnt. Eigentlich wollte ich ihn dann noch ganz cool anlächeln und davonmarschieren, stattdessen fange ich an, wie eine Verrückte zu husten.

Verdammt!

Kann nicht einmal etwas NICHT schiefgehen in meinem Leben?

Zuerst ist er damit beschäftigt, mich absolut baff anzustarren – allein der Ausdruck war diese Aktion wert –, doch dann reißt ihn einer seiner Gockel-Freunde aus der Starre, indem er ihm seinen Ellbogen in die Seite rammt und verhalten fragt: »Ähm … solltest du ihr nicht auf den Rücken klopfen, bevor sie umkippt?«

Er verdreht die Augen, schmunzelt boshaft, verschränkt die Arme und lehnt sich entspannt zurück, als wäre er im Kino! »Wieso?«

WAS FÜR EIN ARSCH!

Der Ellbogen-Spießer erbarmt sich schließlich, steht auf und übernimmt es an seiner Statt. Gleichzeitig bestellt er ein Glas Wasser. Dann nimmt er mich an den Schultern und drückt mich auf seinen Stuhl, während ich nun damit kämpfe, dass das Husten nicht ins Würgen übergeht und Tränen meine Wangen herablaufen. DAS IST SO PEINLICH!

Am liebsten würde ich im Erdboden versinken! Und als wäre das noch nicht genug, beugt sich der Arsch über den Tisch direkt zu mir, sieht er mir tief in die Augen und grinst mich teuflisch an.

»Siehst du … das passiert, wenn kleine Mädchen mit den Großen spielen wollen.« Seine Stimme ist wie flüssiges Feuer, das mich sofort in Brand setzt.

In diesem glorreichen Moment stellt der Kellner das Glas Wasser auf den Tisch zwischen uns, welches ich reflexartig ergreife und ihm den kompletten Inhalt ins Gesicht schütte. Wieder ist sein Ausdruck Gold wert und ich erhebe mich – nun selber breit grinsend.

»Und das passiert, wenn man ein Idiot ist!« Somit drehe ich mich um und … marschiere davon … taumelnd … und stolpernd. Aber mit erhobenem Kopf!

ER

Was für ein mutiges, kleines Miststück!

Dieses Feuer in ihren dunklen Augen!

Wenn sich ein Lamm derart mit einem Löwen anlegt, dann muss es mehr zu bieten haben, als es den Anschein macht, oder total wahnsinnig sein! Aber vielleicht ist sie auch selber eine Löwin …

Das geht mir spontan durch den Kopf, als sie absolut besoffen davonwankt und um die Ecke biegt. Ich checke nicht mal ihren Arsch ab oder andere körperliche Attribute, die bei einer Frau von Bedeutung sind. Da existiert nur dieser eine Gedanke in mir. Wild und ungezügelt. Rau und … alles einnehmend.

Sie soll nicht nur mir gehören! Oh nein! Dieses Miststück soll darum BETTELN, mir gehören zu DÜRFEN!

Ich weiß nicht, wer sie ist, woher sie kommt oder ob sie rein visuell meinen Ansprüchen genügt, aber eins ist klar. So etwas lasse ich mir nicht bieten!

Von keiner!

Niemals!

Also erhebe ich mich kurzerhand, ohne mich um das Wasser zu kümmern, das aus meinem Haar auf meine Schultern tropft und über mein Gesicht rinnt und … stapfe ihr hinterher. Die Hände zu Fäusten geballt. Nur ein Ziel vor Augen. Ihre Unterwerfung!

***

Als ich um die Ecke biege, sehe ich gerade noch, wie sich die Türen von einem der drei Aufzüge hinter ihr schließen, aber nichts da. Mit einem Sprung überbrücke ich die Distanz und kann gerade noch meinen Fuß in den Spalt schieben. Die Türen gleiten wieder auf und riesige braune, verängstigte Augen starren mich schockiert an.

Ich grinse mein Verführergrinsen und schiebe mich zu ihr in den verspiegelten Raum. Sie drückt sich mit dem Rücken an die Wand, als ich an ihr vorbeigreife, meine Karte in den vorgesehenen Schlitz stecke, und mein Stockwerk auswähle. Dann drücke ich auf den Knopf, damit die Türen umgehend zugleiten, ehe andere Hotelgäste in unseren Aufzug steigen können, und wende mich ihr zu.

Mit einem »So!« stütze ich den Arm neben ihr an der Wand ab und dränge sie somit in die Enge – nicht nur bildlich gesprochen.

Jetzt im Moment ist das Feuer etwas kleiner, etwas verhaltener, weil sie so schockiert ist, dass ich ihr gefolgt bin, doch sie wird sich schon bald erholen und für den nächsten Knaller sorgen. Dem muss ich vorbeugen und ihr erfolgreich den Kopf verdrehen, so wie jeder anderen Frau, die meinen Weg kreuzt!

»Du meinst also, ich bin ein Idiot? Dann frage ich mich, ob ein Idiot das hier kann!« Mit diesen Worten packe ich mit einer Hand ihr Gesicht, drücke sie ruckartig mit meinem Körper in die Ecke, sodass sie sich nicht mehr rühren kann und … küsse sie!

Kapitel 3

SIE

WAS BILDET DER SICH EIN?

Das ist mein erster Gedanke, als sich seine Lippen erbarmungslos auf meine legen.

DIE SIND ABER WEICH!

Ist mein zweiter!

ABER *ER* IST HART!

Ist mein letzter …

Dann verabschiedet sich mein Gehirn, denn ich stöhne auf, und mit diesem Stöhnen öffnet sich mein Mund. Sobald das geschieht, berührt seine Zunge meine. Seine seidig weiche, süße Zunge und dann … stellt er Dinge mit meinem Mund an, die mich an Sex erinnern – an harten, tabulosen, versauten Sex. Nicht, dass ich solchen schon mal selber in der Art genossen hätte, aber ich weiß aus etlichen Erotikromanen, die ich an einsamen Abenden verschlungen habe, wovon ich rede. Und das hier … ist besser als jeder Roman! Eindeutig!

Alle Männer vor ihm waren absolute Kussstümper! Das wird mir nun klar … und meinem Körper auch, der schon so lange auf kaltem Entzug ist, dass er eigentlich nicht mehr wissen sollte, was als Nächstes zu tun ist. Er weiß es aber … sehr wohl!

Ein Bein hebt sich ganz von alleine und schlingt sich um seine Hüfte, sofort reibe ich mich an der harten Delle in seiner

Hose, was ihm ein verwundertes Stöhnen entlockt und mich nur noch mehr anheizt.

Ich schwöre, ich bin bereits kurz davor zu kommen, doch gleichzeitig … erhebt sich plötzlich mein Mageninhalt aus einem mysteriösen Grund nach oben und … ich kann ihn gerade noch von mir stoßen, bevor der gesamte Alkohol des Abends mit einem unliebsamen Platschen neben uns auf dem Teppichboden des Aufzugs landet.

ER

»Verdammte Scheiße!«, fluche ich total angewidert, während ich angeekelt auf das Desaster vor mir blicke. Sie auf Knien, im Grunde so, wie ich sie gern möchte, nur leider am Würgen. Mir kommt die Galle hoch und verzweifelt schlage ich auf irgendwelche Knöpfe ein, um diesem Horror zu entrinnen, doch es gibt kein Entkommen, zumindest nicht die nächsten Sekunden. Kalter Schweiß bricht mir aus allen Poren; vehement versuche ich durch den Mund zu atmen und kämpfe gegen den Drang, mir die Ohren zuzuhalten. Ich kann so etwas einfach nicht ertragen – zumindest, wenn es sich um eine fremde Person handelt!

Bevor die Türen des Aufzugs in einem erleichternden *PLING* aufgehen können, ist sie schon fertig und lehnt sich abgekämpft nach hinten an die Wand.

Und dann lacht sie!

»Siehst du! Du bist nicht nur ein Idiot, sondern auch zum Kotzen!«

Im nächsten Moment schluchzt sie plötzlich auf, schlägt

die Hände vors Gesicht und rührt sich nicht, bis wir in der richtigen Etage ankommen. Es macht *PLING*! Endlich! Die Türen gleiten auf und ich … stehe da und starre auf die nun schluchzende, winzige Frau herab, die mir gerade mein Schädel aus dem Hirn geküsst hat. Und egal, wie sehr ich es versuche, ich kann mich nicht dazu bringen, sie in diesem Zustand allein zurückzulassen. Selbst ich bin nicht so ein Arschloch, und so seufze ich schließlich, gehe vor ihr in die Hocke und weiß, ich werde es bereuen, als ich sie auf meine Arme hebe. Natürlich passe ich dabei tierisch auf, um ja nicht etwas von ihrem Mageninhalt zu berühren, der immer penetranter stinkt.

Sie ist total hinüber, schluchzt und schnieft und rotzt mein Armani-Hemd voll, klammert sich aber an mir fest und lässt zu, dass ich mit ihr mein Penthouse betrete.

»Es is alles so scheiße!«, lallt sie, während ich mir die Schuhe abstreife und in mein Gästezimmer marschiere. »Ich hab kein Geld, keine Freunde, nur meine Schwesta und imma … passiern mir die … peinlichstn … Sachn … Wieso immer ich?«, jammert sie weiter und ich verdrehe die Augen.

Statt einer Antwort, die ihr sicher nicht gefallen würde, lasse ich sie unsanft auf einen Sessel plumpsen und will in mein Schlafzimmer verschwinden. Hauptsache weg von diesem Kotzgeruch!

Doch sie packt plötzlich meine Hand und hält mich auf, klammert sich daran fest, als würde es um ihr Leben gehen. Ratlos stehe ich vor der weinenden, kleinen Löwin, die plötzlich jeglicher Mumm verlassen hat und nun wie ein begossener Pudel wirkt – einer mit Kotzspritzern. »Wieso … kann ich nich einfach … normal … sein?« Mit ehrlicher Verzweiflung im Blick sieht sie zu mir auf und fordert tatsächlich eine Antwort.

Während ich ihr Gesicht betrachte, bemerke ich es das erste Mal: Sie ist schön. Eben WEIL sie nicht dem gängigen Bild entspricht!

Dafür sind ihre Lippen zu schmal, ihre Nase zu krumm und ihre Augenbrauen einen Tick zu dick. Aber ihre Haare sind fest, glänzend, mit leichten Wellen und naturfarben dunkelbraun – andere Frauen würden für solches Haar sicher töten. Ihre Wangenknochen sind hoch, obwohl sie durch die tomatenrote Färbung im Moment nicht gerade edel wirken. Ihre Augen sind groß und unschuldig, rein und offen. Die Iris schimmert in dem appetitlichsten Honigbraun – eine wirklich seltene Farbe! Und ihr Auftreten vorhin war tatsächlich alles andere als normal.

Sie hat es geschafft, mich innerhalb von Minuten zur Weißglut zu treiben – das gelingt nur den wenigsten – und mich sofort damit gefesselt. Ob ich wollte oder nicht.

Diese Frau entspricht dem völligen Gegenteil von dem, was ich brauche! Aber vielleicht ist es an der Zeit, neue Wege zu beschreiten.

Sie hat die Angewohnheit, ihre Krallen rauszufahren. Schön, dann werde ich eben Dompteur.

Mit wilden Löwen ist es umso vieles aufregender als mit zahmen, abgerichteten Lämmern.

Allein der Gedanke fühlt sich aufregend an, so aufregend

wie schon lange nichts mehr …

Was eigentlich als Wette angefangen hat, entwickelt sich in rapider Geschwindigkeit zu etwas ganz anderem.

Ja, das tun wir jeden Abend. Wir sitzen in diesem Hotel, in dieser Bar, und der Arsch des Abends bekommt von den anderen die Vorgabe, welche Tussi er abschleppen soll. Je schlimmer, desto besser! Uns ist eben langweilig! Dieses Mal war ich an der Reihe und meine Begleiter zeigten sofort auf sie.

Mein Glück, das ihnen entging, was in diesen grauenhaften Klamotten steckt. Allein ihr Kuss deutete an, was sie drauf hat!

Alles Weitere will ich liebend gern auch erfahren, diese Lippen noch an ganz anderen Körperteilen spüren, aber nur wenn sie verdammt nochmal nicht nach Kotze stinkt!

Ich werde sie waschen. Und danach kann ich sie in aller Ruhe vögeln – die ganze Nacht.

Also zucke ich mit den Schultern und erinnere mich an ihre Frage. »Normal ist keiner.«

Kurzerhand bücke ich mich und ziehe sie auf die Füße. Mit einem Quietschen knallt sie mit voller Wucht gegen meinen Körper. Sie ist wirklich total wacklig auf den Beinen, und ich überwinde mich erneut und hebe sie auf meine Arme, dort hängt sie wie ein Sack Kartoffeln, aber nicht mehr heulend, sondern kichernd.

»HUI!« Wild fuchtelt sie mit den Armen und tut so, als würde sie fliegen, während ich so schnell wie möglich losgehe. Etwas zu schnell! Ihr Kopf knallt unliebsam gegen einen Schrank und ich zucke zusammen. »Woahhhhh …!«, ruft sie und fasst sich an die Stirn. Sie ist also nicht tot.

»Jetzt … is mir wieda schlecht!«, beschwert sie sich und ich bin versucht, sie kurzzeitig ganz K.O. zu setzen. Das tue ich natürlich nicht, sondern renne los. Ich achte darauf, dass sie sich nirgendwo erneut anschlägt, auch nicht am Türrahmen, als ich das Bad stürme und sie gerade so vor dem Klo platzieren kann. Sie wankt gefährlich, aber trifft, und ich flüchte aus dem Raum, um ein paar Pfefferminzbonbons zu organisieren.

Als das epische Gewürge vorbei ist und Ruhe über Manhattan einkehrt, linse ich vorsichtig durch den Spalt. Sie hängt nach wie vor über der Kloschüssel und atmet langsam ein und aus. Außerdem schnarcht sie! Verdammt!

Jetzt ist sie auch noch eingepennt!

Murrend und motzend stapfe ich zur ihr und spüle als Allerserstes diesen widerlichen Gestank weg. Als Nächstes reiße ich das Fenster auf und versprühe eine gute Portion Raumspray.

Erst dann tippe ich sie mit dem Fuß an. »Hey!« Sie regt sich nicht, weshalb ich seufzend vor ihr in die Hocke gehe, ihr das feuchte Haar aus dem verschwitzten Gesicht streiche, und hauche: »Aufwachen, Dornröschen, wir müssen noch ficken!« Sie schlägt verschlafen mit der Hand nach mir.

»Geh weg! Noch fünf Minutn!«

Nichts da!

Ich bin ein Mann mit einer Mission und von der wird mich ein bisschen Rumkotzerei nicht abhalten!

Entschlossen greife ich nach dem sauberen Glas am Waschbecken, fülle es mit kaltem Wasser und schütte es ihr ins Gesicht.

Sie schreckt sofort auf. »NICHT SCHON WIEDER DER PINGUIN!«, schreit sie total zusammenhanglos, ich hebe sie aber schon an den Oberarmen auf die Toilette und drücke sie gegen die Wand, damit sie nicht umfällt.

»Ich geb dir gleich Pinguin!«, murmle ich und stopfe ihr zwei von den Minzdingern in den Mund. Sie lutscht mit einem »Mhhmmmm« brav, während ich mich bereits darauf konzentriere, sie schnell und effizient zu entkleiden. Eine meiner Königsdisziplinen, und in diesem Fall wirklich angebracht, es schnell zu tun. Nur nicht hinsehen lautet die Devise! Wie bei über Sechzigjährigen am Strand.

Ich kann allerdings nicht ignorieren, dass ihre Unterwäsche aus exquisitem Stoff besteht.

Als die Verpackung entfernt ist und sie schwankend und mit geröteten Wangen vor mir steht, verschlägt es mir die Sprache.

Nicht nur ihr Blick ist rein und unverbraucht, auch ihr Körper. Absolut natürlich, dennoch makellos, mit weiblichen aber nicht zu ausschweifenden Rundungen an genau den richtigen Stellen und von hektischen roten Flecken überzogen. Ich liebe es, ihrer Reaktionen auf meinen Blick so direkt beobachten zu können. Sie könnte ihre Erregung nicht einmal im Traum vor mir verstecken. Wetten, dass rote Striemen auf diesem Kunstwerk absolut genial aussehen würden … Ich sehe sie bereits vor mir … an ihren runden Brüsten mit den rosa, empfindlichen Nippeln … an ihrem Bauch, aber vor allem auf ihren Oberschenkeln und einem Hintern, welcher der Vorderseite sicher in nichts nachsteht. Aber natürlich muss ich das erst überprüfen. Ausgiebig.

Das Gefühl, sie besitzen zu wollen, wird immer stärker und erschreckt mich in seiner Intensität. Ich kann kaum atmen, möchte sie sofort an mich reißen und ihr zeigen, wem sie gehört. Aber das geht nicht.

Erstens: die Kotze.

Zweitens: hat sie einen Busch und der ist dichter als jede verdammte Hecke!

Den gilt es vor allen weiteren Maßnahmen zu beseitigen, also kommandiere ich mit einem strengen Blick »Sitz!« und gehe zur Badewanne, wo ich Wasser einlaufen lasse und etwas Öl hineinträufle. Sie setzt sich tatsächlich auf die Toilette, lehnt ihren Kopf an die Wand und … fängt dann in Zeitlupe an herunterzurutschen!

Verdammt!

Sofort bin ich wieder bei ihr und hebe sie hoch, lege die paar Schritte zur Wanne zurück und lasse sie vorsichtig in das Wasser gleiten. Sie seufzt wohlig und lächelt, entspannt sich so sehr, dass ich es nicht wage, meine Arme wegzuziehen. Die Wanne ist für mindestens zwei Personen gedacht, sie würde gnadenlos absaufen ohne Rettungsanker, so sehr entspannt sie sich.

»Braves Mädchen …«, wispere ich und beobachte verträumt ihr schönes Gesicht.

Mindestens eine kleine Ewigkeit lang.

Als mir aufgeht, *was* ich da tue, lasse ich meinen Blick über ihren Körper schweifen und stöhne verhalten, während es in meiner Hose zuckt. Mit einiger Willenskraft besinne ich mich auf meine eigentliche Aufgabe, halte sie mit einer Hand und wasche mit der anderen ihren Körper. Sie seufzt dabei auch noch lüstern und drängt sich meinen Fingern entgegen. Ihre Haut ist so weich und seidig und glitschig, dass es an Folter grenzt, sie zu säubern, ohne in meine Hose zu kommen.

Ich schaffe es!

Knapp …

Nachdem dieser widerliche Geruch nicht mehr an ihr haftet und sie stattdessen frisch duftet – inklusive ihrer Haare –, hebe ich sie aus der Wanne. Sie spielt währenddessen immer noch die Entspannte und lässt sich völlig hängen. Mit einer Hand drücke ich sie an mich – dass meine Kleidung nass wird, ist dabei zweitrangig –, mit der anderen zerre ich zwei Handtücher aus dem Regal und klemme sie mir zwischen die Zähne.

Dann hebe ich sie wieder hoch und trage sie zum Bett. Mit einigem Geschick platziere ich ein Handtuch unter ihr, denn ich hasse nasse Bettlaken, mit dem anderen trockne ich sie ab … während sie genüsslich aufstöhnt. Feuchtigkeit glitzert einladend zwischen ihren Beinen und ihre Hände verkrallen sich in den Laken.

Der Schweiß rinnt mir bereits über den Körper, aber ich muss sie erst rasieren. Ich bin froh über die Selbstbeherrschung, die ich mir mit all den Frauen vor ihr aneignen konnte.

»Ruhig, Baby …«, wispere ich und lasse sie kurz zurück, um eine Schüssel Wasser und meinen Rasierer zu holen. Allerdings verzichte ich auf den Rasierschaum, der würde nur das Bett ruinieren und ihren natürlichen Geruch überdecken. »Beweg dich nicht, sonst binde ich dich fest!«, fordere ich. Sie gehorcht jedoch nicht und das ist mir zu heikel. Auf keinen Fall darf ich diese perfekte Haut verletzen!

Weswegen ich kurzerhand aufstehe und zu meinem schwarzen Schrank gehe.

»Ich habe dich gewarnt!«, murmle ich düster und befestige ihr langes, Gott sei Dank rasiertes Bein in der Schelle, die durch eine Kette am Bettpfosten verbunden ist. Die Kette ist dort immer, genau genommen gibt es eine an jedem Bettpfosten. Es existiert auch ein Himmelbett, nur nicht aus Stoff, sondern aus Gitter, an dem ich gewisse Fesselungsutensilien befestigen kann. Und obwohl es eher wie das Bett eines Teufels wirkt, nehmen alle an, sie hätten es mit Gott zu tun, wenn sie sich in diesem befinden.

So wird es ihr auch gehen … *wenn* sie noch so lange wach bleibt.

Etwas Gutes hat ihr ständiges Wegnicken, sie stört mich nicht weiter während der penibelsten Rasur, die ich jemals in meinem Leben vorgenommen habe. Genüsslich schmatzend schlummert sie vor sich hin und schon bald bietet sich mir das schönste Bild, welches ich jemals gesehen habe. Ihre blank rasierte Vagina.

Ich möchte mich vorbeugen und mein Gesicht darin vergraben, dann will ich diese schimmernde Feuchtigkeit genüsslich von jedem Zentimeter dieser süßen Haut lecken, bevor ich meinen Schwanz an ihr reibe und … Stopp! Zurückspulen … So weit sind wir noch nicht. Noch lange nicht.

Erst … wird sie betteln.

Ich mache ihre Beine wieder los, weil ich sie so wehrhaft haben will wie da unten an der Bar, stehe auf und entkleide mich.

Dann lege ich mich neben sie auf das Bett, streiche ihr mit dem Handrücken über die Wange und murmle: »Nein, normal bist du wirklich nicht …«, bevor ich weiter herabgleite, über ihren Hals, das zarte Schlüsselbein und zwischen ihren Brüsten entlang.

Sie regt sich, stöhnt leise, ihre Lider flattern, aber sie offenbart mir nicht das Feuer in ihren Augen. Sie bleiben geschlossen und trotzdem streckt sie mir ihre Hüften entgegen und hebt sie leicht nach oben, als ich an ihrem Bauch herabgleite … bis zu ihrem Venushügel.

Mit zusammengebissenen Zähnen fixiere ich ihr Gesicht und so bemerke ich natürlich genau ihr erzürntes Stirnrunzeln, als ich im letzten Moment abdrehe und meine Hand wieder nach oben wandern lasse – diesmal zu ihren Brüsten, was ihre aufkeimende Wut etwas besänftigt und sie leise aufstöhnt. Dabei windet sie sich ein wenig, lässt sich völlig gehen und genießt meine trägen Bewegungen. Sie ist so unsagbar erotisch …

Aus einem Impuls heraus, der mich auch schon vorhin im Fahrstuhl überfiel, beuge ich mich vor und küsse sie. Sanft …

und vorsichtig. Nicht so wie sonst …

Sie seufzt wieder, als wäre sie tatsächlich im Himmel und reagiert hauchzart auf meine Lippen. Langsam weckt sie der Kuss aus ihrer Trance, immer gieriger werden ihre Zunge und ihre Laute … bis sie sich plötzlich auf mich rollt und ihre Hände tief in meinen Haaren vergräbt!

WOW!

Mit einem Mal sitzt sie auf mir, hat die Oberhand und küsst mir das Hirn aus dem Kopf.

Ich weiß nicht mehr, wo unten und oben ist, und kann nur noch hinnehmen, wie ihre Hand gierig über meinen Körper gleitet. Laut stöhnend umfasst sie meinen steinharten Penis und positioniert sich dann direkt darüber.

Sie muss mich nicht anketten, ich kann mich das erste Mal im Leben nicht gegen eine Frau wehren oder sie gar kontrollieren, als sie mit meiner Spitze über ihren feuchten Eingang streicht. Ihr Blick hängt dabei in meinem Gesicht, ist verschleiert, aber nicht vor Müdigkeit oder Alkohol, sondern vor Lust.

In Zeitlupe lässt sie sich herab, beißt sich dabei auf die Unterlippe und runzelt die Stirn, während wir beide den Atem anhalten.

Ich bin mir sicher, jeden Moment in einem gigantischen Orgasmus zu explodieren und muss die Augen schließen, um mich davon abzulenken. Der Ausdruck in ihrem Gesicht allein würde mir sonst den Rest geben. Verzweifelt balle ich die Hände zu Fäusten, um sie gewähren zu lassen, und es gelingt mir. Nach den quälendsten Sekunden in meinem Leben bin ich in ihr – bis zum Anschlag.

Einige Sekunden bewegt sie sich nicht.

Dann legt sie los … und beginnt, ihre Hüften mit einem weiteren Stöhnen, das mich fast explodieren lässt, zu kreisen. Ihre Hände gleiten wie von Sinnen über ihren Körper, über diese festen Brüste, in ihre Haare und wieder zurück.

Ich bin völlig hin und weg, kann sie nur anstarren.

Und mich davon abhalten zu kommen.

Im Gegensatz zu ihr!

Sie kommt! Und wie!

Mit einem sehr passenden »Oh Gott!« beugt sie sich mit einem Mal vor und küsst mich, absolut reglos verharrend. Ich fühle, wie sich ihre Muskeln ruckartig um mich herum zusammenziehen und bin mir sicher, jeden Moment vor Leidenschaft ohnmächtig zu werden, schaffe es aber, mich zusammenzureißen. Denn ich darf unter keinen verdammten Umständen in ihr kommen! Allein schon, dass ich vergessen habe, einen Gummi zu benutzen ist ein Desaster, aber dann auch noch meine kostbaren Gene in ihr zu verewigen, könnte meinen Untergang bedeuten.

Also halte ich mich nun WIRKLICH mit allem, was ich habe, zurück.

Sobald sie fertig ist, werde ich sie dazu bringen, dass sie es mit diesem wunderbarem Mund beendet, doch aus dem Plan wird nichts. Denn sofort danach sackt sie völlig leblos auf mir zusammen und … schnarcht mir ins Ohr!

Augenverdrehend liege ich unter ihr und kämpfe noch ein bisschen damit, nicht bei der kleinsten Bewegung zu detonieren. Währenddessen kuschelt sie sich enger an mich und schmatzt an meinem Hals genüsslich vor sich hin.

Ich möchte sie von mir schieben, stattdessen schließen sich meine Arme um sie.

Sie riecht köstlich und fühlt sich noch köstlicher an. Besonders, als sie sich vertrauensvoll an mich schmiegt. Noch nie hat eine so nah bei mir geschlafen und ich hätte niemals gedacht, dass es mir gefallen könnte. Aber das tut es, sie ist so warm und weich und duftend ...

Jetzt gehört sie mir! Wie noch keine zuvor.

Doch nicht einmal das gönnt sie mir!

Plötzlich nuschelt sie ein verschlafenes »Danke!«, küsst meinen Hals und rollt sich von mir runter. Als Nächstes dreht sie mir den Rücken zu und pennt weiter. Seelenruhig.

Und ich liege sprachlos da und kann sie nur anstarren.

Das oder ich schreie.

CUT!

Den nächsten Morgen und meeeeehr von David und Elisabeth ... gibt's voraussichtlich am 01.07.2015 ...

16000738R00157

Printed in Poland
by Amazon Fulfillment
Poland Sp. z o.o., Wrocław